慈禧全傳典藏版 10

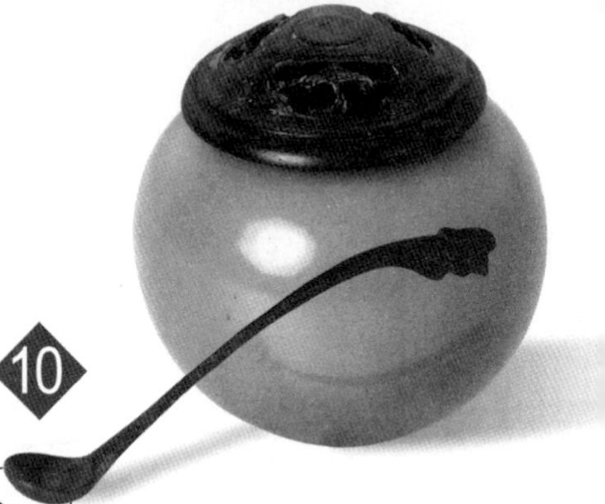

瀛臺落日

【下】

高陽—著

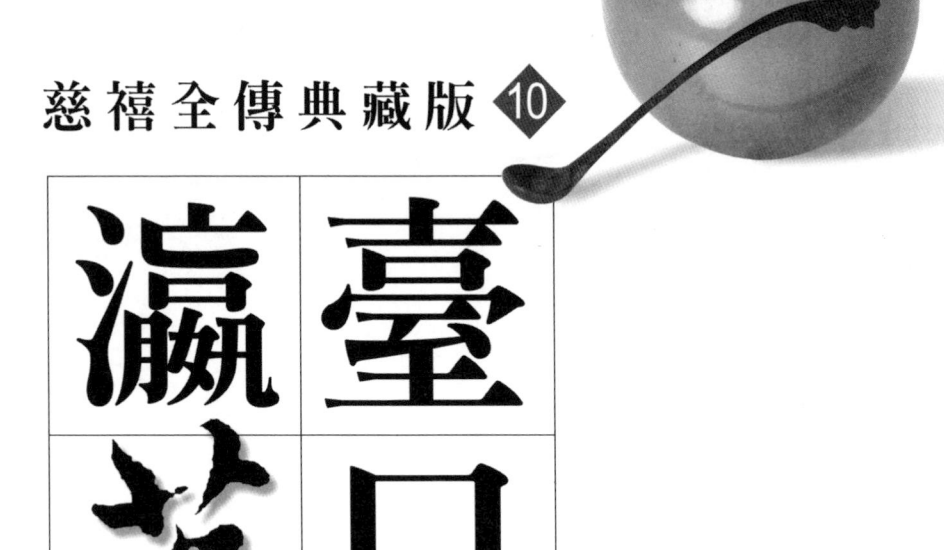

〈代序〉神交高陽

二月河

《康熙大帝》四卷書出齊時，我已小有名氣。有一天，一位讀者問我：『先生讀沒讀過高陽的書?』我一下子笑起來，高陽的書豈但『讀過』，且是見一本買一本，買一本讀一本。我自家作品中頗多技巧性的做法，還是拜賜了老先生的作品啓發。他的前後慈禧傳、《玉座珠簾》，以及後來才讀到的《乾隆韻事》，其中對皇帝對后妃的心理及行爲的描摹，和我所讀史的印證，也有頗多的溝通。我算是高陽先生不錯的一位神交呢！次後的日子裏，台灣一家文學機構多次邀我赴台一訪。就我的心情，即使見一見高陽，去一趟也是值得的，卻因俗事冗繁未能成行。忽然有一天，台灣『二月河讀友會』的盧淦金先生來電話，說『高陽先生今天去世了……』一驚之下一陣悵然，轉思人世緣分無常，心中又復悲淒。從茲失一神交，無法彌補渴見情懷了……

辛亥革命清室鼎謝。當時的口號裡有『驅逐韃虜，光復中華』的話頭。其實這口號還可以按時序上溯，直至皇明甲申之變。滿洲人入關殺漢人，入主中央執天下太阿，漢人幾百年沒有服氣過，也沒有停止過這種民族反抗。盤踞台灣的鄭家政權，朱三太子，還有吳三桂興的『三藩之亂』以及次後難以數計的小大起義，義軍會口號都和這個話頭差不多。錯話說幾百年說一千遍，似乎成了對話。其實只要靜心一想就明白了。『韃虜』也好、『夷狄』也好，難道不是『中華』之一部分?這口號自相矛盾了。實際這只是漢人極狹隘的情緒弘揚——也不能說全然沒道理，畢竟滿人入關嘉定三屠、揚州十日殺戮慘烈，眞的仇深似海。但從歷史的角度，從整個文明的角度審視，這口號是大可挑剔的。由於後來的革命變遷、人事轉換，人們又去想更新的事了，所以這口號的毛病也不大有人提起了。

然而當下的文化徵候還在繼續流播。反滿的文化傳統並未受到傷損。這種傳統影響到史學界，雖無法迴避這二百多年的『正統』，但對其研究中帶了『排滿』便言語失卻公允。這還只是少數人的事，帶到文學界，帶進民間口傳文學，這個因喪權辱國給民族帶來奇恥大辱的清室統緒，簡直是『洪桐縣中無好人』了。

高陽的多部作品都是反映晚清風貌風情的，連同近來三聯書店推出的《大野龍蛇》，風格都是那麼一致，那麼『如實』，不事誇飾，那麼娓娓綿綿情懷寬博和平，讀來如同剪燭良宵對友長談，就我的經驗，如無絕寬的襟懷，無絕大的學問作底蘊，無論怎樣的才華橫溢都是決計做不來的。

文學當然是觀念形態的東西，是人本位的張揚，每一個作者自己的政治、理想形態肯定要在他的作品中自覺或不自覺地流露。我以爲：既然如此，何必故意做張做智？比如說極峰之作《紅樓夢》，裡頭如果串上一段黃世仁楊白勞的情節，況味若何？一些非常了不起的作家，因了力氣去圖解自家的意識形態立場，結果如何？我常笑讀，心中想『這寫的眞是聲嘶力竭，氣急敗壞』。

看遍高陽的書，沒有這樣的玩藝。即使寫很慘酷、很壯烈激切的情事，也沒有張牙舞爪、歇斯底里的『作家意識』。我很疑這先生是舊八旗子弟，那份聰穎從容學不來。後來盧溢金先生告訴我，居然這是眞的。他的書讀起來平中有奇，有的處則寓平於奇，有點像與作者牽手而行於山陰道，由他指點譬話，評說侃語——這不是寫作的本事，這是天分了。

淦金先生和高陽是朋友，和我也是朋友，他曾約我到台北和高陽『一道兒喝老燒刀子』，可惜了沒這緣分。但高陽的書還在，不是麼？還可以侃下去的。

二〇〇一年五月下浣

下一天是那桐在他金魚胡同的住宅宴客，請的是來京祝嘏的各省督撫。但聞風而至的不速之客很多，因爲這天那宅的堂會，有齣難得一見的好戲，是那桐親自提調的。

這齣戲的名目，叫作《轅門斬子帶槍挑穆天王》，那桐指名派角色：譚鑫培的楊六郎，龔雲甫的佘太君，賈洪林的八賢王，金秀山、郎德山的焦贊、孟良，朱素雲的楊宗保，王瑤卿的穆桂英；連木瓜都派的是王長林。都道若非那桐的手面，不能聚此頂兒尖兒於一齣戲中；因此，原來只預備了七桌席，結果加了一倍都不止。

張之洞與袁世凱自是此會的上賓。這兩個人的性情中有一點相同，都不喜歡聽戲。他人聚精會神地注視著台上，張袁二人卻覺得乏味之至。袁世凱還能勉強撐持，張之洞則連坐都坐不住。但不願掃大家的興，也要顧到主人的面子，託詞離席，在客廳休息。

剛剛坐定，袁世凱接踵而至。張之洞是坐在一張加長的紅絲絨安樂椅中間，此時身子略挪一挪，以示禮讓。袁世凱便一面挨著他坐下，一面說道：『我樣樣趕不上中堂，只有不喜優孟衣冠這一點，跟前輩相像。』

『少小不習，無可奈何。』張之洞說：『生不逢辰，不是歌舞昇平之時，遇到這樣的場合，只增感慨！』

袁世凱不知道他這話，是不是有不滿於慈禧太后經常在宮中傳戲之意，不敢往深裡去談，只說：

『中堂傷時憂國，白頭相公，心事誰知？』

這是迎合張之洞言談的語氣，不著邊際的一種恭維。哪知在受者恰恰搔著癢處，半睜半閉的雙眼，倏然大張，『畢竟還有人識得我的苦心！慰庭，』他很認眞地說：『不可與言而與之言，謂之失言；可與之言而不與之言，謂之失人！今天我可爲知者道，我不想做「小范老子」，哪知竟做了范純仁！』

這兩個人名，對袁世凱來說，比較陌生。很用心地想了一下才想明白，似乎是西夏人，稱范仲淹爲『小范老子』，說他『胸中有千萬甲兵』。張之洞心儀范仲淹，結果卻成了專事調停劉后與宋仁宗的范純仁——范仲淹之子！在這濃重致慨的語氣中，也明明白白地道出了他的心事，志在調和兩宮的歧見。

這正是一個絕好的、爲蔡乃煌進言的機會。未答之前，袁世凱先擺肅然起敬的神態，『中堂的苦心，眞可以質諸鬼神！』他說：『列帝的在天之靈，一定庇佑社稷老臣！』

張之洞感動極了，淚光閃閃地說：『慰庭，慰庭，只有你明白我的心事！』

『精忠所至，自然感人。』袁世凱急轉直下地說：『止庵先生，亦是當代第一等人物，可惜，這大關目上，錯了一步！』

『喔，』張之洞左右看了一下，將顆紮著小白辮子的腦袋歪著伸過來，含含糊糊地說：『久已想動問了！瞿止庵勾結外人，買通報館，密謀歸政，其事究有幾分是眞？』

『這很難說。不過，』袁世凱亦將聲音壓得極低：『西林與康、梁有往來，千眞萬確！康、梁固無可厚非，但就愛君而言，誠所謂「愛之適足以害之」。中堂未到京以前，有一道密旨，爲皇上徵醫，這就是愛之適足以害之的明證。天幸有中堂在樞，戊戌之禍，必不致復見！』

張之洞不自覺地連連點頭，『如果我早入樞十年，豈有戊戌之禍？』他想了一下說：『慰庭，房謀杜斷，你的耳目比我廣，必可醫我不逮。』

『不敢！』袁世凱答說：『凡有所命，必當盡力。』

張之洞不答，瞑目若寐，好久方睜眼問道：『弭禍以何者當先？』

袁世凱想了一下答說：『母子和好！』

這是迎合張之洞的說法，言語便更覺投機了，『母子和好又以何者當先？』他當考學生似地問。

『勿使慈聖有猜疑之心！』

『如何而可致此？』

『很容易，也很難。』袁世凱說：『容易是一句話就可以說明白；難是這一句話不便逢人就說。唯有付託得人，照這句話盡力去做，自可不使慈聖猜疑，母子和好！』

『嗯，嗯，言之有味！慰庭，試言其詳。』

『是！』袁世凱挪一挪身子，向張之洞耳語：『康、梁借保皇爲名，在海外招搖；康有爲自命「聖人」，而行同盜跖，到處斂財，飽入私囊。皇上爲此輩所愚，以致落到今日。不過事成過去，慈聖已不會把這筆帳記在皇上頭上；但如西林之流，勾結康梁，想利用皇上，逞其覆雨翻雲的伎倆，慈聖對皇上就不能沒有戒心！所以歸根結柢一句話，保護聖躬唯在約束西林的妄行蠢動。西林以在野之身，逗留上海不去，必得有妥當可靠的人看住他不可！倘有危及聖躬的舉動，能在期前密報，那時請中堂作主，或者勒令回籍，或者派人警告，斷然壓制始得弭大禍於無形！』

『高明之至！』張之洞答說：『即我設謀，亦無以加君之上。只是這個妥當可靠的人，倒不易羅致。』

『現成有人！』

『喔！』張之洞側臉問道：『哪位？』

『蔡伯浩。』袁世凱說：『讓蔡伯浩回任！唯公一言爲斷。』

張之洞像受了催眠似地，應聲答道：『好！讓蔡伯浩回任。』

十月初七，進京祝嘏的督撫、將軍、提督都奉到恩旨：十月初九、初十、十一共三天准『入座聽戲』。年過五十的封疆大吏，另賞『西苑門坐船』。因爲慈禧太后萬壽，是在西苑唱戲三天。

宮中戲台很多，最大的一處在熱河避暑山莊，其次是寧壽宮的暢音閣，再次是頤和園的頤樂殿。這三處戲台，都分三層，台下有五口大井——開井的作用，不但是爲了聚音，也等於又加了一層，有幾齣魚龍曼衍的大戲，如《地下金蓮》、《寶塔莊嚴》等等，都是用絞盤從井中弔起蓮花、寶塔之類的砌末，能令人目眩神迷，想不透是怎麼回事。

此外如大內的長春宮、淑芳齋，頤和園的排雲殿、聽鸝館，都有戲台，只是規模甚小，不足以容廷臣。介乎其間的一處戲台，是在西苑豐澤園，太監稱之爲『暖台』；因爲此地不如三大台之宏敞，在冬天就比三大台來得暖和，所以有此別名。

開戲是在朝賀以後，約莫九點鐘左右，奉旨准入座聽戲的王公大臣，都已趕到豐澤園。唱戲之處是在兩廡，分隔成很多間，依職名高低預先排定。東面第一間是慶王奕劻以次的親王、郡王，西面第一間是以孫家鼐為首的滿漢大學士。這一列的最末一間是四川總督陳夔龍，與三名正一品武官：馬玉崐、姜桂題、夏辛酉。

不久，太監們遞相傳呼：『駕到！』群臣各就原處下跪。只見一乘黃緞軟轎，迤邐而來，扶轎槓的還是李蓮英與崔玉貴。轎前有人，是皇帝；轎下更有人，皇后、妃嬪、公主、福晉，少不得還有『女清客』繆太太。

等慈禧太后降輿升上設在台前正中的寶座，王公大臣各就原處三叩首。隨即聽得一名聲音宏亮的太監，高聲宣旨：『賞克食！』

他的話一完，西角門內出來一列太監，每人手裡捧一個朱漆金龍盒，魚貫行至慈禧太后面前，頭一個便即站定。崔玉貴上前揭開盒蓋，半跪著用他那既尖且銳的左嗓子說道：『請老佛爺過目。』

『東西新鮮不新鮮？』慈禧太后問道。

『新鮮！還冒熱氣兒吶！』

『好！快分給大家吃吧！多備熱湯、好茶。』

崔玉貴答應一聲，親自帶領太監分送食盒，每人一個。天廚珍味，果然不凡；不過這一盒克食也不便宜——內務府大臣預先發了知單，共湊銀子三千兩，犒賞太監。入座聽戲的王公大臣，每人要派到五十幾兩銀子。

群臣進食之時，台前張起兩張大幕，一張由北而東，一張由北而西，三面各不相見，只見台上的角色，名為『隔座』。

到得午正時分，恰好慈禧太后最欣賞的一齣『四郎探母』，唱到『回令』，太監傳旨賜宴。筵席設在偏殿，時逢薄雪，熱氣騰騰的一品鍋，大受歡迎。平時講究威儀禮節的王公大臣，此時都非常隨和了，找個位子坐下來，大口喝酒，大塊食肉，吃得一飽，仍回原處去聽戲，直到上燈以後的六點鐘，方始撤幕。戲散以後，仍向慈禧太后三叩首，方始退去。

這樣一連三天，每天有八、九個鐘頭的戲。慈禧太后聽遍了京中的好角色，大過戲癮；而皇帝卻累得要病倒了。

內務府原來就延聘了兩位名醫，一個叫陳秉鈞，一個叫曹元恆，奉旨各賞了主事的職銜，隨時聽候宣召請脈。

這陳秉鈞，行醫的名字叫陳蓮舫，早就看出，皇帝其實並無大病，只是虛弱。不必服藥，卻需靜攝；而唯獨這人人可以做得到的一件事，在皇帝絕無可能。日久天長，皇帝的身子只有越來越壞。而自己的盛名葬送在裡面，太不值得，所以早就打定主意，脫身為妙。此時便又跟內務府堂官提出請假回籍的要求。

『那怎麼行？』內務府大臣繼祿說：『皇上這兩天又違和了！正要仰仗高明。陳大夫，我實在不便代奏，我也希望你勉為其難。』

『實在是力不從心。』陳蓮舫說：『繼大人，我不止說過一次，皇上如果不能靜養，藥是白吃的。』

『我知道，我知道！陳大夫，你們兩位只算幫我的忙。我想法子，另外替你們兩位弄些津貼。』

『這倒不生關係！』曹元恆接口說道：『繼大人，說老實話，我們也巴望著能把皇上的病看好了，掙個大大的名聲回去。無奈，宮裡請脈的規矩跟外面不同，以致勞而無功。我們在家鄉都有些熟病人，非我們親自去看，不能對症。這一層，繼大人也得體諒。』

『這可是沒法子的事！』繼祿的聲音不似先前那樣柔和了：『你的病人莫非比皇上還要緊？』見此光景，陳蓮舫知道不能再強求了——他是松江府屬下青浦朱家角人，醫道不壞，但品格不純，好以官派唬人。他本人是主事，兒子是縣令，如今一度供奉內廷，回鄉打出『御醫』的招牌，結交縉紳先生，是件名利雙收的事，為此亟亟求去。如今見繼祿的話不好聽，見機而作，決定讓步。

『繼大人，』他說：『為臣子者，理當盡忠竭智以事上，但恐力不從心，誤了大事，並無他意。』這表示不再堅決求去。繼祿亦見風使舵，加以撫慰；『這樣吧，』他說：『兩位分班當差好了。如今南來北往方便得很，一位回府，一位在京，到時候替換如何？』

有此結果，陳、曹二人自然樂從。於是繼祿跟奕劻說知其事；第二天便奏明慈禧太后，一面明發上諭，准陳秉鈞、曹元恆『分班留京供差，兩月更換。其留京供差之員，每月賞給津貼銀二百兩，由內務府發給』。一面密電各省，催問物色良醫，若有結果，即便送京請脈。

電報到達浙江，新到任不久的巡撫馮汝騤，大為緊張，將幕友請了來問計。總督、巡撫的幕友，稱為『文案委員』，禮數如州縣官對『老夫子』那樣，相當客氣。如果是單獨找誰議事，往往移樽就教；倘或廣諮周詢，必得命小廚房專門備一桌菜，等酒過三巡，從容請教。

這天吃到一半，馮汝騤才把電報拿出來，一提個頭，舉座都望著一個人笑了——此人名叫杜鍾駿，字子良，揚州人，是前任張曾的幕友；馮汝騤把他留了下來，專管往來函牘。

『怎麼？』馮汝騤問道：『子翁必是精於此道？』

『眞人不露相。』有人說道：『子翁的醫道，眞正叫「著手成春」。』

『那好極了！』馮汝騤說：『我一定力薦。』

『不，不！多謝中丞的美意。此事關係出入甚大，萬萬不敢從命！』

語氣很硬，馮汝騤倒楞住了。心裡在想，如果他說所知甚淺，不敢貿然嘗試，可能是謙虛的話；說是『關係出入甚大』，便是別有所見，倒不便造次了。

『從長計議，從長計議！』有人看出風色，用這樣一句話，將此事扯了開去，解消了僵局。

到得第二天，馮汝騤特意去訪杜鍾駿，道明來意，是勸他進京應徵；但又說，果眞有苦衷，亦可商量。

『中丞！』杜鍾駿答說：『戊戌以後，亦有徵醫之舉。當時的情形，中丞想來總很清楚。』

於是杜鍾駿說了一個親耳聞諸『同道』的故事。他的這個同道，是廣州駐防的漢軍旗人，姓門名定鼇，字桂珊。戊戌政變一起，中外震動，不久便有爲皇帝徵醫的上諭。廣州將軍便保薦門定鼇入京應詔。

同時被薦的名醫，還有三人：朱焜、楊際和，以及另一個跟門定鼇一樣，姓很僻的愚勛。先是個別請脈，門定鼇的醫書讀得很多，擬脈案時，徵引《內經》、《素問》及金元以來各名家的著述，融會貫通，頭頭是道。慈禧太后對他頗爲賞識，誇獎他是儒醫。

及至要用藥了，是由四名醫會診。看法自有出入，損益斟酌，好不容易才擬定脈案與藥方。脈案的結論是：『謹按諸症，總由稟賦素虛，心脾久弱，肝陰不足，虛火上浮，炎其肺金而灼津液使然。

宜用甘溫之劑，以培眞元，惟水虧火旺，不受補劑，是以用藥掣肘。今謹擬用養心理脾，潤肺生津，滋養肝腎之劑，而寓以壯火鎮火之品，仍宜節勞，靜養調理。』四個人私下都同意，要緊的只是『仍宜節勞，靜養調理』八個字。

下的藥一共十四味：雲茯、神苓、淮山藥、細生地、麥冬、元參、杭白芍、霜桑葉、甘菊、金石斛、桔梗、竹茹、甘草、天花粉。略懂醫道的人都看得出來，沒有一味結結實實的烈性藥，開這種不痛不癢的方子，無非敷衍差使而已。

其時廢立之說，甚囂塵上，最後連各國駐京的公使都知道了；千方百計打聽，不得要領。最後找到法國公使館有個祕書，是門定鰲在廣州的舊識，且識中文，便委他向門定鰲去探問究竟。要脈案、要藥方，門定鰲都不敢應命，到逼得無法推諉了，他取水筆在乾硯台上疾書『無病』二字，隨即抹去，起身送客。

『聖躬違和』的眞相是如此，越發惹起各國公使的猜疑。於是先則薦醫，繼則請覲見皇帝，都讓慈禧太后責成慶王奕劻支吾了過去。門定鰲見此光景，生怕他從『無病』二字，已洩漏了極大的機密，惹來殺身之災，託詞在旅舍中爲狐所祟，辭差出京躲禍。

『中丞請試想，』杜鍾駿講完了這段故事，接著說道：『皇上根本沒病，硬說他有病，萬一出了甚麼大事，嫁罪於醫，豈不冤哉枉也！』略停一下他又加了幾句：『果眞有此情形發生，不但我冤枉送命，而且亦會牽累舉主。中丞，多一事不如少一事！』

最後幾句話，打動了馮汝騤，決定接受建議，且將此事擱著再說。

一擱擱過年，馮汝騤接到京裡知交的密信，說他有調動的消息。如果軍機奏聞，慈禧太后一定會同意。因爲他之得任封疆，不過半年的工夫，資望既淺，又無特殊的政績，在慈禧太后，對『馮汝騤』這個名字幾無印象，當然就會不置可否。

因此，他的這個朋友勸他，應該從速設法打點，最好是走內務府的路子，常在慈禧太后面前提提他的名字，說說他的好話。

看完這封信，馮汝騤忽有靈感，要慈禧太后對他有印象，得做一件讓她常能想到他名字的事，那就何不舊事重提，保薦杜鍾駿進京。

於是，他關照小廚房做了四樣極精緻的菜，攜著一小罈陳年花雕，去看杜鍾駿。當然，他的本意是絕不肯說破的；只說接到京中來信，皇帝確是患了腎虧重症，而且訪聞浙江巡撫衙門有此一位名醫，問他何以不飛章舉薦？

『子翁，』馮汝騤很懇切地說：『我們且不說君臣之義，只拿皇上當個尋常病家，足下亦不能無動於衷吧？』

這是隱隱以『醫家有割股之心』這句話來責備他。杜鍾駿雖未鬆口，但亦說不出堅拒的話，只是擎著酒杯在沉吟。

『子翁，如果不嫌唐突，我還有不中聽的話想說。』

『儘管請說。』杜鍾駿答說：『我亦是不求有功，但求無過。』

『正就是怕有過失。如今子翁的名聲，已上達天聽，倘或逕自下詔行取，於足下面子上似乎不好看。至於我，朝廷倘責以知而不舉之罪，固然無詞以解；若說我有此機會竟不薦賢，薄待了朋友，更是不白之誣，於心不甘。』

話說得很深刻，也很委婉；杜鍾駿再也無法推辭了。不過實際上有些難處，不能不先說在前面。

『既然中丞如此厚愛，我不能不識抬舉。只是長安居、大不易！皇上果真是體虛腎虧，服藥非百劑以上不能見效。窮年累月在京裡住著，實在力有不逮。』

『這不用子翁勞神，自然是要替子翁預備妥當的。』

馮汝騤表示，起碼要替他籌三千兩銀子，帶進京去，以備一年半載的花費。又說，內務府大臣繼祿、奎俊都有交情，重重函託，自然處處照應，請杜鍾駿儘管放心。

居停如此殷勤，杜鍾駿再也沒話可說了。於是馮汝騤即日拜摺，應詔薦醫。批覆下來，命馮汝騤派妥人護送進京。哪知動身之前，杜鍾駿自己生了一場病，等療治痊癒，恰又是馮汝騤奉旨移調江西，少不得還要幫著辦一辦交代；就這樣遷延到六月底才能動身。

他是由上海坐海船北上。一到天津，由於馮汝騤預先已有函電重託，再則日常請脈，接近兩宮的機會很多，難免垂詢外間的輿論。一語之微，亦足以影響前程，因此直隸總督楊士驤，待以上賓之禮。不但盛筵款待，致送程儀，而且特備花車，親自陪著進京。

因爲有楊士驤的照應，杜鍾駿此行非常順利，到處都受禮遇。到了七月十六那天，由繼祿帶領，半夜裡出西便門到海甸，在頤和園先見了六位軍機大臣：慶王奕劻、醇王載灃、張之洞、鹿傳霖、袁世凱，以及入軍機不久的世續；然後在內務府朝房待命——先有個六品服飾的官員在，請教姓氏才知道他就是慕名而未識面的陳蓮舫。

未及深談，陳蓮舫便已奉召，匆匆而去。過了有半個鐘頭，繼祿走來領著他到了仁壽殿，做個手勢示意他在簾外等待，然後悄悄掀簾入內。

一簾之隔，咫尺天顏。杜鍾駿作夢也不曾想到過，會有這麼一位天字第一號的病家，一時不知道是興奮、驚異，還是畏忌；只覺心裡七上八下，不安得很。就這時候，陳蓮舫已經出殿，繼祿在裡面連連向他招手。

杜鍾駿戰戰兢兢，到了殿裡，照預先演習過的儀注，先向面西而坐的慈禧太后行了一跪三叩首的大禮，轉而向面南的皇帝也是一跪三叩首，只聽慈禧太后問道：『你就是杜鍾駿？』

『是！』杜鍾駿略移一移膝，向東回答。

『馮汝騤說你醫道很好，你要替皇上用心號一號脈。』

『是！』

這時繼祿輕聲提示：『請脈吧！』

於是杜鍾駿起身走到皇帝面前，在一張半桌側面，已放了一個拜墊；杜鍾駿復又跪下，用兩隻手替已將雙手仰置在半桌上的皇帝診脈。

由於疾趨入殿，起跪磕頭，加以心情緊張，天氣又熱，杜鍾駿忽然覺得氣喘，便屏息不語，靜待氣平。而皇帝有些不耐煩了。

『你瞧我的脈怎麼樣？』

杜鍾駿已經受了囑咐，慈禧太后最恨人說皇帝肝鬱，皇帝自己最恨人家說他腎虧。所以杜鍾駿的答奏，很謹慎地避免用這些字眼。

『皇上的脈，左尺脈弱，右關脈弦。左尺脈弱，先天腎水不足；右關脈弦，後天脾土失調。』

『我病了兩三年都醫不好，』皇帝問道：『你倒說，是甚麼緣故？』

『皇上的病，非一朝一夕之故。積虛太久，好起來也慢。臣在外頭給人醫病，凡是虛弱與這個病差不多的，非兩百劑藥不能收效。所服的藥有效，非十劑八劑，不換方子。』杜鍾駿又說：『一天換一個醫生，藥效就慢了！』

『你說得對！』皇帝高興些了：『你拿甚麼藥醫我？』

『先天不足，要用二至丸；後天不足，要用歸芎六君湯。』

『好！就照這樣開方子，不必更動。』

『是，是！』杜鍾駿連連答應。

等跪安而退，已經出殿了，忽然有個太監追上來喊道：『杜大夫，杜大夫！』等杜鍾駿站定，那太監又說：『萬歲爺交代，方子千萬不能更動。』

其時軍機處已經退值，內務府的官員便就近將他帶到軍機章京的直廬去開方子。進屋才發現陳蓮舫已先在，彼此目視微笑，算是招呼過了。杜鍾駿在一張空桌子後面坐了下來，從護書中取出來水筆、墨盒與印有他名號的處方箋，靜靜構想脈案的寫法。

『你是杜大夫？』突然有人在他身旁問。

抬頭一看，是名太監，戴著六品頂帶，論品級比縣官還大。杜鍾駿起身答道：『我是。』

『萬歲爺派我來跟你說，你剛才在殿裡說的甚麼，就照甚麼開方子，切切不要改動！』又指著陳蓮舫說：『千萬不可以跟他串通起來！』

『不會，不會！』杜鍾駿狐疑滿腹，不可串通這一點，還可以體會其中的緣故，想是彼此商酌，希望意見一致；如果相互歧異，出了事誰也脫不得干係。但不知皇帝何以一再叮囑方子不可改動，莫非另有人主使，非如何開方不可嗎？

正在思索之際，帶領的內務府官員來催方子了，杜鍾駿便依剛才那太監所傳的話，說了甚麼，便寫甚麼；一揮而就，檢點無誤，將方子交了出去。

這時已有兩名書手在等著，拿他的方子另用明黃箋紙謄正，一式兩份，裝入黃匣內；據說是呈太后、皇帝各一份。

不久，又有太監傳諭：賞飯一桌。這名為『賜膳』，照例由帶領的大臣作陪。繼祿陪他吃完了才說：『你今天新來，是插班，廿一才是你的正班，到時候我派人來接你。』

等送回客棧，杜鍾駿倦不可當，睡了一大覺起身，第一件想到的事，便是皇帝不知已服了他的藥沒有？心裡又想，陳蓮舫也開了方子，不知異同如何？如果服了自己的方子，陳蓮舫那張方子還用不用？

到得晚上，來了一名太監，正是白天他剛請完脈出殿，追上來傳話的那個。他說：『萬歲爺已服過你的藥，明天仍舊要請脈。』

『是！』杜鍾駿問說：『繼大人知道不知道？』

『另外派人通知他了，內務府會有人來接你。』

杜鍾駿點點頭，抓住機會問道：『請問，陳大夫也開了方子，皇上服了沒有？』

『大概服了吧！我沒瞧見。』

『我再請問，為甚麼要到廿一才是我的班？』

『如今一共五位大夫，你算算，今天插了班，不就要到廿一才該你的班嗎？』

杜鍾駿一聽楞住了，連那太監離去都未發覺。這夜一直不能安枕。半夜起身，等內務府官員陪他到了頤和園，先找繼祿辦交涉。

『繼大人，』他說：『五個人輪流值班請脈，各抒己見，前後不相聞問，這樣子怎麼能把病治好？要知道，我是來醫病的，不是來當差的！請繼大人把這種不合道理的規矩，跟皇太后、皇上說一說，務必要改良。』

繼祿笑一笑答說：『內廷的規矩向來如此，我們不能亂說的。你請坐一坐，請脈的時候，我會派人來招呼。』

坐了有一個鐘頭，方有人來招呼。一切儀注，均如昨日；脈象亦復依舊——才服了一劑藥，自然還不能見效。杜鍾駿只是陳奏，對皇帝的病症，更爲了解；又說『病去如抽絲』，請皇帝耐心靜攝。

等辭出殿後，開方如昨。慈禧太后又賞了飯，同時傳諭：『杜鍾駿改爲七月廿二值班。』進一步證實了首尾六天一輪的辦法。

於是，杜鍾駿進城便去拜訪吏部尚書陸潤庠。這是第二次，無多寒暄，便即道明來意：『府上世代名醫，尊公的《世補齋醫書》，海內傳誦；當今大老中，最明白醫道的，莫過陸大人！』他問：『請陸大人說說，六天一開方，彼此不相聞問，有這樣醫病的辦法沒有？』

『宮內的情形，與外面不同，只怕你還不大明白。』

『醫病的道理是一樣的。』杜鍾駿氣急敗壞地說：『我們進京，滿以爲醫好了皇上的病，可以博得個微名。現在看這情形，徒勞無益，全無希望。不求有功，先求無過，照目前的辦法，病一定醫不好！將來發生甚麼事故，誰來負責？陸大人是南書房翰林，天子近臣，請便中向兩宮說一說！』

『你不必過慮！』陸潤庠隨隨便便地答說：『內廷的事，向來如此，既不任功，亦不任過。我雖在南書房行走，也不常見兩宮；而且不是分內之事，亦不便進言。』

杜鍾駿這才領略到，在宮中當差是這樣的滋味！只好默然而退。不過有『既不任功，亦不任過』的話，算是比較放心了。

於是每隔五天進宮一次，每次匆匆一面，既不能細看皇帝的氣色，亦不能多問病情，皇帝自己也很少說話。『望聞問切』只佔得最後一個字，杜鍾駿頗有用武無地之感。不過，慈禧太后卻不似外間傳說那麼威嚴，常有溫諭慰問。中秋節賞也有他一份，大卷紅綢兩片，紋銀二百兩，是派人送到他楊梅竹斜街斌陞店旅寓來的。

打發了賞銀，杜鍾駿順便請教頒賞的太監：『該怎麼謝恩？』

『大夥兒一起磕頭吧！我不大清楚，你最好問內務府。』

跟內務府的官員打聽了才知道，照例頒賞，是約齊了一起謝恩，日子定在八月初三。到了那天，濃雲如墨，大雨傾盆，但海甸道上，車馬如織，文武大臣依舊都準時趕到了頤和園。

行禮定在召見軍機以後，大概是上午八點鐘左右。誰知雨勢越大，翎頂輝煌的王公親貴都偪促在仁壽殿兩廊等候；兩宮亦在殿中捲簾以待，一直等了一個多鐘頭，雨勢略收，二十出頭的小恭王溥偉，大聲說道：『不能再等了，行禮吧！』

說完，他一撩袍褂，下了台階，王公大臣紛紛跟隨著，就在積水盈尺的天井中，亂糟糟地向上磕頭。杜鍾駿亦雜在中間，隨班行禮，搞得泥濘滿身，狼狽不堪。

出了仁壽殿，急於想回下處去換衣服，不道有個小太監一把拉住他說：『杜大夫，我有話告訴你。』

『你說吧！』

『這裡不是說話的地方，你來！』

那小太監神色倉皇地左右看了一下，撒腿就走。杜鍾駿在內廷當差半月有餘，已略知規矩，太監這樣結交外人是犯禁的。自知跟太監私下交談，亦有未便，但怕是有關皇帝病情的要緊話，不能錯過機會。考慮了一下，終於還是跟了過去。

跟到僻處，那小太監翹起大拇指說：『你的脈理很好！』

『你怎麼知道？』

『我聽見萬歲爺說的，說你的脈理開得好。我一發告訴你吧，太醫開的藥，萬歲爺常常不吃，你的方子吃過三劑！』說罷，他略伸右手，五隻指頭亂掄著，彷彿是個無意識的舉動。

正在向他口頭致謝的杜鍾駿，驀然意會，急忙從口袋中掏出一張銀票，捏成一團，塞在他手裡。那小太監飛也似地跑了。

杜鍾駿卻不以爲他是爲了討賞，故意編一套好聽的話來獻媚。自己算了一下，除頭一天插班以外，正班共有三次，大概就是這三劑方子，皇帝全都服了。心裡在想，是不是能夠奏明皇帝，每次開方，連服五劑，庶幾藥效不致中斷，易於收功。

下一天又是値班之期；這天請脈是在寢宮，由內務府大臣奎俊帶領，快將到達時，只見一名太監匆匆起來，行了禮說：『奎大人，你快上去吧！萬歲爺在發脾氣！』

『喔！』皇帝發脾氣，奎俊不急，從容問道：『爲甚麼？』

『不知道！萬歲爺親自檢藥，檢著檢著就來了脾氣了！傳旨找內務府大臣。』

『好！我就去。』奎俊回頭對杜鍾駿說：『你先在廊上站一站，聽我招呼。』

杜鍾駿便在寢宮外面靜靜待命。只聽皇帝的嗓子很大，『怪道我的病不得好！』他說：『你瞧枸杞上生蛀蟲，拿這壞藥給我吃，怎麼醫得好？』

『是壽藥房配的藥，大概藥的年份久了。』

『這怎麼行！現在派你到同仁堂去配藥。』

『是！』

不久，奎俊從殿裡出來，招招手將杜鍾駿領了進去，只見皇帝坐在一張小圓桌前面，桌上攤著一小包一小包的藥。

『杜鍾駿，』皇帝問道：『藥材是不是四川雲貴一帶的最好？』

『不一定，各地有各地的特產。』

『這「於朮」呢？』

『浙江省於潛縣出的最好，所以叫於朮。』

皇帝點點頭，『這張方子是陳秉鈞開的，昨天不想吃，今天拿出來看看，覺得還不錯，服一劑也不妨，誰知道盡拿些壞藥給我吃。』他又問：『茯苓、山藥哪裡最好？』

『茯苓自然是雲南，山藥要河南出的才地道。』

『好！以後你們開方子，都要註明藥材的產地！』

『是！』

杜鍾駿請完脈開方子，心裡在琢磨，註明藥材產地，是不是要各省督撫進貢呢？果然如此，下藥又要斟酌，不必多找麻煩。

果如所料，第二天就由軍機處分電各省，凡有特產藥材，立即進貢。此外又由慈禧太后傳諭：各省所薦醫生六人，分爲三班，兩月一換。同時發下一張名單：頭班張彭年、施煥，第二班陳秉鈞、周景燾，三班呂用賓、杜鍾駿。

這比六天一輪的辦法要好些。但使杜鍾駿困惑的是，何以會排出這麼一張名單？他當然是有自信的，而且皇帝亦頗讚賞他的醫道。呂用賓是京城裡的名醫，口碑極好，如果是將他們兩人排爲頭班，也許兩個月內就能大見效驗。誰知將好手排在後面，實不知其意何居？

當然，這是無法去求得解釋的事，而且從這天起，杜鍾駿對皇帝的病情也隔膜了，只聽說同仁堂到海甸開了分號，因爲自從枸杞生蟲，皇帝一怒命奎俊親自到同仁堂配藥之後，內務府就曾面奏，說頤和園離同仁堂很遠，來回路程非幾個鐘頭不可；配藥回來，趕不上吃，不如命同仁堂就近設立分店，最爲便當。皇帝准奏，同仁堂便是奉旨設立分號了。

這樣過了有七八天，杜鍾駿正閒得沒事幹時，內務府忽然派人來通知，說繼祿有請。趕到那裡，才知是派了他一個意想不到的差使。

『杜大夫，請你來當考官。』繼祿笑道：『看考醫生的文章。』

原來皇帝的脈案，逐日有人到奏事處去抄了出來，賣給上海各報駐京的訪員，發電報回去，刊登在報上。端方正在江南考醫生，便以此作爲題目，取中廿四卷，特地派專差將此廿四卷送進京來。奏摺上說明：如果賞識哪一卷，即派此人進京請脈。

『端制軍可眞是會做官！不過，法子也太新鮮了一點兒。皇太后說：她也不知道哪一卷好，發交吏部陸尚書看，他也不敢作主，那就只好借重各位的專長了。』

杜鍾駿也覺得端方有點異想天開，不過，他倒很感興趣，期待著其中或許眞有高手，道理說得透徹，用藥別有新意，大可供作借鏡。所以當即在內務府坐了下來，一卷一卷細細地看。

按說，同一脈案，用藥不致大相逕庭。哪知不然，二十四卷，起碼有十個不同的說法。有的說，應該補腎；有的說，該用六味地黃丸；有的說，當補命火；有的說，要用金匱腎氣丸；又有主張補脾胃的；也有斷言，必當氣血雙補，用參茸之類極珍貴的藥。其中有一卷最妙，說皇帝的病，應當陰陽並補，所開的藥是十全大補丸。

『都是懸揣之辭。』杜鍾駿率直陳言：『沒有一個人搔著癢處。』

『我想也是！』繼祿說道：『皇上的病，連我們經常在內廷行走的人都弄不清楚，何況遠在上海，只憑脈案開方子，豈有不是隔靴搔癢的？』

『正是這話。』杜鍾駿問道：『聽說皇太后中秋吃壞了肚子，一直拉痢。可有這話？』

『怎麼沒有！』

正說到這裡，另一內務府大臣奎俊闖了進來，探問『閱卷』的結果。聽了杜鍾駿的意見，只是搖頭。

『不用說遠在上海，』他說：『就近在咫尺，像頭班張彭年、施煥的藥，皇上吃了毫無效驗……』

他忽然頓住，欲言又止，是有話想說而有所顧忌似地。

『你說吧！』繼祿比奎俊更無顧忌，『忌諱甚麼？』

於是奎俊將梗在喉頭的話吐了出來：『你們在這裡請脈，我早就想跟你們說了，皇上的病，不容易治，你們不請脈更好！』

聽得這話，杜鍾駿驚疑不定，但不便多問，而且料想追問亦不會有結果，只好當作沒有聽見，接續未完的話題，問到慈禧太后的痢疾。

『時好時壞，一直在鬧肚子。』繼祿答說：『不過不願意大家提這件事而已。』

『爲甚麼呢？』

『你想，皇上天天請脈，有脈案發出來；皇太后再病了，豈不影響人心？』

『這樣諱疾總不是辦法！』杜鍾駿說：『老年人最怕這個毛病，而況……』他也欲言又止了。

『怎麼不說下去？』繼祿催問。

『我也是聽人說的，不知道靠得住靠不住？說皇太后抽抽這個，是不是？』杜鍾駿做了個抽大煙的手勢。

『你指皇太后抽「福壽膏」？偶爾抽著玩兒，沒有癮。』

『那還好！』杜鍾駿點點頭：『不然，煙痢是最麻煩的。』

『聽說陸總憲，就是戒煙之後得了痢疾，治得不得法，送掉了老命！』

『總憲』是都察院左都御史的別稱；從新官制頒佈以後，只設都御史一員，由原任左都御史陸寶忠蟬聯。

此人是江蘇太倉人，光緒二年丙子恩科的翰林，循分供職，當到左都御史。謹愼清廉，說來是個好官，不幸的是那『一口癮』害了他。上年厲行煙禁，京中各衙門官員，准許自行陳請，限期戒斷。京外大小文武官員，則限定在六個月內戒絕。半年一過，詳加考查，王公大臣四人，痼癖如舊，王公兩人是睿親王魁斌、莊親王載功；大臣兩人巧得很，都出在都察院，一個是都御史陸寶忠，一個是副都御史陳名侃。

於是軍機大臣奏明，採取了一個很有力的措施，睿、莊兩王所領的各項差使，如都統、前扈大臣、內廷行走等等，盡皆開去；陸寶忠與陳名侃則暫時開缺，一律派員署理，『如能迅速戒斷，仍准照舊復職。』否則，兩親王革爵，兩大臣革職，絕不寬貸。

有此嚴旨，陸、陳二人自然奉命唯謹。陳名侃的煙戒得還算順利；陸寶忠卻痛苦萬狀——其時戒煙的方子無其數，陸寶忠一一覓來服用，總無效驗；最後是用涕泗橫流，強忍不顧的『熬癮』之法，方始戒斷；而元氣卻大喪了。

到得光緒三十四年正月，上奏陳明，戒煙淨盡；仍准回任供職。但疾病纏綿，拖到四月底不能不自己奏請開缺；過不了幾天，一命嗚呼。慈禧太后倒是惻然不忍，特命優恤；謚法也不壞，第一字照例用『文』；第二字是個『愼』字。

接任陸寶忠遺缺的，正是在他戒煙時奉旨署理的張英麟。慈禧太后對此人的印象極好；原來張英麟是同治四年乙丑，在她手裡點的翰林，但上邀慈眷，別自有因。

他是山東歷城人，同治十三年當編修時，與檢討王慶祺一同被選在『弘德殿行走』，貴爲帝師。那王慶祺品格不端，罔識大體，經常弄些《肉蒲團》、《燈草和尚》之類的禁書，與仇十洲的《春冊》，投穆宗之所好；最後竟帶著大婚不久的皇帝，逛下三濫的窯子，以致出了一場『天子出天花』的大禍，絕了清朝自太祖以來，父死子繼，一脈相傳的嫡統。

當王慶祺鬼鬼祟祟勾引皇帝時，張英麟看在眼裡，大不以爲然，但既不便規諫，亦不便說破；唯有潔身遠行，兼以免禍，上了個奏摺請假歸省；在山東老家住到光緒元年，方始進京銷假。

復起之後，張英麟當了十七年的翰林，才以詹事外放爲奉天府丞，兼領學政；於是當閣學，轉侍郎，特簡爲順天學政。庚子那年，拳匪鬧事，兩宮西狩，百官星散；唯獨張英麟緊守著學政的關防，等待交替。第二年召試行在，一直當他的吏部侍郎。到得改新官制，不分滿漢，張英麟因爲在關外多年，熟悉旗務，特授爲鑲黃旗漢軍副都統，是清朝開國以來，漢員當旗官的第一人。

在張英麟接任之前的半年，已有上諭，設置代替國會的資政院，並派貝子溥倫與武英殿大學士孫家鼐爲總裁，會同軍機大臣，擬訂詳細院章；因而陸寶忠奏請改都察院爲『國議會』，以立下議院的基礎。結果是駁掉了！因爲從慈禧太后到張之洞、袁世凱，都沒有意思想施行兩院制的立憲政體。

在張英麟接任以後，資政院及各省諮議局的章程，皆已擬妥，而朝廷尙有瞻顧，未曾頒佈。但立憲的呼聲，則已高唱入雲，在上海有好些倡導立憲的團體，有一個叫『預備立憲公會』，首腦是南通狀元張謇、福建解元鄭孝胥等人，電請速開國會，以兩年爲限。更有個聲勢赫赫的『政聞社』，是梁啓超所組織，也是保皇黨的大本營，電請憲政編查館，在三年內開國會。

類此的奏請，除了報紙刊載以外，朝廷照列『不報』；卻鈔發了奉派赴國外考察憲政，甫自德國、日本歸來的禮部侍郎于式枚的一道奏摺。于式枚在北洋幕府多年，專司章奏；文字爲海內傳誦，所以即使對憲政沒有興趣的朝士，也要仔細讀一讀。

他的奏摺中劈頭就說：『臣愚以爲憲法自在中國，不需求之外洋。』只看這句話，對熱中立憲的人，便是兜頭一盆冷水。

但他的文筆，自有不能不令人平心靜氣，細究其故的魔力：『近來訪察群情，詳加研究，編考東西之歷史，深知中外之異詞。中法皆定自上而下奉行，西法則定自下而上遵守，此實振古未聞之事，乃爲近日新說所宗。臣歷取各國憲法條文，逐處參較，有其法已爲中國所已有而不需申明者，有其事爲中國所本無而不必仿造者，有鄙陋可笑者，有悖誕可笑者，有此國所拒而彼國所許者，有前日所是而後日所非，固緣時勢爲遷移，亦因政教之歧異。』

話雖如此，于式枚認爲比較可取的是日本憲法，『雖西國之名詞，仍東洋之性質，自爲義解，頗具深心。』以下引敘上海報上刊佈的，一篇題爲〈今年國民爲國會請願文〉的文章，攻擊『憲政所以能實行者，必由國民經有一運動極烈之年月，蓋不經此，不足以摧專制之鋒。』的論調；他說：『各國立憲，多由群下要求，求而不得則爭，爭而不已則亂，夫國之所以立者曰政；政之行者曰權；權之所歸，則利之所在，定於一則無非分之想，散於眾則有競進之心，其名至爲公平，其勢最爲危險！行之而善，則爲日本之維新；行之不善，則爲法國之革命。』

接著撮敘法國大革命及日本立憲的結果，從而議論：『蓋法國則當屢世苛虐之後，民困已深，欲以立憲救亡，而不知適促其亂；日本則當尊王傾幕之時，本由民力，故以立憲爲報，而猶需屢緩其期。上有不得已之情，下有不可遏之勢，情勢所迫，不得不然。至於我國臣民，本來無此思想，中國名義最重，政治最寬，國體尊嚴，人情安習，既無法國怨毒之積，又非日本改造之初。我皇太后、皇上曲體輿情，俯從廷議，特允非常之舉，寬爲莫大之恩！迭降諭旨，既極周詳；分定年期，尤爲明盡，應如何感頌奮勉，以待推行；豈容欲速等於索償，求治同於論價？』

至此筆鋒一轉，以輕蔑的語氣，大罵主張的立憲記者、教員：『況今之言立憲，請國會者，實爲利而不爲害；且在士而不在民！其所言報館、學堂，不農不工不商，但可強名爲士，未嘗任納稅當兵之責，乃欲干外交內治之權！至敢言「監督朝廷」；又或云「推倒政府」。讀詔書則妄加箋注；見律令則曲肆譏彈，胥動浮言，幾同亂黨！』因此，于式枚認爲：『觀於法國之事，則知發端甚巨，固禍變之宜防。』但亦不否認：『又觀於日本之事，則知變法方新，亦人情所恆有。』從而警告：『惟亟籌補救之策，乃不至成潰決之虞。』至於補救之道：『惟在朝廷力圖富強，廣興教育；用人行政，一秉大公。不稍予以指摘之端，自無從爲煽惑之計。至東南各省疆吏，尤當愼擇有風力、知大體者，隨時勸導，遇事彈壓，庶不至別滋事端。』最後歸結到憲法，主張先『正名定分』，引『日皇所謂「組織權限，由朕親裁」：德相所謂「法定於君，非民可解」』，意在言外地表示：『將來的憲法，必當出於欽定；而不可由國會釐訂。』至於制憲的程序，該等到『將來各處奏報到齊，必須愼擇賢才，詳加編訂，於西法不必刻劃求似，但期於中正無弊，切實可行。』

如此立論，在守舊派，尤其是攬權日甚的少年親貴，自然擊節稱賞；一般人看來，覺得除掉『頌聖』不免肉麻，批評敢言的記者、教員，持論過苛以外，由於他承認立憲的要求，爲『人情所恆有』，所以並未起多大的反感。至於對宦海升沉特感興趣的人，則著眼於『東南各省疆吏，尤當愼擇有風力、知大體者』這句話，認爲是針對兩江總督端方而發：東南督撫，或者會有調動。

這篇文章只引起批評，並未引起風波，但傳到海外，保皇黨紛然大譁。於是到了六月裡，軍機處接到一個怪電報。

這個電報發自南洋，是個電奏；自署銜名叫作『法部主事陳景仁』，自道是政聞社社員，電文中將于式枚狗血噴頭地痛罵了一頓，請朝廷『革于式枚之職，以謝天下。』

『荒唐，荒唐！』張之洞看完這通電報，大搖其頭：『時逢末世，甚麼怪事都有！各位看，該當作何處置？』

『革職不就完了！』世續答說：『主事無專摺奏事之權，光這越分言事，就可惡之極！』

『且慢！』袁世凱另有看法，『陳景仁所恃者政聞社，政聞社又何所恃而敢如此猖狂？』

此言一出，滿座默然。最後是慶王奕劻開了口：『不必多問了！我看，只拿政聞社請限期立憲，跟這姓陳的併作一案，發一道上諭。各位看呢？』

大家都知道，政聞社跟肅親王善耆有關係，所以奕劻主張『不必多問』；不過陳景仁究係何許人？何以會在南洋？張之洞認爲應該查一查。

『何妨先找一部「縉紳」來看看？』

世續這句話提醒了大家。隨即取來琉璃廠榮祿齋刷印的，光緒三十四年春季及夏季的縉紳錄，遍查法部官員，就找不到一個名叫陳景仁的主事。

『莫非是冒名開玩笑的？』張之洞說：『如本無其人，則煌煌上諭，無的放矢，那可不成事體了！』

『冒名是不會的。』世續又說：『照我看，此人在法部怕查不出來，必得到吏部才有著落。』

這一來，袁世凱也想到了，『或者是個捐班的主事，』他說：『從未到過法部。』

他的猜測不錯，吏部司官查覆，陳景仁是捐班主事，本來分發刑部；一改新官制，便變成了法部主事，聽說此人是南洋的一個富商。

只要有這個人就好辦了。由張之洞口授大意，軍機章京擬好一個旨稿，呈堂傳閱。袁世凱看上面寫的是：『政聞社，法部主事陳景仁等電奏：請定三年內開國會，革于式枚以謝天下等語；朝廷預備立憲，將來開設議院，自爲必辦之事。但應行討論預備各務，頭緒紛繁，需時若干，朝廷自需詳愼斟酌，權衡至當。應定年限，該主事等何得臆度率請？于式枚爲卿貳大員，又豈該主事等所得擅行請革；聞政聞社內諸人良莠不齊，且多曾犯重案之人；陳景仁等身爲職官，竟敢附和比暱，倡率生事，殊屬謬妄。若不量予懲處，恐譸張爲幻，必致擾亂大局，妨害治安。法部主事陳景仁，著即行革職，以肅官常。』

『我想改一兩句話。』袁世凱提筆勾抹添寫了兩句，再送給張之洞看。

一看，『以肅官常』四字勾掉了；添了兩句：『由所在地方官查傳管束，以示薄懲。』張之洞便即問道：『陳某人在南洋，如何命地方官查傳管束？』

『這是加個伏筆。』袁世凱說：『此人倘敢潛回內地，就可以責成地方官遵旨行事了。』

『啊，啊！』張之洞不免自慚；當了三十年的督撫，連公事上這個小小的竅門都還不識，豈非荒唐？

這道上諭，面奏裁定；第二天南北各報，都用大標題登了出來，政聞社社員大譁，紛紛寫信給梁啓超，或者政聞社的總務員，年高七十，精通六國文字的馬相伯，要求退社。所持的理由不一，有的是爲『譸張爲幻，必致擾亂大局，妨害治安』的話頭嚇倒，怕惹來大禍；有的是覺得『良莠不齊，且多曾犯重案之人』的話太難聽了，不願同流合污；有的認爲陳景仁太霸道，既然講言論自由，有話大家好說，何至於于式枚說錯了話，便該革職？

就在這政聞社社員紛紛要求退會或解散團體之時，『預備立憲公會』所策動的各省國會請願代表，已陸續到京；八大胡同與戲園飯館，平添了無數打著藍青官話，滿口新名詞的陌生面孔。有時因言語隔閡，習俗不同，惹起糾紛；『地面上』的官人，總是善言排解，此由於民政部尚書肅王善耆曾經迭有『堂諭』，對這些代表，務必妥爲保護之故。

袁世凱對肅王的態度頗爲不滿，不過他一向不願得罪親貴，所以隱忍未言。但對政聞社卻耿耿於懷，隱憂莫釋，因爲愈來愈多的跡象，顯示政聞社以擁肅、離慶，拉張、倒袁爲宗旨；尤其離間他與慶王奕劻的關係這一點，更難忽視，日夕伺機，想一舉消滅政聞社。

機會終於來了！就在杜鍾駿到京請脈的那時候，由美國舊金山來了一通電報；是：『中華帝國憲政會總長康有爲，副長梁啓超暨海外二百埠僑民』所上的請願書，列陳『十二大請願』，可歸納爲九事，其中最重要的共有五點。

第一點：『立開國會以實行憲政』，這在慈禧太后已司空見慣，不以爲忤。但撤簾歸政，盡裁閹宦，遷都江南，及改國號，大清帝國爲中華帝國，則無不犯了大忌。慈禧太后勃然震怒，將原電交了下來，命軍機處會同政務處及憲政編查館會議具奏。

袁世凱成竹在胸，但需先有一番佈置；特地去看慶王奕劻，要求屏人密談。

『王爺，』他神色凜然地說：『我有件心事，至今不敢不率直奉陳了。王爺知道不知道肅王結交了一些甚麼人?』

『我不太清楚。』奕劻答說:『此人向來不講邊幅,瘋瘋癲癲的,不必理他!』

『不然!瘋子會闖大禍!』袁世凱又問:『王爺可知道,所謂「中華帝國憲政會」,就是保皇黨的改名?』

『知道。』

『康有為有個弟子叫湯覺頓,在京已經多時,王爺可知道?』

『不知道,連湯甚麼頓這個名字我都沒有聽說過。』

『那就無怪乎王爺不知道了!這湯覺頓便是奉了康梁之命,專門來跟肅王聯絡的,他們經常見面。』袁世凱說到這裡突然頓住,而臉上是極痛苦的表情。

這使得奕劻既驚且疑,『慰庭,』他問:『你有甚麼難出口的話。』

『我有句話,不忍言而又不能不言,說出口來,就要有個歸宿;否則,王爺怕亦擔了很大的責任。』

奕劻駭然,『何出此言?』他將心定了下來,沉著地說:『慰庭,你不妨說給我聽,如果我該負責任,我一定負。』

袁世凱點點頭,壓低了聲音說:『保皇黨的首腦,從前是康有為,現在是肅王!朝廷嚴旨要捕康梁,而康梁奉肅王為魁首。王爺,請問,這該怎麼說?』

奕劻聽得這話,大吃一驚!心裡懊悔,不該讓袁世凱開口,如今可為難了!照袁世凱的說法,肅王善耆應與康梁同科,但又何能在慈禧太后面前訐告此事?倘或不聞不問,萬一有何事故,袁世凱會說，當時曾警告過慶王，他沒有表示，只好不辦。這就變了比同隱匿，至輕也是個革爵的處分。

看他臉上陰晴不定，袁世凱索性再說些讓他膽戰心驚的話，『王爺，』他說：『肅王辦的消防隊，用兵法部勒，一樣有洋槍，一樣三六九出操。請問，救火的消防隊用得著這個嗎？』

奕劻的臉都嚇黃了，『他要幹甚麼？莫非要造反？』他氣急敗壞地說。

『王爺，』袁世凱搖搖頭，極冷靜地答說：『你這話誰都沒法子回答。』

奕劻心想，消防隊練武攜槍，不就是打算趁火打劫嗎？倘或宮廷有災，命消防隊進大內救火，可能俄頃之間，變起不測。轉到這個念頭，不由得打了個寒噤。

『那怎麼辦呢？』奕劻緊皺著眉說：『以善一的身分，能有甚麼處置？』

『善一』就是肅王善耆；他居長，弟兄四人名字中都有一個善字，而輩分則與帝系的『溥』字輩相並，因而輩分較高的親貴，都以善一、善二叫他們兄弟。『善一』的輩分雖低，畢竟是世襲的親王；即令犯有極重的過失，亦需有確實的證據，方能奏請處置。如今事涉曖昧，而又關係重大；如果讓慈禧太后知道了他是這樣的態度，必然震怒，但卻無奈其何。倘或隱匿不言，萬一出了甚麼事，可又脫不得干係。此所以奕劻為難萬分。

他的處境是袁世凱早就想到了的。就要奕劻覺得為難，才會聽從他的建議。於是他用安慰的語氣答說：『王爺也別著急，事情就怕不能前知，知道了總有法子預防。親貴理當保全，倘有不測之事，就算自己沒有責任，又何忍見那位親王為端華、載垣之續？』

『一點不錯，一點不錯！』奕劻連連點頭，『無事是福！』

『我在想，親王體制尊貴，朝廷必當優禮，表面上實在不能有甚麼舉動；為今之計，唯有釜底抽薪，削其羽翼！』

『「釜底抽薪，削其羽翼！」』奕劻輕輕地唸著，抬眼望著袁世凱問：『你的意思是，拿他手下得力的人辦幾個，或者調開？』

『不！羽翼者康梁一黨，甚麼中華憲政會，遠在海外，鞭長莫及，不如先查辦政聞社！只要上諭一下，湯覺頓之流，自然聞風而遁；再無人逞其如簧之舌，蠱惑親貴。這才是愛人以德的保全之道。』

這幾句話說得冠冕堂皇，奕劻大為讚賞。因此第二天奉旨會議時，便提出解散政聞社的主張，滿座皆以為然。民政部尚書肅親王善耆，亦在座中；見此光景，唯有沉默。散會以後，一路哼著『先帝爺，白帝城』，揚長而去；回得王府，未及更衣，便連呼：『找王小航來！找王小航來！』

這王小航單名一個照字，漢軍旗人，跟肅王府的淵源甚深。戊戌政變之前，在禮部當主事，上摺言事；尚書懷塔布、許應騤不肯代遞。王照一怒之下，做了一個呈文，指責堂官不當不遵旨為他代遞奏摺。而且這呈文是上堂親遞。同時聲明：兩尚書不受，他要到都察院呈遞。

自有部院以來，從未有過這樣的怪事。懷塔布與許應騤迫不得已，只好答允，為他代奏；隨即由許應騤親自動筆，擬了一個奏摺，說王照『咆哮堂署，藉端挾制』；並解釋不為代遞的緣故是：王照奏請皇帝遊歷日本，而日本最多刺客，從前俄國皇太子及李鴻章都曾遇刺。王照置皇帝於險地，所以不敢代遞。又指責王照『居心叵測，請加懲治。』

這道奏摺很厲害，能為王照帶來殺身之禍。無奈銳意變法的皇帝，一意廣開言路，對禮部堂官顧慮他的安危，並不見情，降旨道：『是非得失，朕心自有權衡，無煩鰓鰓過慮。』

接著又說：『若如該尚書等所奏，輒以語多偏激，抑不上聞，即係狃於積習，致成壅蔽之一端。

懷塔布等均著交部議處。』結果，懷塔布、許應騤，及兩名滿缺的侍郎，一律革職。處置之苛，未之前聞；王照亦就因為掀起這麼一場大風波而名聞海內了。

及至戊戌政變失敗，王照當然在查辦之列；幸而是京中土著，又有善耆照應，得以聞風脫走，與康有為同船逃到日本。前兩年方始悄悄回國，化名『趙先生』隱居昌平、保定等地；不過經常溜到京城，以肅王府為居停，作善耆的謀主。

這時把王照請了來，善耆便將政聞社行將奉旨解散的決定，告訴了他；向他問計，應該如何預作佈置？

王照與康有為由患難之交搞成水火不容——肇因於康有為露了以保皇為沽名圖利之計的狐狸尾巴，在日本動輒向人說，他奉了皇帝的『衣帶詔』，命他起兵『勤王』。起兵要糧要餉，藉此便可募捐籌款。有人以此求證於王照，他自然不肯替康有為圓謊，因而結成冤家。不過，王照對梁啓超是頗有好感的，所以勸善耆應該設法保全政聞社。

『既然勒令解散，想來下一步就是查拿了。這個責任自然落在民政部；那時候王爺可就為難了。』

『說得是！』善耆憬然有悟，『事不宜遲，教他們快走吧！此刻老趙怕還不知道這件事；等他一知道，佈下羅網，那可要大糟其糕。』

老趙是指民政部侍郎趙秉鈞，誰都知道他是袁世凱的鷹犬，掌握著民政部屬下的密探。王照心想，這趙秉鈞自題別號叫『智庵』，陰險多計，一奉解散政聞社的上諭，必定秉承袁世凱的意旨，小題大作，株連無辜，只怕各省請願代表都會遭殃；因此決定親自出去走一趟。

『王爺，我看這件事得我去料理。』他說：『別人去，話說不清楚，不了解事機之險，會誤大事。』

『你去自然最好。不過，怕顯眼！』

『不礙，我會化裝。我還得跟王爺要點東西。』

『甚麼？』善耆問：『錢？』

『錢倒不要，要南下的火車票，只要三等、四等，多多益善。』

『那容易！』

善耆隨即派人到前門車站買了一百張京漢鐵路的火車票，派人保護化了裝的王照，到前門外東河沿、大柵欄、八大胡同走了一遍，直到午夜方回。

第二天果然下了上諭：『近聞沿江沿海，暨南北各省設有政聞社名目，內多悖逆要犯，廣斂資財，糾結黨羽，託名研究時務，陰圖煽亂擾害治安。若不嚴行查禁，恐復敗壞大局；著民政部，各省督撫，步軍統領，順天府嚴密查訪，認眞禁止；遇有此項社夥，即行嚴拿懲辦，勿稍疏縱，致釀巨患。』

趙秉鈞一看有『嚴拿懲辦』的字樣，隨即下令，遇有談論國事，鼓吹立憲而行跡可疑的陌生人，先逮捕了再說。可惜，他晚了一步，湯覺頓與各省國會請願代表，都在這天上午拿著王照所送的車票，上了南下的火車；即有少數逗留在京的，亦已接到警告，及早躲到親友那裡，深居簡出，噤若寒蟬，趙秉鈞的部下一無所獲。不過，大老們的耳根倒是清淨了，因爲各省請願之事，就此無疾而終。

話雖如此，應該交代的表面文章，仍舊密鑼緊鼓地在趕工，八月初一那天，終於頒佈了一道煌煌上諭，明定籌備立憲期限爲九年，也就是在光緒四十二年頒佈憲法。同時在這道上諭中，公佈了『憲法大綱』、『選舉法要領』，以及『議院未開以前，逐年籌備事宜清單』。憲法大綱中首列『君上大權』，共計十三款。第一款：『大清皇帝統治大清帝國，萬世一系，永永尊戴』；第二款：『君上神聖尊嚴，不可侵犯。』此外，立法、召集議會、用人、軍事、外交、財政諸大權，統歸君上，不受干涉。唯一有些微憲法意味的一款是：『司法之權，操諸君上。審判官本由君上委任，代行司法，不以詔令隨時更改者，案件關係至重，故必以已經欽定法律爲準，免涉紛歧。』

儘管歸政於民，有名無實；但畢竟立憲有了期限，當國的大老可以鬆一口氣了。尤其是慈禧太后，眞有如釋重負之感，因而興致顯得特別好。宮眷的情緒完全視『老佛爺』的喜怒愛憎爲轉移；兼以時入仲秋，橘綠橙黃，一年好景之始，樂事正多，轉眼慈聖萬壽，更得好好兒熱鬧一番。

『人生七十古來稀！過了七十，就該年年做生日。何況是皇太后，更何況立憲有期，太平在即。』內務府的這一論調，流傳得很廣，在內廷行走的人，無不津津樂道。但有件事頗生爭議——這年慈禧太后萬壽，有個往年所無的點綴：西藏黃教的達賴喇嘛，將攜帶著大批珍貴的貢品，趕在萬壽期前入覲。在乾嘉以前的盛世，這是常事，自道光至今，外患內亂頻仍，時世不靖，道路修阻，達賴及班禪入覲之事，久已停止；如今復舉，正見得盛世將臨，所以很熱中於這件事。

可是李蓮英卻屢次諫阻，他的理由是誰都想不到的，說是故老相傳，皇帝與達賴同城，必有一方不利，多一事不如少一事。

『你是說，皇帝有病；怕達賴來了，會有沖剋？』

『是！』李蓮英率直答說：『不然何必降旨各省薦醫生？』

慈禧太后默然。從回鑾以後，她就漸漸發覺，李蓮英很衛護皇帝；現在聽他這話，更是效忠皇帝的明證。不過，她也知道，李蓮英跟榮祿一樣，不管怎麼樣，是不會背叛她的；別人擁戴皇帝就會結了黨來反對她，而李蓮英絕不會！而細細一想，他亦沒有錯；皇帝的病，若能痊癒，自己仍舊是太后；倘或不起，且莫說立了幼主又得有好幾年的辛苦操勞，而且太皇太后畢竟隔著一層，大權多少要分給皇后，總不如全握在自己手裡來得好。

於是她說：『你是哪裡聽來的怪話！皇上還能讓個喇嘛剋死？若說有個人不利，也必是不利達賴。』

李蓮英適可而止，不再往下說了。慈禧太后卻想起一件事，達賴早就到了山西，駐錫五台山；六月初將由山西巡撫，一指派妥人，護送來京。至今兩月，何以未到？

第二天問起軍機，此事歸世續主持，便由他答奏：『六七月裡天熱，帶來的貢品又多，一路調撥伕馬，種種不便；所以等到涼秋入覲。』

『現在不是秋涼了嗎？』

『是！也快動身了！好在山西離京不遠，只要一動身就快了。』

他沒有說眞話。眞相是達賴不願入覲了！因爲他對陛見的禮制有意見；照理藩部的擬議，達賴見了皇帝，跟任何臣工一樣，必須磕頭。而達賴自視甚高，以『國師』自居，不願向皇帝行跪拜大禮，故而遲遲其行。

如今慈禧太后催問，而萬壽又快到了，世續不能不找理藩部想法子搬弄達賴進京。當下決定，好歹騙他到了京裡再說；因而由軍機處密電山西巡撫，敦勸喇嘛起程，禮制上總好商量。

達賴被勸動了，決定一過中秋就動身。哪知又橫生波折，『西藏番僧，聯名呈訴趙爾豐枉殺多命，毀寺掠財。』番僧就是喇嘛；達賴得知此事，自然又觀望了。

原來西藏的政教糾紛，頗爲複雜。當黃教始祖宗喀巴在明朝永樂十七年圓寂時，遺命以達賴、班禪二大弟子，世世化身轉世，互爲師弟，宏揚大乘教義，並以達賴主前藏，駐拉薩；班禪主後藏，駐札什倫布。轉世到今，達賴是第十三輩；班禪是第九輩。

這第十三輩達賴，法名阿旺羅布藏塔布克勒嘉穆錯，出生於光緒二年五月，由第八輩班禪爲他披剃授戒；到了光緒八年，第八輩班禪圓寂，下一年轉世現身，即爲第九輩班禪，法名洛桑曲金，當然成爲達賴的弟子。

其時英國垂涎西藏已久；光緒十三年驅使印度侵入藏邊，發生戰事，藏軍傷亡七百餘人；第二年又打了一仗，藏軍一萬餘人，潰不成軍。因此，達賴恨極了英國；而俄國正好乘虛而入，所派的一個間諜名叫道吉甬，做過達賴的老師。自甲午戰後，西藏是聯俄派的天下，英國的勢力處處受到壓制。不想日俄戰爭爆發，俄國無暇遠顧，英軍得以捲土重來，在光緒三十年七月間，藉故侵入拉薩。達賴大驚，將印信交給了前藏三大寺之一，噶爾丹寺的噶布倫——前藏總攬立法行政大權官員的稱呼，額定三僧一俗共四名——倉皇往北而逃。

當時的駐藏大臣有泰，很討厭達賴的囂張跋扈，便上了一道奏摺，數他平時的不是以外，指責他事危潛逃無蹤，請朝廷『褫革達賴喇嘛名號』，以班禪代攝。

這一下，達賴對班禪便是舊恨加上新仇了。舊恨是在兩年以前，班禪到拉薩朝拜達賴，隨從疏忽，擊鼓而過布達拉宮，達賴以爲佈鼓師門是大不敬，罰他藏銀卅秤；師弟之間，就此有了嫌隙，加以英國人從中煽動，彼此仇怨日深。

不過，這一次班禪卻很顧師門的義氣，具奏力辭；無奈除他以外，別無人可以權攝達賴的位號，亦就只好勉為其難。

至於達賴，最初是逃到庫倫，意在投俄。只是蒙古的喇嘛領袖，法號哲布尊丹巴呼圖克圖，極受愛戴；而達賴跟他不能和睦相處，便難以存身了。庫倫辦事大臣深感為難，奏聞朝廷；下詔西寧辦事大臣迎護至西寧。

西寧在青海，是宗喀巴的降生之地；最大的一座寺名為塔爾寺；達賴到了西寧，自然卓錫在此。但就像在庫倫那樣，達賴與居停不和，積漸而至於勢同水火。

原來蒙古青海，除了哲布尊丹巴呼圖克圖以外，另有敕封的八大呼圖克圖，以章嘉呼圖克圖為首；位居第四的名為阿嘉呼圖克圖，主持塔爾寺。達賴寄人籬下而猶頤指氣使，阿嘉呼圖克圖自然不服。

於是陝甘總督升允上奏，說達賴性情貪吝，久駐思歸，請示應否准其回藏？朝廷因為英軍侵藏以後，強迫噶爾丹寺的噶布倫訂立喪權失地的條約，正派唐紹儀在印度與英國代表交涉改訂；此時自不宜放達賴回去，指示俟『藏事大定』再議。

同時，將阿嘉呼圖克圖調回京裡去管喇嘛。這樣調停，本可勉強無事，不料又爆發了兩活佛鬥法的軒然大波。據說，達賴與阿嘉呼圖克圖積不相容，彼此都想用法術制對方於死命。此本是紅教所盛行的邪道，但黃教的喇嘛，亦偶一為之；當然，有無效驗不得而知，巧的是，達賴這一次行法，似乎眞的有效；年未五十的阿嘉呼圖克圖，一場小病，竟然不治。塔爾寺的喇嘛知道兩人有鬥法之事，認定阿嘉呼圖克圖死於達賴之手；多方搜尋，找到了埋在泥土中的土偶等物，自是達賴用來咒魘阿嘉呼圖克圖的鐵證。因而群情憤慨，一直鬧到駐藏辦事大臣那裡。

派人詢問達賴，他承認土偶是他所埋，但否認是在跟阿嘉呼圖克圖鬥法；指出依照黃教儀典，這是感謝大皇帝恩惠的一種儀式。查證經典，果如所言。於是鬥法一事，成爲無可究詰的懸疑，不過，達賴在西寧可是存身不住了。當時的理藩院便安排他入雁門關，移床山西五台山，一住已經三年。

其時由於唐紹儀等人與英國不斷地交涉，終於改訂了條約，對原由西藏自己被迫訂約所喪失的利權，挽回了許多；而趙爾巽的胞弟爾豐，受任川滇邊務大臣，銳意經營康藏，改土歸流，屯墾練兵，雖然不斷遭遇阻力，但西藏的面目確在改變，使得達賴大爲不安。一方面怕朝廷眞個統治了西藏，一方面又怕班禪的地位勢力凌駕而上，變成大權旁落。

因此，他決定自請入覲。以爲這一下佔了班禪的先著，可以穩固自己的地位；同時在京裡也可以看看風色，相機活動，早遂重回拉薩之願。

不想好事多磨，磨得達賴意興闌珊；如今又聽趙爾豐在西藏有此諸般惡行，自然要看看再說。不久，朝命派成都將軍馬亮查辦，初步處置總算公平的；復經山西巡撫力勸，畢竟還是啓程了。

一入直隸境界，朝廷特派大員赴保定迎接；這一下，地方官不能不特加尊禮，百姓亦就刮目相看，道路爭傳：『西藏活佛來了！看一眼都是福氣！』於是所到之處，駐錫名刹，香花供養，警護森嚴，這在達賴卻是頗足以爲慰的事。

一到京，就更氣派了；京裡的喇嘛很不少，亦沒有幾個人瞻禮過達賴，此時歡欣鼓舞，臉上像飛了金似地，晝夜不斷，聚集在他所安座的黃寺；王公親貴，皆來致禮，更是少有的榮耀。每一出行，前呼後擁，身後追隨著無數黃衣喇嘛，轟動九城，傾巷來觀，使達賴更覺得權勢之可貴可戀。

但，令人不怡之事，很快地來了。理藩部負責爲他們的堂官照料達賴的一個司官，名叫羅西木桑，是蒙古人，但在西藏多年，能言善道，只是有點不大懂交情，商談覲見禮節時，毫不放鬆。

『要我行跪拜禮辦不到。』達賴一口拒絕。

『這是按成例行事。』羅西木桑說：『絕無不敬大師之意。』

『成例不足憑！而且那是班禪自貶身分！』

他說的這話，羅西木桑自然知道。在順治、康熙、雍正三朝無論達賴或班禪見駕皆不行跪拜之禮；直到乾隆年間，有一次班禪在熱河行宮覲見，自請依臣子之禮，從此就成了例規。

『大師的話，竊所不喻。』羅西木桑答說：『達賴、班禪世爲師弟，原爲一體。再說兩大師化身轉世，所以今天弟子所見的大師，就是乾嘉以來的各位大師；何以從前可循例行事，而此刻不能？』

這話駁得很厲害，達賴顧而言他地說：『你提起乾隆年間的話，我倒要問你，乾隆御製「喇嘛說」，你讀過沒有？』

『在理藩供職，自然讀過。』

『那麼，你倒說，高宗怎麼解釋喇嘛？』

羅西木桑想了一下，朗然唸道：『予細思其義，蓋西番語謂「上」曰「喇」；謂「無」曰「嘛」，「喇嘛」者謂「無上」……』

『慢著！』達賴截斷他的話說，『既謂之「無上」，豈能屈膝於人？』

『御製的文章中還有句話，』羅西木桑從容地說：『「即漢語稱僧爲上人之意。」無上是如此講法，請大師不可誤解！』

不但話不投機，而且措辭不甚客氣了；隨行的噶布倫趕緊扯開，『改天再議吧！』他說：『好在爲時尚早。』

禮制未定即不能覲見。其實，就定了也還得等待，因爲兩宮違和，除軍機及必須召見的大臣以外，一切儀制上繁文縟節，以及必得有精神來應付的朝覲，概行停止。

皇帝只是體力不充，疲憊得無法支持；九月初八那天跟軍機見面時，竟至垂首御案了。

這大概是從清朝開國以來，君臣晤對之際，從未有過的事。在短暫的沉默之後，慈禧太后說道：『皇帝病得久了，越來越重；你們看，可有名醫，不妨保薦。』

於是慶王奕劻回奏：『奴才六十九歲那年大病，是袁世凱保薦西醫屈庭桂來看好的。』

『喔！』慈禧太后問道：『這個人怎麼樣？』

這當然應該由袁世凱答覆：『屈庭桂在北洋多年，歷任醫官、院長；臣全家都請他看病。以前北洋大臣李鴻章有病，也是請他看。』

『你們知道這個姓屈的嗎？』慈禧太后問其餘四軍機。

醇王載灃不知其人，未曾說話；鹿傳霖重聽愈甚，根本不知問的甚麼；張之洞與世續的答覆是一樣的，本人並未請教過屈庭桂，只知家人患病，曾請他診視。

『中西醫藥是一樣的，只要治得好病就得了。』慈禧太后作了決定：『既然大家保薦這姓屈的，可以請他來看看。』

『是！』奕劻答說：『請皇太后定日子，哪一天請脈。』

慈禧太后算了一下答說：『十三或者十四吧！』

當天中午，袁世凱的侍從醫官，也是屈庭桂的學生王仲芹，便用電話將此消息，密告老師。屈庭桂大吃一驚，想起他家鄉廣東有的一句俗語：『有抄家，無誥封。』正想託詞辭謝，直隸總督楊士驤派材官持著名片來請了。

屈庭桂兼掌北洋衛生局，長官有命，不敢不赴；楊士驤一見他便說：『連著接到慶王、袁宮保的電話，請你趕緊進京。』

『請示大人，是不是進宮看病？』

『原來你已經知道了。』楊士驤笑道：『你趕緊去吧！這下成了御醫，將來請教你的人更多了。』

『大人……』

屈庭桂剛哭喪著臉喊得一聲，楊士驤便揮手打斷了他的話，『你怕甚麼？』他說：『你替慶王看好過一場大病，他還能害你嗎？』

聽得這話，屈庭桂方始釋然，第二天摒擋進京，一下了火車便去見奕劻。

『你是軍機大臣共同保薦，不能不去；你只要用心診治，保你無事。』奕劻又說：『皇上的病，到底有沒有危險，你看了之後先老實跟我說，我好密奏太后。』

『是！』屈庭桂答說：『不過回王爺的話，西醫看病，跟中醫不同。像明朝那樣，隔著帳子替后妃看病，手腕子上吊根紅絲線，說是憑這樣子就可以診脈，西醫可沒有那麼大的本事。』

奕劻笑了，『我請你看過，我知道你們西醫的規矩，我先跟太后回一回。』他又說：『不過，有些話，你最好別當著太后說。』

『我知道，不能當著太后，說皇上肝裡有病。』

『對了，不過我還告訴你，你可不能說皇上腎虧。』

『西醫並無這個說法。』

『那就行了，你找個人問一問見太后、皇上的禮節，等著十三請脈吧！』

請脈的日期決定在九月十四，屆庭桂前一天住在海甸；天色微明，便由頤和園的東角門到仁壽殿前待命，一直到九點鐘才蒙召見。因爲這天軍機例行見面，商議郵傳部所奏籌款贖回京漢鐵路的辦法。此是袁世凱入軍機後，最得意的一件事——京漢鐵路縱貫南北，但經營權握在比利時手裡；因爲此路是盛宣懷經手借比款所造。借款的回佣甚厚，而借款的條件甚苛，第一是行車管理權歸比國公司；第二，每年利潤比國公司可分兩成。且不論利權大大地外溢，倘或外交、軍事上有變化，這條通南達北的鐵路不能自主，即等於命脈爲人所制。所以自梁士詒出掌郵傳部鐵路總局後，即以籌款贖京漢路爲念茲在茲的第一件大事。袁世凱當然力贊其成，籌劃經年，已經成功。

籌款的辦法一共三項，招募公債、籌借外債、提集存款。外債已經借到，總數五百萬英鎊，名爲『振興實業借款』，由英國滙豐銀行、法國東方滙理銀行，各承貸一半。這天要談的是籌辦贖路公債一千萬銀圓。慈禧太后對何謂公債，不甚明瞭，奕劻及袁世凱便需細作解釋，因而耽誤了請脈的時間。

進得殿去，在東暖閣照規矩行了禮，背過履歷；坐在側面的慈禧太后問道：『聽說西醫看病的規矩，跟中醫不同。倒是怎麼個不同啊？』

『按西醫的規矩，要請皇上寬一寬衣服，露出胸背，一面聽，一面看。』

慈禧太后想了一下，點點頭說：『也可以！』

於是有太監上前，將坐在正面御榻上的皇帝，扶了起來；先卸長袍，次卸夾襖，然後將小褂子撩到胸口以上，露出肋骨根根可見的上身。

這時屈庭桂已經取火酒棉花擦過手，將聽診器掛在胸前，動手診視。一面聽，一面問：

『皇上自己覺得哪裡不舒服？』

『頭痛、發燒、背脊骨疼、胃口不好。』皇帝問道：『屈庭桂，你看我這病該怎麼治？』

『等臣細看了再回奏。』

屈庭桂收起聽筒，駢左手食中兩指，按在皇帝的肋骨上，再用右手食中兩指，『篤篤篤』地輕叩。慈禧太后大惑不解，向侍立在旁的奕劻問道：『這是幹甚麼？』

奕劻亦不明瞭，答說：『讓屈庭桂跟皇太后回奏。』

屈庭桂已聽見這話。他心裡在想，聽聲音皇帝的肺不好，怕是有病，肺如有病，中醫名爲『癆病』，一提起都會變色。這話說不得！

因此等叩擊完了，他向慈禧太后說：『剛才是測聽皇上的體質好不好。』

『喔，』慈禧太后問：『是看皇上的筋骨硬不硬？』

這一問，在屈庭桂有匪夷所思之感；只好硬著頭皮回答說：『是！』

『行了吧？』奕劻緊接著問屈庭桂：『行了，皇上好穿衣服。』

『是的，行了。』

『甚麼病？』皇帝一面讓太監爲他著衣，一面問。

這話很難回答。照屈庭桂看，毛病甚多，腰子顯然有病；肺亦可疑，但絕非不治之症。想了一下答說：『還是虛弱的緣故。』

『那麼該怎麼治呢？』

『得一步一步來，臣先拿皇上頭痛、脊骨痛這兩樣毛病治好，同時要給皇上服開胃的藥。』

皇帝大爲點頭，『你說得對！』他說：『拿這兩樣病治好，我的精神就會好得多。』

『是！』屈庭桂說：『臣想請皇上賞一小瓶尿。』

聽得這話，慈禧太后、奕劻跟太監們都差點笑出來；屈庭桂亦自覺失言，大爲窘迫，趕緊又作解釋：

『臣要取回皇上的尿液，回去化驗，更能查出病症。』

『要驗甚麼？』皇帝問說。

『打尿液裡頭能驗出來，腰子有沒有病。』

『喔！』皇帝點點頭：『可以！』

於是屈庭桂磕頭退出，在仁壽殿後面，太監起坐的板屋中開方子。這下又成了難題，因爲西醫的藥方，沒有脈案，藥名皆用洋文。既無法抄呈兩宮，也不能存在內奏事處，供王公大臣閱看。最後由內務府大臣奎俊去請示慈禧太后，奉到懿旨：不必看，也不必發下去，交敬事房存檔。這才算解消了難題。

開好藥方，屈庭桂說：『這張方子可以拿到外國醫院或者西藥房去配。有內服的，有外敷的，藥劑師自會註明白。』

『屈大夫，』奎俊說道：『都是些洋字，怕他們弄不清楚，藥配錯了不好。何不你自己一手經理？』

『這，』屈庭桂也讀過一些史書，懍於明朝末年『紅丸』的故事，大起戒心，老實答說：『醫藥都出於我一個人，這個責任太大，實在負不起。至於配錯藥的事，極少極少；而況是皇上的藥，誰敢大意？』

『說得也是！』奎俊又說：『皇上剛才面諭：明天還得請脈。請你再等等，只怕還有別的話。』

屈庭桂答應著，靜靜地等待；不久奎俊帶著太監來頒賞：四盒克食、兩百兩銀子，另外還帶來一瓶皇帝的尿液。屈庭桂跪著接了，隨即出園回城。

他是住在北洋公所，剛下車還未休息，慶王奕劻已著人來請。於是原車到得王府，只見袁世凱也在座。

『永秋，』奕劻喊著他的別號問：『你看皇上的病怎麼樣？』

『永秋，』袁世凱也說：『這裡沒有外人，你有話儘可實說。』

『是！』屈庭桂答道：『皇上的病，叫作精神衰弱症。得這個病的人，多半頭痛、暈眩、失眠、憂鬱、記性不好、食慾不振；這跟皇上的病徵，完全相符。』

『那麼，該怎麼治呢？』奕劻問說。

『回王爺的話，這個病不是吃藥吃得好的。』

『喔！』奕劻一驚，『莫非，莫非是不治之症？』

『不是！不是！』屈庭桂趕緊否認：『絕非不治之症。治這個病，最要緊的是靜養；若能換個病人喜歡的地方去住，更好。』

『爲甚麼呢？』袁世凱很注意地問。

『因爲得這個病的人，先天的體質固有關係，最主要的原因是，精神過勞，種種不如意，一天難得有件高興的事，久而久之，對原來住的地方厭了，也怕了。如果換個地方，耳目一新，原來的種種厭煩，一起擺脫，精神自然就好了。這有個名目，叫作「易地療養」。在外國常有這類病人，到空氣新鮮風景好的地方，去住那麼兩三個月，回來就會像換了個人似地。』

袁世凱與奕劻面面相覷，好久開不得口；屈庭桂也醒悟了，這在平常小康人家不難辦到的事，在皇帝絕無可能。

『永秋，』奕劻臉色嚴肅地說：『你剛才的話，可不能跟另外人去說；兩宮面前，更宜小心！』

『是！』屈庭桂重重地答應。

『除了甚麼「易地療養」以外，還有甚麼治法？』

『總以精神安靜爲主。最好每天能用冷水摩擦，按摩亦有用處。當然，飲食也是要緊的，不過，這得驗了尿再說。』

『這是怎麼個講究？』

『怕腰子有病，有些東西不能吃。』屈庭桂想起來了，『今天進宮聽太監私下在談，皇上有遺洩的毛病。』

『是的。不但有，而且很重。』奕劻答說：『皇上從小就怕突如其來的響聲，譬如打雷，或者一個銅板子掉在地上，都能嚇得臉色發白。如今只要聽見這樣的聲音，就會遺洩，更聽不得大鑼大鼓。』

『這可不好！』屈庭桂說：『精神衰弱的徵候很深了！最好，最好……』他說不下去了。他不說，奕劻與袁世凱也能猜想得到；最好避免聽見那種聲音。但又何能避免？慈禧太后愛聽戲，對於大鑼大鼓，侍座的皇帝能充耳不聞嗎？

情形是很清楚的了。哪怕宮闈事祕，只要勢力達得到，工夫下得深，還是可以直抉底蘊——都以爲慈禧太后的河魚之疾是小病；皇帝幾已病入膏肓，而揭底來看，適得其反。

『太后到底七十多了！年紀不饒人。』袁世凱說：『我親自問過好幾位替太后請過脈的御醫，都要我逼得緊了，才肯說實話。別看太后精神很健旺的，痢疾不好，是一大患；再說，她也不是眞的健旺，只是硬撐著，要讓大家都這麼想：宮中倘或出大事，必是龍馭上賓，不是駕返瑤池。』

坐在袁世凱對面的楊士琦與趙秉鈞對看了一眼，都不作聲，靜聽袁世凱再說下去。

『太后如果撐不住，一倒下來就完了；皇上呢，卻有得磨。屈永秋說甚麼「易地療養」，頤和園如果只有皇上一個人，不，如果沒有太后，不必每天請安，戰戰兢兢地不知道會出甚麼岔子；如果不必天天侍膳，或者常常陪著聽戲，讓大鑼大鼓震得心驚肉跳，那不就等於易地療養？』

『情形很清楚了！』楊士琦說：『母子之間，已成勢不兩立之局。』

『話是這麼說，似乎也有分別，』趙秉鈞垂著眼在剝指甲，神態悠閒之極，『皇上的病，固非太后駕崩不能好；可是皇上不在了，太后亦未見得有多大好處。』

『你是說，太后成了太皇太后，究竟隔一層了？』楊士琦說：『我看不盡然，宣仁太后不就是太皇太后嗎？』

他是說的北宋的故事。神宗棄天下，哲宗繼立，宣仁太后雖成了太皇太后，依舊臨朝聽政；起用『元祐正人』，扶植善類，成一代美治。這些典故，小廝出身沒有讀過多少書的趙秉鈞不甚了了。不過意思是聽得出來的，楊士琦是說，慈禧太后即使成了太皇太后，仍能掌握大權。

『太后也不是想抓權，只是不敢不抓而已！她怕大權落在皇上手裡。只要不是皇上，誰都可以掌權，她也落得逍遙自在。』

聽得這話，袁世凱與楊士琦都若有所思地好半晌不開口；趙秉鈞卻要等袁世凱有了表示，才肯往下說，因而形成僵持。都覺得自鳴鐘的『滴答』之聲，何以是這樣地響？

終於還是袁世凱發話：『你是從哪裡看出來的，太后並不想抓權？』

『從李蓮英、崔玉貴的消長去看！』趙秉鈞說：『太后是在培植皇后做太后了！』

『這話有味！』楊士琦矍然而起：『談到要害上頭來了！我們從頭數起。』

『何謂從頭數起？』袁世凱問。

『數數看，哪些人具九五之相？』

『不用數，事情明擺在那裡，只有兩個人，一個是倫貝子；一個是醇王的長子溥儀。』

袁世凱與楊士琦想了一下，都同意了他的看法。兄終弟及如當今皇帝繼穆宗之位的情事，絕不會再有；如果皇帝賓天，必是在溥字輩中選人爲穆宗繼嗣，兼祧大行皇帝。倘以爲國賴長君，則唯有立宣宗一支的長房長孫，現掌資政院的貝子溥倫，才不會引起爭議；而以親疏遠近而論，則醇王的長子，爲大行皇帝的胞姪，自然最有繼嗣的資格。

『倫貝子怕沒有希望。』袁世凱說：『太后就不想抓權，又豈能將大權交給疏宗的倫貝子。』

『誠然！』楊士琦深深點頭。

『此所以太后在培植皇后做太后！』趙秉鈞緊接著說：『那時的情形，就跟三十幾年前，太后撫養今上一樣。前事不忘，後事之師；太后一定會把當初如何失策，說給皇后聽。就怕皇后沒有太后的才幹。』

『要她有才幹做甚麼？』袁世凱沉吟著；思量怎麼能安一個人在皇后身邊，以爲將來間接操縱的工具。

『你自號智庵，我倒要考考你！』楊士琦突如其來地說。

趙秉鈞卻微吃一驚，轉臉望去，發覺他的表情很奇怪，似乎有句很要緊的話想出口而又有所顧忌似的。

『請出題啊！』趙秉鈞開口催問。

『你說，皮硝李是何等樣人？』

趙秉鈞知道這不是他原來要問的話，便無需多想，信口答說：『第一等聰明人。』

『不錯！可是這一陣子他做的事，似乎很傻。』

『是指他反對達賴進京，公然表示衛護皇上？』

『是啊！你說那是爲甚麼？』

『八個字：急流勇退，明哲保身。』趙秉鈞忽然轉眼看看袁世凱，『崔玉貴讓我給宮保問好！』

『喔，』袁世凱問：『你甚麼時候遇著他的？』

『昨天。』趙秉鈞說：『爲小德張新買一所宅子，有了糾葛；崔玉貴來託我料理，已經替他弄好了。』

『小德張！』袁世凱很注意地問：『此人怎麼樣？』

『才具不如安得海，見識不如李蓮英；可是，將來會得寵。』

『何以呢？』

『我想，大概皇后從沒有一個親信太監的緣故。』

『這又是怎麼說？』

『皇后無權無勢，也不是怎麼能體恤下人的人，誰願意當她的親信？好處沒有，壞處多得很。』趙秉鈞慢條斯理地說：『第一，會得罪李蓮英、崔玉貴；第二，到處吃不開，可又不能不去爭，爭不到會挨皇后的罵，何苦？如今情形不同了，皇后的話慢慢兒有人聽了，自然就有小德張這樣的人，肯替皇后賣命。』

『好！』袁世凱說：『小德張是崔玉貴弄進宮去的，自然聽崔玉貴的話；這條路子交給你了。不過，李蓮英那面，也不能隨便放棄。』

『對了！』趙秉鈞被提醒了，『杏丞剛才的話，還沒有著落，你以爲我的看法如何？』

『急流勇退，明哲保身，自然不錯；不過，太泛了！我在想皮硝李也不是甚麼氣量寬宏的人，就能毫不在乎地瞧著崔玉貴爬到他頭上來？他這樣子故意給太后唱反調，必有一種重大的作用在內。』楊士琦轉臉問說：『宮保，我說得可有點兒道理？』

『確是有道理，只想不透他是甚麼重大的作用？杏丞，你說呢？』

『以我說，他是爲了躲一件大事！』

『大事？』

『是的，大事！』

『我明白了！』趙秉鈞一反悠閒的神態，臉色嚴肅，並且帶著些恐懼，『確是件大事！』

在他們這樣神祕、深沉而慄懼的神態之下，袁世凱驀地裡領悟了；內心大震，臉色亦變，覺得需要好好想一想。

楊士琦與趙秉鈞亦是如此。因爲他們發現，原來只是一個人心裡的猜疑，甚至只是一個妄誕的念頭；而此刻卻變成彼此在商議，至少是研究，那件『大事』究竟可行與否了！

袁世凱很快地恢復了常態，也就是內心接受了楊士琦的想法，『杏丞說從頭細數，我看要從兩宮孰先孰後數起。』他說：『倘或子在母亡，會是怎麼個局面？』

楊、趙二人是一樣的想法，如果慈禧太后駕崩，皇帝健在，首當其衝的便是袁世凱；皇帝不論在瀛臺、在頤和園、在西安行宮，只要覺得幽居無聊，就會拿紙寫個烏龜，寫上袁世凱的名字，然後拿它剪得粉碎；或者將紙烏龜黏在牆上，用小太監所製的竹弓竹箭發射，不中鵠不止。

當然，皇帝一朝收回大權，能不能殺得掉袁世凱，自是一大疑問，但不論如何，他之倒楣是倒定了；這話要直說亦未嘗不可，不過措辭不能不講究。

『那是件不堪想像的事！』楊士琦說。

『不是不堪想像，』趙秉鈞緊接著說：『是不敢想像。』

『其實也沒有甚麼不敢想像！上頭要有甚麼大舉措，總也得先經軍機，才能成爲事實。』

『不能先換軍機嗎？』楊士琦冷冷地說。

『對！』袁世凱很快地接口：『咱們就是要研究這一點，到那時候，軍機上留下的會是誰，新進的又是誰？』

『醇王當然會留下。』

『肅王一定會進軍機，』趙秉鈞接著楊士琦的話說：『保不定還是領班。』

『那你的意思是，老慶一定不會留下囉！』

『是的。如果老慶留下，肅王的資格邁不過他去。』

『我當然要回洹上養老去了！』袁世凱的語氣近乎自嘲：『我擔心的是那一來朝局怕有大翻覆。國事如此，何堪再生動亂？如果康梁得志，善化東山再起，西林捲土重來，只怕用不到三年，就會斷送了愛新覺羅的天下！』

『康梁不見得會得志。』趙秉鈞說：『我聽肅王談論，說皇上這幾年跟戊戌以前，大不相同了，到底經過這一場大亂，逃過那一次難，長了許多見識，不會輕舉妄動；再說銳氣也消了許多。不過善化復起，卻是一定的！』

『然則西林重來，亦為勢所必然。那一來，』楊士琦說：『一定翻戊戌政變這一案。北宋紹聖，明末崇禎年間的往事，必見於今日。』

他所說的典故，趙秉鈞聽不懂，袁世凱卻很了解，點點頭：『此語甚確！我們需早為之計。』

『定計先要定宗旨。』楊士琦說：『是預為疏通呢；還是不容此翻覆出現？』

袁世凱起身蹀躞，沉吟不答。想了好一會，突然站在趙秉鈞面前問道：『你說李蓮英想躲開那件「大事」，是你的猜想呢，還是聽到了甚麼？』

『也不算是猜想，是細心琢磨出來的。』

『你知不知道當年慈安太后暴崩的事？』

『知道！我就是從那件事上悟出來的。』

袁世凱點點頭，『你琢磨得不錯！不過，這件「大事」，李蓮英不幹，自然會有人幹！』他看看他們兩人問：『是嗎？』

『此所以小德張格外值得重視。』楊士琦說：『眼前倒是肅王的一舉一動，更宜注意。』

『這何消說得？』趙秉鈞答道：『在眼前來說，我還能制他；倘或他再往上爬，我可就無能為力了。』

『當然不能讓他再往上爬；如果他能往上爬，大事就不可為了。』楊士琦說。

這等於有了一個結論，也就是定了『宗旨』，如楊士琦所說的，必不容朝局有大翻覆的情形出現。

在宮中，戊戌政變以後一度在私下流傳得很盛的一句話：『換皇上』，如今又有人在悄悄談論了。

不過，同樣的一句話，前後的意思不一樣。那時說『換皇上』就是換皇上；現在說『換皇上』，是意味著大權會有移轉。

皇帝駕崩，另立新主，固然是『換皇上』；但也可能是『老佛爺』歸西，大權復入皇帝之手，那就成了真正的『換皇上』——皇帝不再有名無實，猶如脫胎換骨，再世為人了！

有那知文墨，能夠在內奏事處、養心殿等處當差的太監，這一陣子常常爲同事講改朝換代的故事，『只要一換了皇上，總歸有人要倒大楣！』他們得出一個結論，『倒楣的是誰呢？是老皇面前最得寵的人；寵得愈厲害，倒的楣愈大！』

聽這話很容易地使人想到和珅，嘉慶四年正月初三，太上皇帝賓天；到得初八，和珅便以二十大罪被逮、抄家；十八賜自盡。靠山倒得不過半個月工夫，即已家破人亡。

類似情事，自不止嘉慶一朝。只以最近的兩朝來說，文宗即位，道光年間的權相穆彰阿，立遭罷黜；同治即位，顧命大臣載垣、端華、肅順，賜死的賜死，斬決的斬決。當今皇帝即位，只爲掌權的人沒有變動，也就沒有甚麼誅戮。但是，眼前卻可能要有變動了！

最害怕這個變動的，是崔玉貴，『唉！』他時常對徒弟嘆息：『老佛爺活一天，我活一天！』

他的徒弟——太監中凡是比較親近皇帝的，這十年來殺的殺，攆的攆，消除將盡；凡是在緊要處所當差的，大半是他的徒弟。其中有好些原來聽李蓮英指揮的，亦由於李蓮英的急流勇退，改投在崔玉貴的門下了——都知道，他處在孤立無援的困境中。慈禧太后如果不能再庇護他了，皇帝當然要殺他；哪怕皇帝也不在了，還有瑾妃與她的娘家人，追論珍妃『殉國』之事，不知有多少人會站出來抱不平；眾怒難犯，一條老命是怎麼樣也保不住的了！

偏偏無可奈何地又把皇帝的幼弟，二十三歲的濤貝勒得罪了。那天是九月十五，照宮廷的規矩，凡近支親貴都要進時新果物肴饌，孝敬老太后；載濤早已成年成家，當然亦不例外。這天命小太監帶著雜役，挑了食盒到頤和園，附帶囑咐，順道去看一看皇帝近日的病情如何？

去時很順利，見著了皇帝，也代載濤請了安。而就在這小太監出園回府覆命時，已有密報到達慈禧太后的寢宮。

這應該是最平常的事，而在此時此地是最嚴重的事。慈禧太后倒不在乎載濤，只怕皇帝有甚麼話交代這個小太監帶出去。於是非抓這小太監來問不可了！

於是由崔玉貴派人帶著護軍直奔濤貝勒府；其勢洶洶地將貝勒府的人嚇一大跳。報到上房，年輕氣盛的載濤大爲不悅，鐵青著臉，親自來問究竟。

『你們要幹甚麼？』

『奉旨來拿剛才到皇上寢宮裡的小太監。』崔玉貴所派的人答說。

『是奉誰的旨？』

『老佛爺的旨意。』

載濤這時才知道自己的話，不但問得多餘，簡直是問錯了！奉旨當然是奉懿旨，皇帝還能來抓他的人？如今這一問明了，怎麼下得了台？

年輕好面子，未免就不識輕重了，頓時虎起了臉說：『沒有皇上的旨意，不能拿我的人！』

如果來人問一句：莫非要抗懿旨？這件事就會搞得無法收場；幸而那人還識大體，不肯說這一句重話，只說：『那就得冒犯了！』

歪一歪嘴，帶來的護軍分頭去搜，搜到了立即帶走。載濤氣得要拚命，護衛們擁上前去相勸；載濤喜歡票武生，常跟楊小樓、錢金福在一起打把子，腰腳上頗有點功夫，五六個護衛下死勁才把他抱腰捉手地攔住。

『都是崔玉貴這個老兔崽子！』載濤跳著腳罵：『總有一天收拾他！』

等有人把這話傳到崔玉貴耳朵裡，被逮的小太監因爲抵死不承認皇帝有話交代，已爲內務府愼刑司杖斃了。

『你們看，無緣無故又招上這個怨！』崔玉貴簡直要哭了！

很顯然地，如果將來是由醇王之子繼位，濤貝勒以皇帝胞叔之尊，要取他性命，還不容易？

『師父，你老不用愁！我一個人給他抵命就結了！』

說這話的人叫孫敬福，外號孫小胖子，本來是在慈禧太后面前供奔走，頗爲寵信，因此，崔玉貴建議派他去侍候皇帝，作爲可靠的耳目；載濤派小太監順道去給皇帝請安，就是他來報的信。

他此時口中的『他』，不知何指？如果是指皇帝，則所謂『一個人給他抵命』，就是件令人不敢想像的事了。

到得第三天晚上，跟孫敬福一屋宿的太監，發現他長袍裡面藏著一把刀；刀有一寸長，兩面開鋒，外加皮套，套子上端綴著根皮帶，可以繫在腰際，用長袍一遮，是不容易發現的。

那個太監外號叫二楞子，可眞嚇得楞住了，『孫小胖子，』他問：『你這是幹甚麼？』

『甚麼幹甚麼？』

『你的刀！』二楞子隔著衣衫指他腰間：『帶著這把刀幹甚麼？』

孫小胖子這才知道自己的祕密，已不小心洩漏，不由得臉色一變；知道不承認帶刀，更爲不妥，便掩飾著說：『你不是知道我跟人在打官司嗎？』

二楞子知道此事。孫小胖子在地安門外買了一所房屋，發生糾紛，原主告到工巡局，正在審理之中；可是，打官司又何用帶刀？

『不是帶刀打官司，殺誰啊？』孫小胖子語氣平靜地說：『房主是個天津衛的混混，跟人說，要殺我，我不能不帶把刀防著。』

話似乎有理，但禁中持兇器，便是一行大罪；二楞子又聽人談過，孫小胖子曾經跟崔玉貴說過甚麼抵命不抵命的話，所以疑懼莫釋，一夜都不曾睡著。

第二天上午跟同事悄悄談論，有知道他那官司的人說：『甚麼天津混混？人家是孤兒寡婦，孫小胖子仗勢欺人，他不殺人家就好了，人家還敢殺他？』

由此可以證明，孫小胖子包藏禍心，會闖大禍。這個禍一闖出來，所有在皇帝左右的人，都會被綑到內務府去拷問。其中有個明白事理、見識較高的人說，孫小胖子幹此悖逆之事，必出於崔玉貴的指使，慈禧太后一定不知內情，看宮中出此該滅族的逆倫大事，定必嚴辦。萬一出於慈禧太后的授意，那麼爲了遮人耳目，更得嚴辦。反正不論如何，孫小胖子終歸是害死大家了！

『那怎麼辦呢？』好些人異口同聲地說。

『只有一個辦法……』

這個辦法就是求援於李蓮英。於是商量停當，派人守候在皇帝寢宮附近。一天發現李蓮英經過，立刻通知大家集中，攔住了李蓮英，一齊下跪，由二楞子陳訴：『李大叔，我們都活不了啦！非李大叔不能救命！』

李蓮英大爲驚詫，『甚麼事，甚麼事？』他問：『起來說話。』

『孫小胖子身上帶著把刀。』

『啊！』李蓮英也變色了：『別胡說八道！』

『這是甚麼事能胡說？』二楞子說：『李大叔要不信，可以搜他。』

見此光景，料知這話不假；李蓮英自然不能聽從二楞子的主意，沉吟了好一會說：『你們別聲張，我自有主意。』

李蓮英的主意是釜底抽薪，向崔玉貴說話。他當然不能說是孫小胖子的同事告密，託詞宮外傳言，孫小胖子身上帶著刀；同時表示，這話荒唐，絕不可信。但既有此言，不能不查，不然，說不定會傳到慈禧太后耳中，『等老佛爺問到再查，玉貴。』他說：『咱們的差使就當砸了！』

崔玉貴亦暗暗心驚，不道孫小胖子眞會這樣不識輕重，當即點頭說道：『查！查！我一定查！』

這一下，孫小胖子一時不敢動手了，但隱患仍在。最後是瑾妃宮中的首領太監趙守和出了一個主意——他知道親貴中最忠於皇帝的是肅王善耆，主張跟善耆去商議。

對此一議，無不贊同，而且順理成章地，就公推趙守和去進行；在他亦自覺義不容辭，慨然應允。可是怎麼樣進行呢？總不能逕自去謁見肅王，直陳其事；中間總得有個人引見。而這個引見的人，又必得是在自己這方面交情夠得上，在肅王那方面能夠共機密的才合格。

請假出宮，一直回寓；剛進胡同，看到一家人家，心頭狂喜，自己在腦袋上拍了一掌，心中自語：『眞糊塗！現成有條路子在，怎麼就想不起？』

這家的主人，就是曾紅遍九城，內廷供奉的名伶田際雲。趙守和跟他是很熟的『街坊』。田際雲本名瑞麟，唱的是旦腳，天生一條擲地彷彿能碎作幾段的好嗓子，因而得了個外號，叫作『響九霄』，後來自己改成『想九霄』，這一字之更，別有深意。

原來田際雲身在梨園，深以出條子侑酒，爲人視如玩物爲恥；所以潔身自好，力爭上游。爲人慷慨好義，能急人所急。其時是所謂『上有好者，下必甚焉』，由於慈禧太后喜歡唱戲，親貴中好此道而喜與梨園中人往還的很多；田際雲是光緒十八年就被『挑進』宮去的，與近支親貴，無不熟悉，跟肅王善耆兄弟的交情，更加不同。

善耆有個胞弟叫善豫，行二，是京師有名的俠少，人稱『善二爺』；最喜結交名伶，愛之敬之，有求必應，是梨園中有名的大護法。趙守和便是想藉田際雲的關係，與『善二爺』打個交道。主意是打定了，卻不敢造次相訪，先派個跟班去說：『不知道田老闆得閒不得閒，我家大爺想過來拜望。』

田際雲心想，趙守和是極熟的人，每逢他從宮裡回來，隨隨便便地就來串門子，哪一次亦不需先容，如今有此不同平常的一問，必是有事相商；當即答說：『我看趙大爺去！』

於是隨著來人到了趙家；趙守和將他延入內室，把親屬家人都攆了出去，親自關上中門，方始開口。

『田老闆，你可得救一救皇上！』

田際雲大吃一驚，『趙大爺，趙大爺，』他說：『你怎麼說這話？』

『是件你再也想不到的事……』趙守和將孫小胖子暗藏兇器，居心叵測的情形，細細說了一遍。

『這麼渾！』田際雲撟舌不下：『莫非他那條心還沒有死？』

『誰知道呢？這就像床底下盤著一條蛇，保不定甚麼時候出現。』

田際雲點點頭問：『那麼，趙大爺，你說我怎麼能替皇上效力？』

『我們大家公議，這件事只有肅王爺能有辦法料理乾淨。田老闆，你不是跟善二爺的交情很厚嗎？』

『不錯，不過……』田際雲沉吟著說：『這件事找善二爺沒有用；肅王爺從不准他問宮裡的事。我看，得找王先生。』

『哪位王先生？』

『不就是王照，王小航嗎？』

『喔，是他。』趙守和問：『你跟他也熟？』

『認識，不熟。不過都是為皇上，不熟也不要緊。反正，這件事只有他跟肅王爺去說，最合適。』

『是！那麼甚麼時候去找王先生呢？』

『這是多急的事！自然說辦就辦。走吧！』

於是，相偕乘車，夜訪王照。他已不住肅王府，由肅王替他在南池子安了家。聽說田際雲帶著個陌生人來相訪，大為詫異；但亦久聞田際雲俠義之名，料知絕無惡意，因而坦然出見。

『王先生，』田際雲指著趙守和問：『可認得這位？』

『恕我眼拙，似乎沒有見過。』

『他在瑾妃宮中管事，姓趙。』

『王先生，』趙守和請個安說：『我叫趙守和。』

『不敢當，不敢當！』王照躊躇了一會：『兩位入夜見訪，必有甚麼話吩咐；我這裡……』

田際雲是在路上就盤算好了的，像這樣的頭等機密大事，不宜隨便在甚麼地方就說，既恐洩密，亦費工夫，所以此時答說：『王先生，是一件大事，一時也說不盡，只請王先生勞駕，上一趟肅王府，見了王爺再細談。你老看，行不行？』

『田老闆，』王照問道：『你不也是肅王府的常客嗎？』

『是的。我帶趙總管去見肅王，自然也可以；不過，要談的這件事，只怕肅王爺非請王先生做參贊不可。』

『喔！』王照立即答應：『這麼說，我就不能不奉陪了。等我換件衣服。』

套上一件馬褂，王照陪著田、趙二人到了肅王府。趙守和雖未來過，田際雲與王照卻是常客；護衛領著他們，直到上房。

『這麼晚了，你們還來！怎麼碰到一起了？難得啊！』

『回王爺的話，』田際雲說：『還有個人在外面，要見王爺，是瑾妃宮裡的首領太監趙守和。』

『這個人來找我幹甚麼？』

『王爺！』王照接口說道：『我想，不必在這裡談吧！』

『喔！』善耆會意了：『際雲，你陪著王先生，把那姓趙的帶到洋樓上去，我馬上就來。』

肅王府在東江米巷，北面與翰林院望衡對宇，南面便是各國使館。義和拳之亂，董福祥領甘軍圍攻東江米巷，各國派來警衛使館的軍隊，編成具體而微的『八國聯軍』，負嵎頑抗，所憑藉的，就是肅王府的既高且厚的圍牆，所以此地曾是激戰之區。後來甘軍火燒翰林院，肅王府自受池魚之殃，這座歷時兩百餘年的大王府，只剩下一片殘垣斷壁。

亂後重修，善耆在東花園蓋了一座三層的小洋樓，非爲遊觀，只是洋樓堅固嚴緊，加上實心的厚磚牆，更不虞隔牆有耳。善耆跟王照要談『怎麼保護皇上』，必是在這座小洋樓的第三層。

聽差將他們三人領到這裡，另有專值禁地的書僮來接了去，帶到三樓，張羅了茶水，默無一言地管自己下樓去了。

由於氣氛神祕，趙守和一句話都不敢多說，只默默地側耳靜聽；不久聽得扶梯聲響，越來越近，首先起身肅立；王照也站了起來，田際雲則搶上前去打門簾，等善耆進了門，隨即引見。

『他在瑾妃宮裡，不過不是瑾妃派來的。』

『奴才趙守和，給王爺請安。』趙守和蹲腿矮步，請了個雙安。

『你們坐！』善耆在一張安樂椅上坐下來說。

王照是坐下了，趙守和自然不敢；因而田際雲也只好陪他站著。

『不要緊，你們也坐好了。』

『這樣吧！』田際雲在書櫥旁邊取來兩張墊腳的小凳子，跟趙守和並排坐下。

『小航，你說吧！』

『我都還不知道甚麼事呢！』王照轉臉答說：『得要問他們倆。』

『奴才口拙，』趙守和說：『請田老闆講一講事由兒。』

『好！』田際雲說：『皇上宮裡有個太監叫孫敬福，是崔玉貴的徒弟，身上帶著刀……』

一語未畢，只見善耆雙眼睜得好大，喉頭出聲：『啊！』隨即拉開嗓子唱了句反二黃搖板：『聽一言來嚇掉魂！』

田際雲與王照司空見慣，毫無表情；趙守和卻愕然不知所措，心裡在想：誰說肅王是戲迷？簡直是痰迷。

肅王善耆卻無視於他的臉色，直待餘音裊裊地將『魂』字這個腔使足了，方始若無其事地說：『際雲，你再往下講吧！』

於是田際雲將發現孫敬福帶刀，談到夜訪王照；其間少不得還有趙守和的補充。整整談了半小時才談完。

這段故事不但善耆聽得大皺其眉，王照亦覺憂心忡忡，神色凜懼地說：『王爺，這眞到了清君側的時候了！』

『稍安毋躁！』善耆向王照搖搖手，問趙守和說：『你說的那個孫敬福，外號叫甚麼？』

『叫孫小胖子。』

一聽這話，善耆頓時眉眼舒展了，『是他呀！』他舒坦地仰靠在椅背上說。

見此光景，三個人都鬆了一口氣；田際雲笑道：『王爺必是又有了錦囊妙計了！』

『計是有一計，卻不知妙不妙。走著瞧吧！』

『那麼，甚麼時候聽信兒呢？』

『反正孫小胖子有皮硝李壓在那兒，三五天總還不礙。』善耆答說：『我還不知道我這一計是不是準行？你要急著等信，不妨多來幾趟。』

『是了！』田際雲說：『我天天來。』

『好吧！就這麼說。』

這時趙守和已站了起來，聽他說完，請安道謝；田際雲亦即告辭，而王照只點點頭示意，還要留在那裡，當然是跟善耆猶有話說。

『王爺，』等田際雲帶著趙守和下了樓，他說：『有個諸葛武侯的故事。孔明跟著劉先主，在荊州依人籬下；劉表的長子劉琦，爲後母所忌，幾次向孔明問計。孔明不願管人的家務，總是避著；有一次劉琦把孔明誆到樓上，叫人把扶梯抽掉，說是這裡只有咱們倆，言出你口，入於我耳，絕沒有第二個知道，你總該說了吧！』

『你怎麼想起這麼個故事？』善耆笑道：『想來是咱們小樓密議這一場戲，跟那時候的情形有點像。』

『是的！我是由此觸機而想到的……』

『慢著，』善耆打斷他的話說：『等我想想，資治通鑑上有這麼一段。』

『是！資治通鑑上也有。』

善耆很用心地想了一下，想起來了，『孔明是由戰國策上得來的主意，他跟劉琦說：「申生在內而危，重耳在外而安！」』他問：『對不對？』

『一點不錯！王爺的記性眞好。』

『記性雖好，悟性不好。小航，我不明白你說這話的意思；莫非要讓皇上做晉文公？』

王照立即接口：『有何不可？』

善耆搖搖頭，『我不見其可！』他問：『怎麼能讓皇上插翅高飛？』

『我聽說，替皇上請脈的西醫屈庭桂，說皇上要易地療養，病才會好。如果王爺贊成，我憑三寸不爛之舌，去說動屈庭桂，讓他把這話堂而皇之說出來，再請言路上合力建言。這樣子，如果有王爺在內主持，或者可望成功。即或不成，也可以讓心存叵測者，有所顧忌。』

善耆不好意思說他書生之見。因爲王照好出奇計，十策之中能有一策可用，必是好的；如果話太率直，掃了他的興致，會少個智囊，因而故意裝得很嚴肅地說：『茲事體大，小航，你得給我敷餘的工夫。』

『當然，當然！請王爺細細思量！』

『細思量來細思量。』善耆順口就唱：『亞似陳平王小航！』煞住尾音，起身說道：『下樓去吧！我請你吃正陽樓都沒有的金毛紫背的大螃蟹。』

民政部屬下只有工巡捐局，已無工巡局。工巡捐局職掌花捐、煙館稅、營業稅、車捐等等雜稅，充作巡營的餉項，至於工巡局，從三年前就沒有這個名稱了。

原來自拳匪之亂，京師的秩序極壞，因而仿照袁世凱在天津的辦法，招收散兵游勇，改設巡警，保護市面，兼辦道路修治的工程，定名爲『工巡總局』。光緒三十一年工巡總局升格爲巡警部，新官制訂定頒佈，巡警部又改爲民政部，下轄內外城巡警總廳，但除了官文書以外，一般人口頭上仍然習沿舊稱，不管是總廳還是分廳，都叫作工巡局。

管轄地安門一帶的分廳，是內城三分廳中的中廳，主官的職稱是知事。中廳知事楊伯方是正途出身，當是當的新官制之下的官，嚮往的卻是舊官制中巡城御史的威風——未有工巡局以前，京師地面分爲五城十坊，由五位職掌『平其獄訟，詰其姦慝，弭其盜竊』，兼管賑恤；稽察街道、溝渠、柵欄、房舍，權柄極大，剛正不阿。恰足成爲豪門惡奴的剋星。有個嘉慶年間，天下皆知的故事：曾國藩同鄉前輩的謝振定，嘉慶元年當東城巡城御史，出巡時遇見有輛極華麗的藍呢後檔車，絕道而馳，嚇得行人紛紛躲避。謝振定命左右將這輛車攔住，問起車主，是和珅寵妾的胞弟，而身分仍只是相府家人。謝振定久知此人恃勢橫行，道路側目，久已想懲治他了；如今自投羅網，豈肯輕饒？當街一頓板子打過，又以『違制乘車』，將那輛後檔車架火燒燬在王府井大街上。

其時高宗雖已內禪，做了太上皇帝，而大權依然在握，所以和珅的勢燄，亦一仍其舊。嗣皇帝內心極嘉許謝振定的不畏權貴，但卻不能不秉承太上皇帝的『敕旨』，命謝振定『指實』，如何『違制乘車』？車都燒掉了，何能『指實』！因而得了革職的處分！直到嘉慶四年『和珅跌倒』，方始起復。

楊伯方心儀前賢，很想做個風骨稜稜的『巡城御史』；而地安門外多的是內務府官員與太監，正好考驗他的風骨。不過，他沒有想到，考驗他的不是太監，更不是內務府官員，而竟是本部堂官的肅王善耆。

『孫敬福那件案子，你老哥要幫幫他的忙！』

聽一位親王稱他『老哥』，楊伯方不免有些受寵若驚，要他偏袒孫敬福，卻又大起反感。在這種複雜的心境之下，就不知何以爲答了。

善耆爲人，一向謙下，便又說道：『你這也算幫我的忙！』

『不敢，不敢！』楊伯方定定神說：『這件案子，實在爲難，頗有愛莫能助之勢。』

接著他談了案情。孫敬福在地安門外馬尾巴斜街買了一座房子；房主先典後賣，而割產實出於無奈。典契上原就載明，到期無力贖回，可以付息展限；而孫敬福乘人於危，非逼著房主贖回不可。結果找價賣斷；當然找是找不足的。

孫敬福已然佔了便宜，猶不知足。原來房主自己留著兩間住房棲身，而孫敬福由於四四方方的基地，缺了一角，不成格局，所以得寸進尺地還要以低價買這兩間屋子。房主苦求加價，孫敬福置之不理，將公用的一條夾道封住，斷了人家的出路；房主忍無可忍，跳牆而出，告到楊伯方那裡，已經飭令孫敬福必須將夾道啓封，逾期不理，派巡警去打通那條夾道。

『回王爺的話，限期快到了，到時候孫敬福不理，廳裡又不派人去啓封，不但威信掃地，從此號令不行，房主進出無路，一定還要來告。王爺倒想，那時又怎麼辦？』

『話倒也是實情。』善耆說道：『釜底抽薪，只有勸他們和解。』

『和解不是單方面的事，孫敬福倘肯照市價買人家房子，房主自無不賣之理！』

『不公，不公！這件事別找孫敬福，找了他，就不夠意思了。』

楊伯方反感益深，而且頗爲困惑，不知道他何以要這樣子衛護孫敬福。口雖不言，臉上卻並不掩飾他不滿的表情。

善耆自然看出來了，知道不說明其中的作用，楊伯方不會就範，因而微微透露了一些祕密。

『跟你實說吧，你這也算幫皇上的忙！我要讓孫敬福見個情，好教他好好兒侍候皇上。你老哥明白了吧！』

懂是懂了，心裡卻頗爲不服；不過爲了顧全大局，不能不想辦法。思索了好一會，有了一個計較。

『只有設法補償。』他說：『我替原告在廳裡補個雜役的名字，叫他把房子賣了，另外賃屋住。』

『好，好！這很妥當。就請老哥費心趕緊辦吧！』

於是，楊伯方派人跟房主去談，自無不允之理。孫敬福不意官司打輸了，又反能如願以償；又覺意外的是，楊知事一向喜歡與太監作對，何以前倨後恭，出爾反爾？

細一打聽，才知道是肅王的大力斡旋，當然心感不已；特意請了一天假，穿上他的六品服飾，備了孝敬的禮物，到了肅王府去謁見。

又有一個意外，門上傳諭，在新書房接見。所謂新書房，便是東花園那座小洋樓的最上層。等孫敬福磕完頭道了謝，善耆說道：『孫小胖子，我問你句話，你可要實說。』

『是！』

『我問你，你在皇上寢宮裡當差，是不是身上帶著一把刀？』

孫敬福臉色大變；但看到善耆臉上並無惡意，便有了主意，『王爺是聽誰說的？』他斬釘截鐵地說：『絕沒有這回事。』

『當眞？』

『眞的！我絕不敢欺王爺！』

『果然？』善耆的戲迷又犯了。

『王爺如果不信，我可以罰誓。』

『也好！』善耆點點頭，『你罰個誓我聽聽！』

於是孫敬福看了一下，面向西壁所懸的一幅硃畫『無量壽佛』跪下，大聲說道：『我，孫敬福，跟肅王爺回過，絕不會帶著兇器侍候皇上；倘或說話不算話，教我孫敬福天打雷劈，斷種絕代，全家不得好死！』

他的話像爆炒豆似地，說得極快，但字字著實，確是情急賭咒的樣子。善耆一字不遺地聽在耳中，心想太監不能生子，最忌諱『斷種絕代』這句話；而孫敬福用來賭咒，足見有唯恐他人不信之意。不過，語氣中很明顯的，是今後在御前不帶兇器，並不表示從未如此，亦足見過去有人見他身上帶著刀的話不假。

『好！孫敬福，只要你心口如一，就是你的造化。』善耆突然問道：『你平時喜歡玩兒甚麼？』

孫敬福楞了一下，得想一想才聽懂他的話，『奴才閒下來喜歡逛逛廟市，』他說：『看看有甚麼新奇可愛的小擺飾。』

『喔，「新奇可愛」！』善耆凝神想了一下，忽然軒眉說道：『有了！你跟我下樓去。』

說完，善耆首先下樓，孫敬福跟在後面；一路走，一路看，只見二樓是空宕宕的一大間，西面靠壁是一架碩大無朋的穿衣鏡，北面沿牆擺著一溜大木箱，上懸髯口、靴子、馬鞭等等，還有刀槍架子，樓面鋪著地氈，心知是個講究的『票房』。

再下去就是底層，一個飯廳，一個起坐間。善耆坐定了吩咐書僮：『把端大人送的那個大木盒子拿來！』

那個黃楊木製的盒子，有尺許高，八九寸寬，三尺多長，頂上安著黃銅把手。等書僮拎了來放在桌上，孫敬福才看到側面屜板上有四個鏤刻填藍的篆字：『百美造象』。

善耆起身先檢視屜板的小鎖；轉臉帶笑罵道：『小猴兒崽子，偷看過了？』

『沒有！』書僮抗聲否認。

『還賴！我故意把鎖反著鎖，鑰匙孔在左面；現在順著鎖了，不是你動了手腳還有誰？』

書僮登時紅了臉，狡黠地笑道：『看是看了，可沒有拿出來看！』

『混帳東西，你還好意思說！』

善耆一面罵，一面拿繫在銅環上的鑰匙開了鎖，拉開屜板，裡面是八具泥人，身分姿態，各各不同，有花信年華的少婦；有風韻不減的徐娘；蓬門碧玉，曲巷流鶯，或坐或臥，姿態極妍，一時哪裡看得完，卻又不捨得不看，孫敬福樂得心都亂了。

『你拿出來看看！』

孫敬福依他的話，伸手取了一具，是個鳳冠霞帔，低頭端坐的『新娘子』；展玩之間，忽然發現了祕密，倒過來看，裙幅遮掩之中，兩條光溜溜的大腿，纖毫畢露。孫敬福恍然大悟，怪不得肅王跟他的書僮有那一番對答；主僕倆是在開別有會心的玩笑。

『怎麼樣，』善耆笑著說：『夠新奇，夠可愛了吧？』

『這比楊柳青的春畫兒可強得多了！』孫敬福問道：『王爺是哪兒得的這玩意？』

『兩江端大人送的。』

『這麼說必是無錫惠山的貨色。』

『不錯，還是定製的呢！』善耆指著木盒說：『你帶回去玩兒吧！』

『是！』孫敬福放下手中泥人，笑嘻嘻地請個安：『謝王爺的賞。』

『不算賞你的東西，是回你的禮。你何必又花錢買些個吃的來？本想不收，又怕你多心，以爲不給你面子。』

『王爺賞奴才的面子，眞是夠足了！奴才感激不盡。』

『別說了！只盼你好好當差吧！』

孫敬福告辭不久，田際雲就來了；接著，王照亦不速而至。主客仍然是東花園洋樓上見面。

『成功了！』善耆說道：『再無後患。只是楊知事怕不高興。』

聽他說完經過，王、田二人，無不大感欣慰。『田老闆，』王照說道：『這一下，你對趙太監有交代了！』

『豈止交代，他一定感激我；這都是王爺賞我的好處。』

『得，得！甚麼好處？但盼平安無事，大家省心。』善耆又問：『你今天有事沒有？』

『有！南城有個堂會。』田際雲看一看鐘，失驚地說：『唷！不早了，我得趕緊走，不然，又得叫天兒「馬後」。上次來過一回，很挨了他一頓抱怨，不能再來第二回了！』

一談到戲，善耆豈肯不問，『上次是怎麼回事？』他說：『你也不爭這片刻工夫，講完了再走！』

上次是譚鑫培跟田際雲合演四郎探母。『楊延輝』已經上場了，『鐵鏡公主』還不知道在哪裡，把管事的急得跳腳，只好關照檢場的，給譚鑫培遞了個暗號『馬後』——盡量拖延。譚鑫培無奈，只好左一個『我好比』，右一個『我好比』現編現唱，一共唱了三十來個我好比。台下聽客是內行知道必是田際雲誤場；外行卻有意外之感，不明白譚鑫培何以這天格外冒上？但不論內行還是外行，覺得這天運氣眞好，卻是一樣的。

台下樂，台上苦，『比』來『比』去，不但沒有轍兒了，連西皮三眼的腔都使盡了。幸好田際雲已經趕到，匆匆上妝已畢；抱著『喜神』到了上場門，楊四郎才得由三眼轉散板煞尾。

『幸好叫天兒那天嗓子痛快，越唱越順，得的采聲不少；不然，怎麼對得住他。好了，我得走了。

小航先生陪王爺談談吧！』

王照本意亦是如此，他有個念頭盤旋在腦中很久了，早就想說，苦無機會；這一天可不能放過了。

『王爺，』他問：『你的消防隊練得很好了吧？』

『好極了！』善耆立即眉飛色舞地：『跟正式軍隊一樣！逢三逢八打鵠子；幾時你來看看，眞正百發百中。』

『王爺以前跟我說過，練這支消防隊，爲的是緩急之際，可以救火爲名，進大內保護皇上。這話，我沒有聽錯吧？』

『沒有錯。』

『既然如此，倘或探聽到皇太后病不能起之日，王爺就該帶消防隊進南海子，瀛臺救駕，擁護皇上升正殿，召見王公大臣，親裁大政，誰敢不遵？如果等皇太后駕崩再想法子，恐怕落後手了。』

『絕不行！不先見旨意，不能入宮。大清朝的規制，對我們親藩，比異姓大臣更加嚴厲，走錯一步，就是死罪。』

『太后未死，哪裡會有旨意，召王爺入宮？』

『沒法子，沒法子！』善耆大爲搖頭，『你這個從明朝抄來的法子，不中用！』

『怎說不中用？「奪門之變」不是成功了嗎？』

『情形不同。明英宗復辟能夠成功，是內裡有人在接應；再說「南宮」是在外朝，如今人、地兩不宜，絕不會成功！』

『辦這樣的大事，本無萬全之計；不冒險，哪裡會成功？』

『明知不成，何必冒險？』說著，善耆站起身來，是不打算談下去了。

王照未免怏怏；善耆則不免歉然。賓主二人都低著頭，慢慢下樓；走到一半，善耆突然回身抬頭，面有笑容。王照自是一喜，以爲他別有更好的算計，很注意地等他開口。

『有件新聞，你聽了一定痛快！』善耆說道：『楊莘伯栽了個大跟斗，只怕永遠爬不起來了！』

楊莘伯就是楊崇伊，戊戌政變就是由他發端，釀成了一場彌天大禍；這個新黨的死對頭，栽了大跟斗的新聞，自爲王照所樂聞，急急問：『是怎麼栽了跟斗？』

『奉旨：即行革職，永不敘用，交常熟原籍地方官嚴加管束。』

『好傢伙！』王照吐一吐舌頭，『何以有此嚴旨？』

『還有更嚴的話：「如再不知收斂，及干預地方一切事務，即按所犯劣跡，從嚴究辦，以儆兇頑。」』

『這……』王照問道：『是何劣跡？好像很不輕！』

『不但不輕，而且卑鄙得很。你要聽這段新聞，我得拿好酒解解穢氣。』

於是，王照留下來陪善耆小酌，拿楊崇伊的新聞下酒。

原來楊崇伊自拳匪之亂以前，外放陝西漢中府之後，本意有首先奏請慈禧太后訓政的功勞，必能獲得榮祿的援引；哪知在西安同爲軍機大臣的鹿傳霖，看不起此人，很說了他一些不中聽的話；榮祿憬然而悟，從此便疏遠他了。

其時正當李鴻章奉旨自廣東進京議和；楊崇伊以李家至親，被奉調至京，充任隨員。結果李鴻章爲俄國人所逼，心力交瘁，賫恨以歿。『樹倒猢猻散』，楊崇伊雖升了道員，分發浙江，卻始終未能補缺。上年丁憂，開缺回籍守制；他是常熟人，卻寄寓省城的蘇州，幹些說合官司、包完漕糧之類的勾當；做了個下三濫的武斷鄉曲，不擇手段，甚麼骯髒的錢都要。

在一個多月以前——八月初，蘇州山塘有兩名妓女，不堪『本家』的凌虐，橫一橫心，逃進城去，當官投訴。像這樣的案子，照例交家屬領回；如無家屬，由官擇配。這裡便有許多名堂了；地方上的紳士，可以自告奮勇，具結領人，代擇良配。說起來是一樁好事，但領回去以後作婢作妾，就誰也不知道了。

因此，開窯子的『本家』王阿松，便託楊崇伊設法，許了他兩千大洋的酬勞。楊崇伊僑居省城，而且有喪服在身，不便出面；便託他一個至親寫信給署理元和知縣吳熙，希望帶領此發堂的兩名妓女。他這個至親姓吳，亦是蘇州的世家，嘉慶七年壬戌狀元吳廷琛的孫子，名叫吳韶生。本人雖只做過一任縣學訓導，他的胞兄吳郁生卻是翰林出身，現任內閣學士，放出來便是封疆大吏；所以吳熙當然會賣這個面子，讓吳韶生的家人，將這兩名妓女領了回去。

楊崇伊是派了家人在元和縣衙門前守候的，一見成事，飛報主人；這時王阿松正在楊家門房聽信，口袋裡揣著兩千大洋的一張莊票，靜待成交。楊崇伊便將他喚了進來，說是可以領人了。

『人呢？』

『人在吳家，走了去就領了來了。』

『楊老爺，』王阿松取莊票揚了一下，『兩千洋鈿在這裡；人一到，馬上送上。』

楊崇伊心想，將兩名妓女領了來，再由王阿松領了去，旁人見了，未免不雅；不知內情的人，或許還會誤會楊家賣婢爲娼，這個面子更丟不起。不如寫一張名片，命家人帶著王阿松逕自到吳家領人，隨手帶回莊票；銀貨兩訖，豈不乾淨俐落。

哪知王阿松在吳家一露面，可就壞了！吳家聽差有認得他的，少不得要去稟告主人；吳韶生大爲詫異！因爲楊崇伊請託之時，說得冠冕堂皇，這兩名妓女各有恩客，皆爲寒士；他即是徇此兩名寒士之請，轉託代爲帶領，成全他們的良緣，是莫大的陰德。哪想到竟是受王阿松之託！

正在不知所措之時，丫頭來通知，說『老太太請』。吳韶生到得上房，只見那兩名妓女，雙雙跪在吳老太太面前，泣不成聲——原來她們也得到了消息；計無所出，只有來求吳老太太，表示寧願在吳家當『粗做丫頭』，死也不肯跟王阿松回去。

『你本來是陰功積德；現在拿從火坑裡逃出來的人，再推入火坑，這不是造孽？』

『娘！』吳韶生搶著說道：『你老人家不必再說了！我哪裡會做這種見不得人的事？』

吳韶生毫不遲疑地覆信拒絕，說是與原議不符，礙難從命。楊崇伊不想有此結果，急怒攻心，一張臉紫脹得像豬肝似地——中秋之前該付的節帳，跟人斬釘截鐵地說：過了節一定有！即是因爲有此兩千大洋的把握。誰知十拿十穩的事，會發生變化！在楊崇伊想，竟是吳韶生有意跟他爲難。此仇何可不報？

報仇猶在其次；要帳的人，已經上門了，該當如何應付，卻是燃眉之急。想來想去，只有把那兩名妓女弄到手，既可換錢，又不失『面子』。當然，無法跟吳韶生軟商量；首先話就說不出口，就算老著臉皮說了，吳家亦必不肯答應，何苦來哉？

軟的不行，只好來硬的。自明朝以來，江南一帶的紳權特重；土豪仗勢欺人，原有帶領家人，搗毀仇家的風俗，董其昌就幹過這種令人髮指的事；楊崇伊不比董其昌高明，爲甚麼做不得？

於是這天晚上十點多鐘，楊崇伊坐一頂素轎，轎子裡帶一管洋槍，率領家人在月明如晝的大街上，一陣風似地捲過；到得吳家，乒乒乓乓地打門。門上從門縫中往外看去，恰好看到楊崇伊手端著洋槍，嚇得魂不附體；七跌八衝地一面往裡奔，一面大喊：『不好了！不好了！楊老爺打上門來了！』

『爲甚麼？爲甚麼？』吳韶生丟下煙槍，爬起身來問。

這等於明知故問，事實上也沒有工夫去追究原因。聽得外面一片喧嚷之聲，唯有挺身而出去辦交涉才是當務之急；無奈吳韶生賦性懦弱，這時嚇得瑟瑟發抖，一籌莫展。

由於主人不敢露面，益發助長了楊崇伊的氣燄；站在吳家大廳上，厲聲喝道：『替我搜！』搜的自然是那兩名妓女；吳家的老管家，生怕楊家的人闖入上房，驚嚇了老主母，故意喊一聲：『下房裡當心！』

這明明是指點那兩名妓女的住處；楊、吳兩家至親，下人亦多熟識，知道下房座落何處，一擁而入，毫不費事地找到了要找的人——嚇得魂不附體的一雙雛妓，被橫拖直拽地帶走了。

出了吳家大門，楊崇伊倒起了戒心；因爲左鄰右舍都被驚動了，紛紛出門，來看熱鬧。楊崇伊生怕有人出面干涉，家人應付不了，功敗垂成；所以連轎子都顧不得坐，步行押隊，親自斷後。

到得寓所，發現一件怪事，原來隨眾一起到過吳家的王阿松，忽然遍覓不見，而原因不明。楊崇伊這一急非同小可，連夜派人趕到山塘去找，坐等回音。

到得天亮，有了回音，王阿松道是人不要了！自承晦氣，送上一百大洋，酬謝『楊老爺費心費力』！

楊崇伊勃然大怒，將接到手的東西，使勁一摔，只聽『嗆啷啷』亂響，摔得滿地白花花的大洋錢。

『眞是混帳王八蛋！』楊崇伊跳著腳罵：『我要槍斃他！』

派去的家人，另外得了王阿松的好處，少不得替他解釋：『說起來，老爺，倒也不能完全怪他……』

原來王阿松本以爲憑楊崇伊的面子，將那兩名雛妓弄到手以後，要打要罵，可以隨心所欲，哪知事情並不順利；更想不到的是，楊崇伊竟出此硬奪的手段。吳家也是蘇州城裡的大鄉紳，一時吃了眼前虧，豈有不加報復之理？看樣子他們親戚會變冤家。打起官司，追究緣故，自己脫不得干係，不如及早抽身爲妙。

想想也不錯。王阿松一介平民，操的又是這種賤業；拘傳到堂，縣官必是先一頓板子打了再說。難怪他會害怕。楊崇伊想了一會說：『你去告訴他，絕不會打官司；諒吳家不敢！』

『老爺，』那家人囁嚅著說：『只怕他不相信。』

『要怎麼樣才相信？』楊崇伊將心一橫，『你叫他看看，我今天還要到吳家去打一場！看吳家敢不敢告我？』

果然如此，王阿松的想法自又不同。但是吳家呢？眞的不敢打官司嗎？誰也不敢說這話。而保持沉默的結果，變成無形中贊成主人的主張；加以滿城傳說這件新聞，都道楊崇伊豈止斯文掃地，簡直成了無賴！更使得他老羞成怒了。

『說我無賴，我就是無賴！今天打定了吳家。你們替我去雇「打手」！』他用力將胸脯拍得『蓬蓬』地響，『鬧出禍來有我！』

主人如此，下人何敢違拗？而況原有這種風俗，三笑的『陸氏大娘』打『祝阿鬍子』；玉蜻蜓的『申大娘娘打沈鋆卿』，只要打得有理，儘打不妨。

這就非找流氓不可了。蘇州的流氓分文武兩種，文的稱為『破靴黨』；因為此輩穿長衫、著靴子，自命衣冠中人，遇事生風，善於兩面搗鬼，以持人之短，敲詐勒索為長技。武的便是分佈在鬧市的地痞，橫眉豎目，掉臂而行，賣的是個狠勁；要找『打手』，此輩便是。

到得黃昏時分，二十名打手找齊了；楊崇伊拿好酒好肉，先作犒賞，自己在鴉片煙榻上，半睡半醒地閉目養神。鐘打九下，蹶然而起，端著他那洋槍，率領二十名打手與六七名家人，二次『殺』奔吳家。

這聲勢比前一天又不同了！二十名打手一式短衣紮腳褲，辮子繞在脖子上，手裡都有武器，不是鐵尺便是三節棍，一望而知是去打群架。

因此，這幫人一入吳趨坊便引起了騷動。少不得也有人到吳家去告警，趕緊想關大門，已晚了一步！

楊崇伊搶上前來，掄圓了長槍，一下打飛了吳家的門燈，然後一陣風似地捲了進去，見人便打，見物便搗。吳家男女傭僕，一面告饒，一面後退；楊崇伊卻步步進逼，端著洋槍，竟闖入中門了。

『要出人命哉！』吳家的老管家大喊一聲，豁出老命去奪楊崇伊手中的長槍。

老管家尚且如此，吳家的健僕，再難退讓；於是反身相撲，一擁而前，七手八腳地幫著去繳槍。

楊崇伊當然要抗拒，緊握著槍身使勁往回一奪，用力過猛，自己將自己在額角上打出一個大包。就這時聽得外面乒乒乓乓搗毀東西的聲音，突然減低了；接著有人在喊：『吳大老爺來了，吳大老爺來了！』

吳家的人便都鬆了手，楊崇伊楞得一楞，突然暴吼一聲：『好！你們打，你們打！惡奴仗勢橫行，簡直無法無天了，我要吳大老爺還我個公道！』

一面說，一面踉踉蹌蹌地往外奔；將入大廳，驀地裡想起，手中的這支槍，老大不妥！因而隨手往旁邊一甩，撩起夾袍下襬，從只剩了一個空架子的大理石屏風後面閃了出去。

『老公祖，』楊崇伊氣急敗壞地說：『請你驗傷！吳家惡奴，目無法紀，毆辱士紳；請老公祖嚴辦。』

『老前輩，』吳熙鐵青著臉，冷冷地說：『一之爲甚，其可再乎？你也鬧得太不像話了！』

『老公祖，你不能聽片面之詞，我是上門來評理的。主人避不見面，指使惡奴，拿我圍毆成傷，無論如何要請老公祖主持公道。』

『好了，好了！都是地方上有面子的人，何必教人看笑話？』

『那可是沒有辦法的事！我現在面控吳家惡奴，仗勢橫行；請老公祖發落！』

『你不要說這種話！我勸老前輩反躬自問，息事爲妙。眞的要追究起來，「持槍夜入人家」，該當何罪？律有明文！老前輩早就是五品黃堂了，莫非還不明白？』

『怎麼？』楊崇伊聲音雖厲，已有些內荏的模樣了，『莫非老公祖要拿我當強盜辦？』

『豈敢，豈敢！』吳熙仰著臉問：『楊家的人在哪裡？』

『去，去！』有個差役將楊崇伊的一名家人，往前一推：『大老爺有話。』

那家人只好硬著頭皮上前；吳熙沉著臉說：『都是你們這批混帳東西，攛掇主人出頭；鬧出事來，怎麼對得起你們主人。還不趕快把你們老爺送回去。』

『是，是！』楊家家人掉轉身就去拖楊崇伊；連連使著眼色，作爲警告：再不知趣，就要沒有『落場勢』了！

『好，好！』楊崇伊腳步往前，臉卻向後，大聲說道：『吳子和！你小心！我們抓破臉了，你等著看我的顏色！』

『子和』是吳韶生的別號；他等楊崇伊出了大門，方敢出見，執禮甚恭，連連道謝，但身子還在發抖。

『和翁，』吳熙安慰他說：『你亦無需如此！請你補個狀子來，我總秉公辦理就是！』

『不，不！老公祖的好意，我萬分心感。不過，我跟楊莘伯是至親，實在不願涉訟。』

吳熙嘆口氣：『和翁，你也眞是太忠厚了！不過，你不願涉訟，人家可不是這麼想。』他說：『這場糾紛，我在公事上要有個交代，除非你們兩家和解，有個書面在我那裡備案。不然，他會倒打一耙，說我袒護和翁；你想，是與不是？』

這是必要的顧慮；而以楊崇伊的爲人來說，亦是勢所必然之事。唯有搶個原告，先佔了上風，才可免除後患；無奈吳韶生過於懦弱，任憑吳熙如何鼓舞，只是不肯打官司。

『和翁自願吃虧，與人無干！不過，和翁也要給兄弟想想，公事上如何交代？』

『是，是！當然不能讓老公祖受累。除了涉訟以外，應該怎麼個辦法，但請吩咐，無不從命。』

『這樣，』吳熙想了一下說：『請和翁將此事前因後果，寫一個節略；最後聲明，與楊某分係至親，不願涉訟，自相和解。我有了這個節略在手裡，楊莘伯來找我，我就有話可以對付他了。』

就這樣，吳韶生還怕將楊崇伊的劣跡，形諸文字，會得罪人。遲疑了一會，看縣太爺的臉色很難看，終於只好輕描淡寫地開了個節略；又犒賞了差役轎班，才將吳熙送走。

到得第二天，吳熙正在躊躇，這一案應不應該呈報時，藩司衙門送來一角公文；吳熙拆開來一看，只見上面寫的是：『本司訪聞本月十六、十七兩日，有丁憂在籍前浙江候補道楊崇伊，持槍率眾，夜入三品封職前江寧縣學訓導吳韶生家逞兇情事；該縣諒有所聞，應即查報。』

這就無需躊躇了！吳熙立即傳轎，帶著吳韶生所開的那份節略，去見藩司。

江蘇一省有兩個藩司，一個稱為江寧藩司，是兩江總督直轄的部屬；一個就是江蘇藩司，駐蘇州歸江蘇巡撫指揮——此人名叫瑞澂，字莘儒，鴉片戰爭中，繼林則徐為兩廣總督，喪師辱國的琦善的孫子；庸庸碌碌，一如乃祖，只為娶了載澤的胞姊為妻，結了一門好親，所以由部員外放，不數年間當到監司大員。當時聽吳熙面稟經過，也看了節略；案情是了解了，卻拿不出辦法。

『吳家是大紳士，楊莘伯也不大好惹；他的女婿李國杰襲侯，進京替皇太后拜壽去了，說不定太后會召見，說不定他會提到這件事。這都不得不防。』

『是！』吳熙答說：『不過其曲在楊，是可以斷言的。大人如果顧慮楊莘伯不肯悔過，或者還會另生枝節，不如據實申詳。』

瑞澂想了好一會說：『也只好這樣！』

於是藩司申詳巡撫。案子到了這地步，就非處置不可了！因為封疆大吏的責任不同；如果像這樣目無法紀之事，可以置之不問，則所謂『撫安齊民，修明政刑』者何在？言官據實糾參，必獲嚴譴。因此，江蘇巡撫陳啓泰，打了個電報給兩江總督端方，徵詢處置辦法。

中午發的電報，晚飯之前，就有了回電；特召瑞澂到江寧，面商其事。

『莘儒，』聽瑞澂陳述完了，端方這樣問他：『你想不想大大地出他一回風頭？』

瑞澂不知他這句話的用意，只陪笑答道：『能出風頭，豈有不願之理？』

『好！你聽我的辦法，包你大出風頭；不但大出風頭，江南士林一定交口相頌。你這個江蘇藩司，就當得穩穩兒的了！』

倘能如此，更符所願；不過他不明白，如何得能使『江南士林，交口相頌』？所以口中應聲，臉上卻有困惑之色。

端方自然看得出來，便即問道：『楊莘伯當年參過文道希，你記得吧？』

『嗯，嗯！』瑞澂答說：『記是記得，內幕不甚清楚。』

『我來告訴你吧！』

原來文廷式自光緒十六年榜眼及第，名動公卿；而李鴻章其時勳業正隆，但桑榆境迫，深感繼起無人，早先寄望於張佩綸，不幸馬江一役，多年苦心，盡付東流。如今看文廷式是個霸才，而且內有珍妃的奧援，外有『翁師傅』的賞識，不論從哪方面看，都會出人頭地，因而刻意籠絡，在文廷式請假回籍，經過天津時，奉之爲北洋的上賓，禮遇既隆，資贈更厚；希望收爲幫手，將來看情形，傳以衣缽。

及至光緒二十年春天，文廷式假滿回京，恰逢大考，由於珍妃的進言，皇帝親定文廷式第一。翰詹的大考與部員的京察，三年一舉，得了第一都是非立刻升官不可的；文廷式便由編修升為侍讀學士。這是難得一見的不次拔擢——翰林院的官制與眾不同，從七品的檢討，正七品的編修之上是從六品的修撰；但從無編檢升修撰之例，因為此缺是狀元的專職。再上面是從五品的侍講、侍讀；從四品的侍講學士、侍讀學士。編檢既不能升修撰，亦不能超擢為五品的侍講、侍讀，所以俸滿升轉之時，如果不是外放或改為部員，而仍侍清班，便得到東宮官屬的詹事府去轉一轉，其名謂之『開坊』。

『坊』是詹事府的左右春坊，下有三種官職，皆分左右，贊善從六品，中允正六品，庶子正五品。還有一個掌管圖書經籍的官職，名謂『司經局洗馬』，是個有名不易升轉的缺分，曾有人以杜詩自嘲，叫作『一洗凡馬萬古空』。

自道光以後，庶吉士散館留館，授職編檢的日多，人眾缺寡，所以十來年未能開坊，視為常事；開坊以後，要跳出坊局，升為京堂，又非十年不足為功；因而有『九轉丹成』之說。如今文廷式四年編修，倒有一半的辰光，漫遊各省，以榜眼、名士的雙重頭銜，為督撫的上客；而逍遙歸來，一夕『丹成』，卻又出於宮幃的援引，自然令人既妒且羨亦恨了！

其中最切齒於文廷式的，即是楊崇伊。他是光緒六年庚辰的翰林，至今不曾開坊；晚了十年的後輩，忽然變了本衙門的上官，這口氣怎麼樣也嚥不下去。到了下一年，楊崇伊轉為御史，覺得出氣的時候到了。

其時的國事，雖只一年之隔，已經歷過一番極大的滄桑；甲午戰敗，李鴻章負咎特重。當中日交涉嚴重之時，翁同龢不知道北洋只是個空架子，內裡腐敗不堪，只當大辦海軍，年耗鉅款，總會有點成績拿出來，所以一意主戰；及門高弟，群相附議，文廷式且曾專摺奏劾李鴻章，責他畏葸，且挾倭自重。到得黃海喪師，一敗塗地，李鴻章被拔去三眼花翎，交出直督大印，幾於身敗名裂；痛定思痛，認爲他的一生毀在翁同龢手裡，先則以戶部尙書的資格，當皇帝親政後，上奏裁定，北洋不准再增兵添餉；既則多方逼迫，非要他丟人現眼不可！總而言之一句話，是誠心跟他過不去。

當然，他不獨恨翁同龢，也遷怒於翁門弟子；而尤不滿於文廷式。於是楊崇伊便在他的授意之下，利用珍妃恰好大失太后之寵的機會，上奏嚴劾，說『翰林院侍讀學士文廷式，遇事生風，常在松筠庵廣集同類，互相標榜，議論時政，聯名入奏；並有與太監文姓結爲兄弟情事，請立予罷黜。』結果，文廷式丟官被逐，永不敍用。在楊崇伊，自是出了胸頭一口惡氣，但也從此不齒於士林了。

聽端方細談了這段往事，瑞澂才知道他的用意是要討好江南的士大夫；可是他不知道，端方是借此要報復李家——李鴻章的小兒子經邁，在端方是視作冤家的。

那是兩年前的事。端方隨載澤出洋考察憲政，李經邁正出使奧國；歡宴席上，端方認爲奧國供應不周，頗表不滿。而言外之意，又彷彿責怪李經邁聯絡未妥，以致奧國才會這樣慢客。

李經邁以貴公子出身，自然不受他這話；反唇相譏，說他的官是『大使之級』，但所奉的使命不是，不能怪奧國不以禮待，當場鬧得不歡而散。

事後，李經邁頗有警覺，深知端方氣量狹隘，回國之後可能會『告御狀』；因而先將經過情形，函陳外務部有所解釋。果然，不久接得外務部會辦大臣那桐的覆信，道是端方曾經提到此事，不意已爲李經邁搶了個原告，大爲沮喪。可想而知的，冤家結成了。

第二年李經邁回國，奉調江蘇臬司；這時端方在當兩江總督，李經邁怕他還念著舊怨，特意寫了一封措辭很恭敬的信，先行致意。誰知端方竟置之不理！見此光景，李經邁認為這個江蘇臬司做不得，在召見時，將與端方結怨的經過，細細奏明，請慈禧太后作主。

『他敢？』慈禧太后這樣說。不過第二天還是作了安排，將李經邁調為河南臬司。

說也奇怪，上諭一下，立刻就接到端方的賀電，情詞十分懇摯。過了幾天，李經邁才知道他前倨後恭的道理。

原來端方的胞弟端錦，是河南候補的直隸州知州，現充陝州鹽釐局總辦。河南不出鹽，仰給於兩淮、長蘆、河東；尤其是河東的潞鹽，以河南為主要的引地，入境先在陝州抽釐，稅收極旺。所以端錦的這個差使，號稱『通省第一差』。

不過，他的這個好差使快要當不成了！端錦嗣母亡故，丁憂照例開去差缺；端錦苦戀不捨，請他老兄設法。漢軍原可照旗人的規矩，只穿孝百日，不必守三年之喪；但穿孝是穿孝，做官是做官，即令只有百日，亦需離差。而況漢軍畢竟仍是漢人，亦不能全照旗人的規矩。端方身為封疆大吏，何能公然致函河南的巡撫與藩司，為胞弟作此貪祿忘親的干求？

正當此時，李經邁改調河南；端方認為這是個好機會，因為第一，自覺李經邁有對不起他的地方，應能藉此補報；其次，李經邁以新到省的監司大員，為端錦說話，巡撫、藩司總不好意思頭一次就不給面子。所以緊接在賀電以後，寫了封很懇切的信，託李經邁代為斡旋，讓端錦能夠『奪情』留任。信中又說：他在兩江，開支甚大，所以養家全靠端錦此差，每年有八千兩銀子的收入。這話看似坦誠，其實虛僞；若說做到兩江總督，還要靠兄弟替他養家，那是誰也不會相信的事。

『奪情』非禮，李經邁何能為力？因此端方跟他的怨結得更深了。如今遷怒到李家的至親，楊崇伊便越發『罪孽深重』了！

『莘儒！』端方從抽屜裡取出一張紙來，『你這個申詳的稿子，前面鋪敘事實，不錯；後面輕描淡寫，變成頭重腳輕，很不妥當。你看看這個稿子！』

端方已請幕友爲他重擬詳文：『本司查楊紳崇伊，身爲道員，又當守制，乃於登堂妓女，插身干預；復敢兩次尋釁，帶領家丁，黃夜持槍滋事，實屬目無法紀，不顧名譽。且在省會之地，竟敢如此肆惡，是其在常熟原籍，遇事生風，鄉人側目，人言亦屬可信。雖吳紳詔生年老畏事，不願深求，本司查得既詳，未敢玩法容隱，專案詳情奏參。』

說是說得重了一點，但既有總督作主，瑞澂覺得就得罪了楊崇伊亦不要緊。當時點點頭說：『很好，很好！』

『那麼，我就據你的原詳，跟陳中丞會銜出奏。稿子就請你帶了去。』

當天晚上，端方請瑞澂吃飯；筵間便將會奏的稿子交了出去。在照敘原文之後，緊接著寫道：

臣等查搶奪婦女，乃係棍徒惡習，該道楊崇伊聲名本劣，此次橫行不法，竟與地痞流氓無異。當倉皇抵禦之際，即使被毆受傷，亦屬咎由自取，無足顧惜。且據司詳，並聞王阿松有許送二千兩，託其包攬情事，如果屬實，尤爲卑污無恥！不惟滋害鄉里，且貽羞朝廷，此而不懲，必將日益兇橫，無惡不作。相應請旨將丁憂在籍，前浙江候補道楊崇伊，即行革職，永不敘用；不准逗留省城，交常熟原籍地方官，嚴加管束。如再不知收斂，及干預地方一切事務，即按所犯劣跡，從嚴究辦，以懲兇悍，而保治安。所有參劾在籍道員緣由，謹具摺會陳，伏乞皇太后、皇上聖鑒。

瑞澂看完，吐一吐舌頭；心想端方的手段好辣！不過事不關己，不必多事；所以一無表示地將稿子摺攏，放入口袋。

『莘儒，』端方鄭重叮囑：『守口如瓶，密意如城，尤其不可讓新聞紙的訪員知道！倘或一見了報，事情就壞了。』

瑞澂辦事不行，做官的訣竅，卻很精通；心裡思量，端方的花樣甚多，不要雷聲大，雨點小，他自己翻雲覆雨，出爾反爾，有意洩密給報館，而嫁禍於人。這卻不能不防。

於是他想了一下說：『大帥，在我手裡是絕不會洩漏的；不過交到陳中丞手裡，會了稿再送回兩江來拜摺，中間要經好幾道手。倘或出了毛病，責任就辨不清楚了。不如大帥就把這個稿子，電達蘇州，知會了陳中丞，立刻拜發，既謹愼，又快當。大帥看呢，這個辦法使得使不得？』

『使得，使得！我就照你的辦法。』

於是瑞澂將稿子又交了回去。端方隨即交到電報房，用密碼拍發；第二天中午收到回電，陳啓泰要求加一句：此奏由兩江主稿。會奏本有此規矩，端方亦不怕人知道他有意跟楊崇伊爲難，所以如言照辦。繕正加封，鳴炮拜摺；九月初就到了京裡。

這是封奏，要等慈禧太后看了才會發下來。奕劻一看，既驚且詫，不由得嚷道：『諸公來看！有這樣的怪事！』

於是除了在假的張之洞，所有的軍機大臣都圍了攏來；奕劻戴上老花眼鏡，將原摺大聲唸了一遍。聽完了各人的表情不同，有的皺眉，有的搖頭，有的不動聲色；而鹿傳霖一向鄙視楊崇伊，所以連連冷笑。

『上頭怎麼批的呢？』世續問說。

『沒有批。』

沒有批便是要軍機定擬辦法，當面請旨。鹿傳霖平時重聽，偏偏這三個字聽清楚了，大聲說道：『「滋害鄉里，貽羞朝廷」，這兩句考語，字字皆實；自然請旨，准如所請。』

他雖說得激昂，卻沒有人附議；慶王環視著問：『怎麼樣？』

『楊莘伯是鬧得太離譜了一點兒，不過，陶齋的話，亦不可盡信。』世續說道：『內幕到底如何，不妨先打聽一下。』

『慰庭，』奕劻指名又問：『你看如何？』

『我沒有意見。』袁世凱這樣回答，卻很快地使了個眼色。

奕劻會意了，點點頭說：『多打聽打聽總是不錯的。上頭如果問起，到底是怎麼一回事，也好有個交代。』

『慶叔這話我贊成。』醇王載灃說：『要打聽也很方便，到南齋把陸鳳石請來一問，就都知道了。』

陸鳳石就是陸潤庠，雖爲尚書，仍在南書房行走。當下派蘇拉把他請到，卻不肯進屋，因爲軍機處有雍正的特諭：『軍機重地，不准擅入。』以前張之洞進京議學制，每到軍機處都要軍機大臣陪他在院子裡立談；陸潤庠規行矩步，自然也是守著前輩的規範。

於是由世續出迎，將他請到『南屋』——軍機章京治事之處面談；問他可曾接到蘇州來信，談起楊、吳兩家的糾紛？

『談起過，不過語焉不詳。』陸潤庠答說：『中堂何不問一問吳蔚若？』

吳韶生的胞兄郁生，字蔚若，現任內閣學士，世續是知道的；但眼前卻只有陸潤庠可問，『來不及！』他說：『只有先跟鳳翁打聽，照你看誰是誰非？』

『自然是楊莘伯太霸道了一點！』

『蔚若的那位老弟呢？一點錯都沒有？』

『這不敢說！』陸潤庠突然警覺，『是不是江蘇奏聞了？』

『豈止奏聞？端陶齋、陳伯平會銜參了楊莘伯一本，措辭不留餘地，兇得很呢！』

『喔，』陸潤庠不由得關心：『怎麼個兇法？』

世續也起了警惕之心；尚未奉旨定奪的處分，不宜洩漏，便笑笑答道：『措辭不留餘地！你去琢磨吧。』

『革職？』

『現在還不知道。要看上頭的意思！』世續站起身來說：『勞駕，勞駕！』說完，拱一拱手，是很客氣的逐客。

陸潤庠卻不放過他。一把拉住他說：『中堂，這件案子是不是要交部？』

世續這才想到，陸潤庠是吏部尚書。官員失職懲處，都交由吏部議奏；此案的兩造，是他的小同鄉，還可能沾親帶故，別有淵源，如果由他來擬處分，公私不能兩全，是個絕大難題，所以會有這等關切的神情。

他的難處是了解了，卻無能爲力；『我看總要交部吧！』世續答說：『反正交部的案子該怎麼辦，會典有明文規定，錯不到哪裡去的。』

陸潤庠看他口風甚緊，不便再往下追問。不過，世續卻由於陸潤庠的態度而有了了解，這一案以不交部爲宜；因爲照陸潤庠的處境，恐怕處置難得其平。

不過，這是他心裡的想法，並不願說出口；只覺得這個摺子應該壓一壓，還是要把糾紛的眞相徹底弄清楚，再行面奏，才是正辦。

『也好！』奕劻接納他的意見：『我想還是勞你的駕，找吳蔚若細談一談；明天一早再商量好了。』

於是這一天進見，便以尙需徹查眞相爲理由，奏明慈禧太后，暫時不作處置。退値之時，奕劻面約袁世凱晚間小酌，要私下談一談楊崇伊。

『我眞有點不明白，陶齋似乎跟楊莘伯結了很深的怨。是爲甚麼？』

『不必一定有私怨。陶齋喜歡結交名士，而名士莫不以爲楊莘伯該殺的！』袁世凱說：『這就夠了！』

『若說爲了取悅名士，而下此辣手，未免過分。』奕劻心想，楊崇伊在戊戌政變時，跟袁世凱過從甚密，也許願意救他，便即問道：『我看還是交部吧？』

『交部自然可望減輕囉？』

這是必然的。照會典明載：交部處分，共分三等，最輕的是察議，其次是議處，最重是嚴加議處。如果原參請求議處，奉旨察議則從輕；奉旨嚴議便需加重。如今奏請將楊崇伊革職，永不敘用，並逐回原籍交地方官嚴加管束，已是重得無可再重的處分；然則奉旨交部，自必含有減輕的意味在內；否則，大可逕自硃批，何必交部？

『是的！』奕劻索性說明了，賣他一個交情：『我就是想先問問你的意思；楊莘伯，你們也是有交情的。』

『多謝王爺！』袁世凱答說：『不過，我跟楊莘伯交情不深。我是怕上頭另有意見。』

這是指楊崇伊曾有奏請訓政之功，慈禧太后或有矜憐之意；奕劻深深點頭，說了句：『那就面請硃批好了！』

『是！看他自己的造化吧！』

『話雖如此，上頭如果問到，不能沒有話回奏。』奕劻問道：『你看，是不是先要商量一下呢？』

『我看，只王爺跟我的說法，最好一致，別的人就不用管了。』

『好！你看應該怎麼說？』

『這一案情節不一樣，所參是否過苛，不無可議。』

奕劻點點頭。看起來袁世凱還是偏向楊崇伊；他心裡有數了。

『這一案的情節不一樣；所參是否過苛，不無可議。』奕劻緊接著說：『不過恩出自上，臣等不敢擅擬。皇太后、皇上以爲應加嚴懲，請硃批照行；否則交部議處。』

『像這樣的情節，眞正少見！楊崇伊果然是這樣子可惡，當然應該交地方官嚴加管束。我怕摺子上得太過分了。』慈禧太后問道：『蘇州的京官很多，你們打聽過沒有？』

『是！』奕劻答說：『讓世續跟皇太后回奏。』

於是世續膝行半步，抬頭陳奏：『吳韶生的胞兄吳郁生，現任閣學；奴才昨天去問過他，他不肯多談。只說他們是至親，爲小事結怨，痛心得很；冤家宜解不宜結，以他的處境不便多談。』

『另外呢？問過別的蘇州人沒有？』

『先就問過陸潤庠，他說，家信中談過這件事，不過不詳細。奴才問他，究竟誰是誰非？他說，當然是楊崇伊不對。』

『楊崇伊不對，那是誰都知道的；不然江南的督撫，也不至於這樣子嚴參。』慈禧太后又說：『你們怕得罪人；吏部尚書陸潤庠是他們蘇州同鄉，更加爲難，所以要我來批。倘是交部嚴議，大家商量著辦，總不至於讓人委屈到哪裡去；如今打我這裡就定案，要嘛准奏，要嘛就減輕，一點兒騰挪的餘地都沒有。如果准奏，楊崇伊這一輩子就算完了！倘或交部，說是不能再嚴，必得從減；保不定楊崇伊倒又是情眞罪當，朝廷持法，不得其平，關係也實在不淺。你們想，我能不愼重嗎？』

這一番宣示，連袁世凱都衷心佩服；臣下的肺腑如見，正就是慈禧太后所以至今能掌握大權不墜的緣故。不過『你們怕得罪人』這句話，有一個人卻心有不服，那就是這天銷假上朝的張之洞。

『江督蘇撫會奏嚴劾楊崇伊一摺，臣今天入直，方知其事。臣愚，以爲姑不論督撫參司道，向無不准之例；即以楊崇伊所作所爲而言，曾侍清班，又列台諫，而當閉門讀禮之時，干預如此卑鄙齷齪的外務，豈止玷辱士林，貽羞朝廷？眞可謂之無君無父，無法無天！此而不加嚴懲，倫常官箴，世道人心，哪裡還整頓得起來？以臣之見，僅如江督蘇撫所請，已從末減；革職交常熟地方官嚴加管束，亦猶是保全之道，臣請皇太后、皇上宸衷獨斷，准如所請！』

君臣上下，聽了張之洞的話，無不動容；慈禧太后想了一下說：『想來皇帝亦是主張嚴辦的，就這麼批吧！』說著，順手拈起硃筆，往旁邊一遞。

這是讓皇帝親筆硃批之意。他的精神很委頓，不過寫幾個字還能勝任，接過筆來，批了八個字：『著照所請，該部知道！』

『該部』是指吏部；照軍機辦事的規制，除咨請內閣明發以外，需先通知吏部。這天陸潤庠正好在衙門裡，一看軍機處抄送的原奏，大爲駭異；隨即命人謄了一個副本，帶在身上，套車去訪吳郁生。

吳郁生住在宣武門外閻王廟街，原是岳鍾琪的故居；園亭雖小，結構精緻。他家本素封，幾次主考放的又都是好地方，所以境況優裕；閒來摩挲古董，品題書畫，頗享清福。可是這一陣子心境很壞，就爲的是楊崇伊無端騷擾，至親成仇，恐有後患。

此時聽門上來報，陸潤庠相訪，趕緊迎了出來，一看他的臉色，便知有很嚴重的事發生了。

『蔚若！』陸潤庠把抄件遞了過去，『你看！』

吳郁生接來看完，連連頓腳嗟歎，『糟了，糟了！』他說：『結成不解之仇了！』

『這必是端陶齋的主意！楊莘伯雖可惡，處分亦未免太嚴厲了一點。』陸潤庠緊接著說：『蔚若，我們蘇州人都還是明朝留下來的想法，只當「吏部天官」的權柄大極！哪知道現在上有軍機，更有太后；而況原奏既未交議，吏部根本不知其事。我怕我們蘇州人會誤會，是我偏袒府上，跟楊家過不去；甚至楊莘伯本人，或許都有芥蒂，以爲我袖手旁觀，存心要看他的笑話。總之，我們兩個現在都處在嫌疑之地，休戚相關；該商量商量，怎麼化除誤會。你道如何？』

吳郁生覺得他的顧慮近乎多餘；但既有『休戚相關』的話，不便異議。所以點點頭說：『要化除誤會，要化除誤會。如今亦只有盡其在我了。』

『一點不錯，爲今之計，只有盡其在我。事情已經成了定局，無可挽救；我想該盡快通個消息給楊莘伯，讓他好有個預備。』

『那就要打電報回去。』

『當然！』陸潤庠問道：『你看是直接打給本人呢，還是託人轉告？』

吳郁生想了一下答說：『自然以託人轉告爲宜。不過這個人不大好找。』

將彼此在蘇州的親友，細細數過去。終於找到了一個人，姓姚，跟楊崇伊常有往來，與吳、陸二人也很熟，決定託他轉告。

於是，吳郁生走到書桌後面坐下，揭開墨盒，取張素箋，提筆寫了姓姚的在蘇州的地址；略一沉吟，寫下電報正文：『煩即告越公，參案奉硃筆，處分如瓶齋。』下面署名『鳳蔚』。

『越公』是隱語，隋朝楊素封越國公，此指楊崇伊。『瓶齋』是翁同龢的別號，『處分如瓶齋』是說楊崇伊亦如當年翁同龢之獲嚴譴，開缺逐回原籍，交地方官編管。『奉硃筆』意示未交部議；爲陸潤庠表白，並非不肯幫忙，是根本幫不上忙。最後『鳳蔚』二字，驟看一個名字，其實是陸鳳石、吳蔚若兩個人。這個電報在局外人看，不知所云，亦就無從猜測：陸潤庠覺得很妥當，隨即派跟班送到電報局去發，比照吏部特急官電辦理，限傍晚之前到蘇州。

『這是哪一天的事？』王照問說。

『就是今天！剛出爐的新聞。』

『怪不得！』王照笑道：『到得明天此時，通國皆知了。』

『江南，只怕只有上海才知道。』

『不！』王照搖搖頭：『申報的訪員，今天會照抄邸抄打電報到上海；明天一早見報，至遲中午，蘇州就都知道了。』

『那時候，楊莘伯不知是怎樣一副嘴臉？』善耆笑著舉杯：『這段新聞，值得浮一大白吧！』

『太值得了！』王照滿引一杯，換個話題問：『皇上的病情，想來有起色？』

『唉！』善耆突然重重地嘆口氣，『你別問這個！喝酒吧。』

王照卻不死心。皇帝的病不能問，便問：『太后呢？』

『總是鬧肚子，好好壞壞地，誰都弄不清是怎麼回事。』

『太后的痢疾，是從夏天起的；既然一直不好，何以內奏事處沒有給太后請脈的方子。莫非是諱疾？』

『你知道了，何必還問？』

『太后的萬壽又快到了！』王照也嘆口氣：『皇上又有得罪受了！』

駐蹕頤和園的第二天，慈禧太后飲食不慎，又鬧肚子，召見軍機時，很發了些牢騷。

『皇上的病越來越壞，頭班張彭年、施煥的藥，一點用處都沒有，哪裡是甚麼名醫？我看有名無實。我這兩天也很不舒服，可是不敢讓頭班請脈。』慈禧太后指名問道：『張之洞，你們平常有病痛，倒是請教誰啊？』

『臣家中有病，總請呂用賓來看，都很有效。』

『好吧！那就傳呂用賓來診吧！』

呂用賓與杜鍾駿是第三班，兩月一輪，還早得很；所以南宮有家富戶，獨子患了傷寒，專誠禮聘，呂用賓很放心地去了。不過宮中忽然傳召，呂家即刻派車，連夜將他從南宮接了回來，過門不入，直奔頤和園待命。

請了脈，開了方子，才得回家，補睡一覺；好夢正酣時，爲人推醒，『快，快！』他的姨太太說：『張中堂打發人來請，請你馬上就去；只怕老太后的病有變化。』

聽得最後一句，呂用賓大吃一驚，將殘餘的睡意驅得一乾二淨，坐在床沿上怔怔地只是發楞。

『怎麼啦！你倒是下床啊？』

『不會啊！』呂用賓自語著，『藥不會用錯的！怎麼說是病勢變了呢？』

『那是我胡猜，你快點吧，到了張中堂那裡就知道了。』

『甚麼？』呂用賓問：『是到張中堂家，不是進宮？』

『誰跟你說進宮了？』

『嗐！嚇我一大跳。』呂用賓透了口氣，『必是張中堂有話要問我！』

果然，是張之洞有話要問。原來呂用賓脈案上有『消渴』的字樣，慈禧太后很不高興。

『呂大夫！』張之洞沉著臉說：『太后也讀過史記、漢書、唐詩，知道「文園病渴」那個典故。她問我：「呂用賓說我消渴，我從何處得消渴病？」我竟無詞以對。』

呂用賓眞如俗語所說的『丈二金剛摸不著頭』；用心思索了一會，方始記起，『必是口渴之誤。』他說：『洩瀉必口渴，一定之理。』

『口渴怎麼會寫成消渴？供奉御前，何可如此漫不經心？』

呂用賓聽他是教訓的口吻，未免反感，當即答說：『一時筆誤，也是有的。』

『如果早個幾十年，這一字之誤，可以斷送你的一生！』

語氣雖仍然嚴峻，但卻出於善意，呂用賓不再跟他抬槓，只是辯解：『脈案上有筆誤，不過藥是好的！太后的痢疾，我有把握，三服必可大安，以後只要少進油膩生冷，亦不致復發。』

『你眞的有把握？』

『有。』

『那好，你明天仍舊照常侍候好了。』

果然，呂用賓的藥很有效驗；亦就因爲如此，慈禧太后不再追究誤口渴爲消渴這個涉於不敬的錯誤。

皇帝的病則正好相反，不但沒有起色，而且更似奄奄一息的模樣。這一半是憂急所致；自顧支離的病骨，不知如何得以應付太后萬壽的繁文縟節？每一想起侍膳聽戲，從早到晚，一站就是一整天；頭暈目眩，冷汗淋漓，而仍不能不咬緊牙關，強自撐持的情形，便覺心悸。而更壞的是，今是萬萬撐持不下去了！不知是在勤政殿上，還是戲台前面，一倒下來，也許就此不起。皇帝做到這個分兒，想不自憐而不可得；所以這一陣子每每涕泗橫流地說：『皇太后的好日子快到了，我病這麼重，不能給皇太后行禮，怎麼辦呢？』

這話傳入慈禧太后耳中，不覺惻然，便找榮壽公主來商量，應該如何體恤皇帝？

『只要他有那麼一點孝心就夠了，能不能給我行禮，我倒不在乎。不過，如今愛造謠言的人更多了；倘說平時照常辦事，到了我生日，忽然不露面了，這可不大合適。所以，我的意思，皇上要請假，就得提早。』

榮壽公主聽見『皇上請假』這句話，不由得想起溥儁在開封被逐出宮時，有人控告他是『開缺的太子』，同是新鮮話頭。不過，皇帝一請了假，只怕再無銷假的時候；此事關係忒重，她不能表示意見，所以默然不答。

慈禧太后讓榮壽公主陪了她四十多年，當然深知她的心情；沉默不是默許，而是不贊成的表示。因而問道：『除此以外還有甚麼好法子？』

『沒有！』

『連你都想不出好法子，那就眞的沒有好法子了。我看還是照我的主意辦吧！』

『是！』榮壽公主忽然想到，不得已而求其次，應該留下一個伏筆：『先讓皇上好好兒將養幾天，到得老佛爺大喜的日子，皇上精神好了，照常給老佛爺行禮。』

『那當然！娘做生日，沒有兒子磕頭，那個生日再熱鬧也沒有意思。』慈禧太后停了一下說：『就從十月初一起吧！你把我的意思說給皇上。』

『是！』

於是榮壽公主啣命到皇帝寢宮去傳懿旨，一路上想好了許多慰勉的話，但當到達皇帝寢宮時，突然發覺跟隨的太監中，有崔玉貴，有小德張，還有敬事房的太監，恍然憬悟，自己亦被置於監視之下了！

因此，她所打的腹稿，幾乎全用不上；只是平平靜靜地宣示了慈禧太后的『德意』，隨即退出。覆命途中特意攀登萬壽山最高處的佛香閣，至至誠誠地燒了一炷香，默禱菩薩，保佑皇帝，就在這幾天中，恢復精神，能趕上太后萬壽之期，率領王公大臣，朝覲祝嘏。

按照慣例，慈禧太后由頤和園返駕，總是坐船到西直門外的廣源閘，再換乘鑾輿回宮。臨行前一天特為叮囑：皇帝不妨坐轎先走，不必乘舟隨侍。為的是皇帝可以節勞，亦是一番體恤的德意。

從排雲殿前下船，慈禧太后戀戀不捨地回頭望著萬壽山，忽然說道：『皇上病重，我們這趟回去，恐怕一時不能到這裡來了！』

侍立在她身旁的，一面是瑾妃，一面是榮壽公主，都默不作聲——這不算不敬；凡是太后、皇帝有這種令人不敢贊一詞的話，容許左右保持沉默。

『天氣可眞是好。』慈禧太后又說：『回頭上了岸，咱們到萬牲園逛逛去。』

『是！』瑾妃與榮壽公主同聲回答。

『可惜！挺好的兩隻象，竟會餓死！這件事，我亦不知道應該怪誰。』

原來所謂『萬牲園』這個名稱，即由這兩頭象發端而來。端方考察憲政回國，帶來兩隻象，一隻獅子，貢獻慈禧太后，本意可養在頤和園中，而李蓮英認為不免危險，大加反對。其時農工商部正利用西直門外一處荒涼已久，來歷已難稽考，只知習稱為『三貝子花園』的一大片官地，創建『農事試驗場』，除了數十畝稻畦麥田之外，還搜羅了各地的奇花異果，試為種植，如今為了安頓這兩象一獅，索性擴大規模，植物之外，闢地豢養動物；又建了好些亭台樓閣，作為遊憩眺望之所。落成之後，敬奉兩宮觀賞，慈禧太后將最宏敞的一座洋樓，題名為『暢觀樓』。上年夏天來過好幾次；而這一年，卻還只到過一次，但兩頭象已經餓死了。

『問內務府，說是洋人餵養得不好；也有人說，洋人要加這兩隻象的口糧，內務府不肯，以致慢慢兒餓死了。那兩個洋人是跟農工商部訂了合同的；期限未滿，硬爭著要照合同拿薪水。』慈禧太后緊接著說：『說不定那兩隻象，就是洋人弄死的，爲的好白得一筆薪水回國。洋人眞不是好東西！』

『其實餵象又何必請洋人？咱們從前不也有象房嗎？』榮壽公主又問：『聽說象房裡餵的象，還食三品俸祿呢！不知道可有這話？』

『怎麼沒有？』慈禧太后說：『那些象全通靈性。』

於是，慈禧太后大談道光以前，象房中的故事；象奴如何哀懇象爲他故意阻道斂錢；象如何會知道象奴侵吞了牠的俸祿而以惡作劇作爲懲罰等等。就這樣興致勃勃地，一直談到西直門外的廣源閘，捨舟登陸；照例先到萬壽寺拈香，然後率領宮眷去逛萬壽寺以東的萬牲園。

這時早有內務府的人，作了緊急通知，盡驅遊人，以便接駕。慈禧太后進園穿廊右行，過了一道小溪，在一座八角亭前停了下來。

這座亭子極大，其實就是一個獸圈；亭分八方，豎著頂天立地的鐵柵，禁繫著八種猛獸，獅子、老虎、黑熊、金錢豹、野牛、黃狼，還有一隻角的犀牛。

不知是忽發童心，還是有意要表示她膽大，慈禧太后走得貼近了鐵柵；一頭閃著碧眼的老虎，突然撲了上來，將李蓮英的臉都嚇黃了。

『老佛爺，』他喘著氣說：『把奴才的膽都嚇碎了。請往後站吧！』

『有鐵柵在，怕甚麼？』

話雖如此，禁不住宮眷們也苦勸，慈禧太后便往後站站，看夠了又往左走，那裡是沿靠構築一排獸舍，斑馬、梅花鹿、印度羊，有醜有妍，千奇百怪；慈禧太后一面看，一面問，將個內務府出身的『農事試驗場監督』，問得張口結舌，無詞以對。慈禧太后倒未生氣，只笑笑說道：『你還得多唸點兒書！』

看完走獸看飛禽，看完飛禽又看家畜，慈禧太后的腰腳甚健，而李蓮英卻深以爲苦，幾次相勸：『別累著了！息息兒吧！』慈禧太后置之不理。

不但不理，而且每當他落後時，必定問一聲：『蓮英呢！』害得李蓮英上氣不接下氣地趕了上來，卻又沒事——誰都看得出來，慈禧太后是有意給李蓮英找麻煩。

一踏進殿門，慶王奕劻便是一楞，御案後面坐著的，只是慈禧太后，皇帝呢？他在想，十月初一太廟時享，皇帝是行禮去了？一個念頭還未轉完，已想起早有上諭，是派恭親王溥偉恭代行禮。那麼，皇帝何以不陪太后一起御殿？

『皇上的病又添了！』慈禧太后說：『讓他息幾天。』

『是，』奕劻毫無表情地答應著，隨即將手裡的黃匣子捧上御案，『達賴喇嘛，另有呈獻皇太后，恭祝萬壽的貢物；請懿旨，讓他哪一天進呈？』

『皇上不是要賜宴嗎？』慈禧太后問道：『定的哪一天？』

『十月初六。』奕劻欲言又止地，但終於說了出來：『請懿旨，是不是要改期？』

『改期？』慈禧太后詫異地問：『爲甚麼？』

『奴才怕到了那一天，皇上還得將養，不能駕臨紫光閣，親自賜宴，就不如改期爲宜。』奕劻緊接著說：『這一次達賴喇嘛，爲了覲見磕頭，覺得很委屈似地，英國又拚命在那裡拉攏示好；前天英國公使朱爾典去拜他，說是談得很投機，這種情形可不大好；奴才幾個商量，要請皇太后、皇上格外優容，以示羈縻。不賜宴則已，賜宴務必要請皇上親臨。』

『你說的話，我可不大明白。達賴喇嘛不是一向跟英國不對嗎？』

『那是以前的話，現在英國拚命在他身上下工夫，當然就回心轉意了。』

『這可見得咱們派的人無用，不然，英國人怎麼插得進手去。』

『是！奴才已經告訴達壽、張蔭棠留意。』奕劻停了一下又說：『賜宴要請皇上親臨，就是達壽跟張蔭棠從達賴喇嘛那裡得了口風，特爲來跟奴才說，務必奏明，俯准照辦。』

慈禧太后想了一會說：『現在也不能說，皇上到時候一定不能到紫光閣，改期的話，不好措辭。至於他另有貢品，讓他十月初九進呈，我會好好兒安撫他。』

這意思是相當明顯的。十月初六紫光閣賜宴，皇帝多半不會親臨；慈禧太后已在籌思補救之計了。不過，這個看法如果不錯，太后萬壽又將如何？莫非皇帝也不來朝賀？

這是個絕大的疑問，也是個絕大的變化！袁世凱認爲皇帝的病如真已加重，固然應該趕緊作最壞的打算；倘或病勢如常，而慈禧太后忽然作此表示，真意何在，更非立即探明，有所因應不可。

奕劻完全同意他的見解；於是以請屈庭桂治病爲名，將他延入王府，在內書房跟袁世凱一起跟他見面。

『皇上的病，到底怎麼樣了呢？』奕劻問說：『你是每天進宮請脈的，一定比誰都明瞭。永秋，你務必跟我說實話。』

『在王爺跟宮保面前，我從來沒有說過一句敷衍的話。皇上的病，當然輕了！呼吸慢慢恢復正常，腰痛亦減了，遺洩亦少得多；不過尿裡檢驗出來，還有蛋白質，這是腰子有病的明證。不過並不算很厲害！』

『你今天請脈了沒有？』

『請了。』

『你剛才說的情形，就是你今天親眼目睹的？』

『是啊！』屈庭桂不由得眨眼，不解奕劻問這話的意思。

『永秋！』袁世凱問：『照你說，皇上的病不礙？』

『不礙！』屈庭桂答說：『可是，要能安心靜養。』

『那麼太后呢？』袁世凱又問：『經常鬧痢疾，也不礙吧？』

『我沒有替太后看過，不敢說。不過，到底七十四了！老年人的心臟，總要差一點，也容易中風。至於痢疾，要看情形，不能一概而論。』

袁世凱點點頭，看著奕劻問：『王爺還有甚麼話要問？』

『一時也想不起。想到了再說吧。』奕劻又說：『永秋，咱們這會兒所談的情形，你擱在肚子裡好了。』

『是，是！』屈庭桂急忙答應：『我知道輕重。』

『如果皇上的病勢有變化，或者在內廷聽到甚麼有關係的話，請你隨時來告訴我；或者告訴袁宮保也是一樣。』

『是！』

『勞駕！勞駕！我就不留你便飯了。』

這是暗示可以告辭了。屈庭桂隨即站起身來，奕劻卻又喊住他，親自打開紅木鑲螺鈿的櫥門，裡面是各式各樣的珍玩，他挑了一只金錶，連裝潢得極講究的盒子，一起遞給屈庭桂。

『這是英國公使朱爾典送我的一個錶，專爲跑馬用的，』他指點著說：『這裡有個鈕，一按，秒針就不動了；我想，你數脈搏倒挺用得著！』

『太用得著了！多謝王爺。』屈庭桂恭恭敬敬地請個安，告辭而去。

『王爺，』袁世凱的神色變得很興奮，很鄭重了，『事情已經很清楚！我有一句肺腑之言，上達王爺。』說著，回頭望了一下。奕劻知道他的用意，喊一聲：『來啊！』

一名聽差應聲而進。奕劻吩咐，如有下人，一律退出垂花門；並責成他在門外看守，任何人不准進入。

於是袁世凱自己移張紅木圓凳，與奕劻促膝而坐，輕聲說道：『事情很清楚了，太后絕不能讓皇上死在她後頭；一旦龍馭上賓，後事如何？』

『照同治十三年十二月的例子，太后總得召集御前會議，問問大家的意思吧？』

『是的，我是請問王爺的意思。』

『我主張立長君。』奕劻毫不考慮地說：『讓溥倫來幹！』

『不！』袁世凱說：『王爺爲甚麼就沒有想到，有一天會搬到寧壽宮去納福？』

一聽這話，奕劻目瞪口呆，好半天說不出話；腦子裡不期而然地浮起高宗內禪以後的種種傳說。

可是怎麼也不能把自己跟嘉慶元年以後的高宗併合成一個人。

『慰庭，』他終於開口了：『這怕不行！』

『何以見得？』

『我是疏宗。』

『嗐！王爺怎麼妄自菲薄呢？』袁世凱說：『仁宗跟慶僖親王是同母兄弟。當初的身分、教養，完全相同，只爲仁宗長了兩歲，所以得承大位，這一系下來，至今上而絕；那就該回頭由慶僖親王一系繼統，才算公道。』

如說由慶僖親王永璘一系繼統，則皇位應該落在載振身上。奕劻作夢也沒有想到，袁世凱會有這樣一種說法；眞所謂匪夷所思，連當事者都覺得說不過去。

『慰庭，你的好意，我父子感激至深，不過這件事怕辦不通。』

『怎麼辦不通？請教王爺！』

『第一，你的說法，於古無徵……』

『有徵，有徵！』袁世凱搶著說：『宋朝自太祖駕崩，兄終弟及，帝系從太宗傳到南渡以後的高宗；以下自受禪的孝宗開始，就又是太祖的子孫做皇帝了。』

『孝宗是太祖的子孫？』奕劻驚訝地：『我倒不知道。』

『有書爲證，不能瞎說的。』

書架上現成的一部二十四史，袁世凱抽出宋史的第一本，翻到〈孝宗本紀〉，看都不看便遞了給奕劻；果然，書上記載得明明白白，孝宗是太祖的七世孫，秦王德芳之後。

這使得奕劻有些動心了！不過知子莫若父，載振望之不似人君；又有楊翠喜那一重風流公案，必難服眾。所以仍是搖搖頭說：『不必，不必！徒然落個話柄，何必？』

『王爺是怕有人不服？』

『是啊！』

『爲何不服？如今是擇賢；振貝子哪一點不如他人？當然要反對總可以找理由，這不妨事先疏通。』袁世凱停了一下又說：『當年世宗即位，弟兄之間還不是個個不服？但有隆科多在，還不是只好俯首稱臣。』

雍正之能入承大統，得力於隆科多以步軍統領掌握著兩萬禁軍；袁世凱以此作譬，是以隆科多自擬。

奕劻心想，袁世凱雖已不在北洋，但所練的六鎮新軍，除鐵良統制的第一鎮，由旗丁編組，指揮不動以外，此外五鎮，都能直接間接地調度。他手下的第一員大將段祺瑞，現任袁世凱嫡系的第三鎮統制，駐紮保定；駐南苑的第六鎮，本由第三鎮所孳生，實際上亦由段祺瑞在指揮。一旦有變，要求駐畿南的第二鎮、駐小站的第四鎮、駐山東的第五鎮按兵不動，作壁上觀，是袁世凱絕對可以辦得到的事；然後以一鎮對付鐵良，一鎮控制京城，何愁大事不定？

想到這裡，奕劻的雄心陡起，不斷搓手吸氣，自我鼓舞了好一會，方始開口說道：『茲事體大！慰庭，得要好好籌畫。』

『是，是！當然要好好籌畫。不過也要快！』袁世凱說：『照我看，比較難對付的只有澤公！』提到載澤，更激發了奕劻的進取之心；因爲現任度支部尚書的載澤，想取奕劻而代之，已非祕密。想到載澤種種跋扈的情形，他不由得恨恨地說：『總有一天讓他回家抱孩子去！』

十月初六紫光閣賜宴達賴喇嘛，皇帝果然未到；十月初九，在勤政殿進貢壽禮，慈禧太后亦未召見。正當達賴喇嘛滿懷不快，決定吩咐從人收拾行李，打算盡快離京時，理藩部尚書達壽親自來頒上諭，達賴喇嘛不願跪接。直到說明是恩詔，達賴喇嘛方始勉強行禮聽宣：

朕欽奉慈禧端佑康頤昭豫莊誠壽恭欽獻崇熙皇太后懿旨：達賴喇嘛上月來京陛見，率徒祝嘏，備抒悃忱，殊堪嘉尚，允宜特准封號，以昭優異。達賴喇嘛業經循照從前舊制，封爲西天大善自在佛，茲特加封爲誠順贊化西天大善自在佛，其敕封儀節，著禮部理藩部會同速議具奏。並按年賚給廩餼銀一萬兩，由四川藩庫分季支發。達賴喇嘛受封後，即著仍回西藏，經過地方，該管官派員挨站護送，妥爲照料。到藏以後，務當恪遵主國之典章，奉揚中朝之信義，並化導番眾，謹守法度，習爲善良。所有事務，依例報明駐藏大臣，隨時轉奏，恭候定奪。期使疆圉永保治安，僧俗悉除畛域，以無負朝廷護持黃教，綏靖邊陲之至意。並著理藩部傳知達賴喇嘛祗領欽遵！

這道恩詔另外備有一份滿文譯本，達賴喇嘛不識漢字，卻通滿文；仔細看完，認爲並無暗示與班禪分治西藏之意，總算將多日以來所受的委屈，消散了許多。

於是他說：『明天進宮拜生日，我還有一尊佛像送給皇太后。這尊佛像上，有我唸的二十萬卷經，功德甚大；太后虔心供奉，必能保佑她消災延壽。』

『皇太后一定會很高興。』達壽答說：『不過明天隨班行禮，恐怕沒有機會呈獻。』

『如果明天不能面呈，就請貴大臣代爲進獻；不過亦需有一番迎佛的禮節。』

『當然，當然！』

『請問，明天文武百官替太后拜生日，是不是由皇上帶領？』

『這，』達壽歉然地說：『我可實在無法奉答。皇上從十月初一起就不能起床了；不然初六紫光閣之宴，一定會親臨賜酒的。』

『照這樣說，皇上明天就不能替太后拜生日？』

『大概是。』

『那麼是誰帶頭行禮呢？』

這一下將達壽考住了。在他的記憶中，從無皇太后萬壽，皇帝未能率領王公大臣朝賀的情事，因而亦就無從回答，只含含糊糊地說：『那要看當時的情形，事先沒法兒知道。明天有我在那裡照料，大師不必擔心。』

話雖如此，達壽自己卻很擔心；因為西藏的局勢動盪不安，朝廷寄望於達賴喇嘛回拉薩後，能夠安撫藏民，力禦外侮，仍奉朝廷的正朔；而達賴喇嘛被迫行了跪拜之禮，卻還不能見到皇帝，內心異常憤懣。如果明天皇帝能率百官上壽，達賴喇嘛就必然會質問：時隔五日，何以紫光閣賜宴，皇帝就不能親臨？這話很難回答；得細心看看當時的情形，想法子找個能夠搪塞得過的理由。

因此，達壽在半夜裡便即起身；趕到西苑，曙色未透，但內務府的官員，已經忙忙碌碌在預備這天的慶典了。他拉住新補的內務府大臣景澧，悄悄問道：『皇上會來不會？』

『這會還不知道，不過，聽說：已傳「四執事」侍候龍袍了。』

專管御用衣帽鞋襪的太監，通稱『四執事』；傳龍袍侍候，自然是要來朝賀。達壽便趕到中海，一進東向的寶光門，只見儀鸞殿外的來薰門前，已有掌『起居注』差使的翰林在當班了。

其中有一個是達壽的熟人，即是以參瞿鴻機而名聞海內外的惲毓鼎；便喚著他的號問：『薇孫，皇上今天會來給皇太后行禮不會？』

『怎麼不會？當然會。』

『不是說皇上病得很厲害嗎？』

『那就不知道了！』惲毓鼎淡然說道：『不過，南書房的翰林譚組庵，昨天還看見皇上在瀛臺前面的迎薰亭蹓躂。』

就這時有理藩部的司官來通知，達賴喇嘛已到。達壽急忙趕了去招呼；安頓略定，再翻回來時，聽說皇帝已經從瀛臺步行而來，只等吉時一到，便即行禮。

同時，達壽發現便門未曾關嚴，很有些人在縫隙中張望；於是他也擠了上去，悄悄向裡窺望，只見身御龍袍的皇帝，兩隻手扶住太監的肩，雙足不斷起落作勢，當然是舒舒筋骨，以便行那三跪九叩的大禮。

不久，來薰門開了，出來一名挺胸凸肚的太監，正是將取李蓮英而代之的崔玉貴；站在漢白玉石的台階上，歪著脖子揚著臉，用既尖且銳的左嗓子喊道：『禮部堂官聽宣哪！』

禮部尚書溥良、左侍郎景厚、右侍郎郭曾炘，急忙趕上前去，向北跪倒，半低著頭；所有的王公大臣亦都垂手肅立，靜聽宣旨。

『奉懿旨：皇帝臥病在床，免率百官行禮。』

崔玉貴的聲音極高，沒有一個人覺得不曾聽清楚。然而何以有此懿旨？人人感到意外，相顧錯愕，噤不能言。而就在這沉寂如死的霜風曉陰中，突然聽得來薰門內，噭然一聲，淒厲無比，令人毛骨悚然。

來薰門很快地闔上了。但皇帝的哭聲若斷若續，依舊隱約可聞。

賀壽的戲在未正就散了，這是從未有過的事；許多人記得，光緒十八、十九兩年太后萬壽，每次都唱七天戲，辰時開鑼，唱到『電氣球』大放光明，總在四十刻左右。有一天甚至到亥時方散，三慶、四喜、春台、和春、嵩祝五大徽班輪著唱，費時五十一刻之久。

何以散得這麼早？只爲慈禧太后的肚子又吃壞了；坐不了多少時候，就要起身『更衣』，一去一來，奉旨入座聽戲的王公大臣跪送跪接，不勝其煩，連慈禧太后自己都覺得好沒意思，因而才傳旨散戲。

『這幹甚麼呢？』慈禧太后卻又閒得無聊，尤其是在福晉命婦辭宮以後，頗有曲終人散的淒涼。

誰也無法回答她的話，萬壽正日的下午，自然是聽戲；誰也不曾想到該預備些可供她消遣的玩意，所以面面相覷，都是一臉的尷尬。

最後是李蓮英出了個主意，『老佛爺不是要照一幅「行樂圖」嗎？』他說：『照相的侍候了好些日子了。』

這倒提醒慈禧太后了——前幾天慶王奕劻奏報，普陀峪『萬年吉地』，歲修完工；慈禧太后由普陀峪想到普陀山，那是觀音得道之地，便說要扮作觀音大士，照一幅行樂圖。當時說過丟開；如今既有照相的在侍候，何妨就以此消遣？

『說照相要陽光好，這會兒行嗎？』

『不相干！在屋子裡照，有陽光沒有陽光都一樣。』

『在屋子裡照？』慈禧太后問道：『屋子裡哪來的紫竹林？哪來的九品蓮池？』

『用砌末！全都預備好了。』

『好吧！咱們照幾張。怎麼個照法？』慈禧太后緊接著說：『得要善才龍女，還要個護法的韋陀。』

『都有了！』李蓮英答說：『四格格扮龍女；奴才妹子扮善才；奴才託老佛爺的洪福，扮一尊韋陀，也沾點兒仙氣。』

『那就扮吧！』慈禧向榮壽公主笑道：『剛才聽別人唱戲，這會兒我可要扮戲給你們看了。』緊接著笑容一斂，『這可是一件極正經的事，打水來洗手。』

於是，李蓮英主外，傳照相的來佈置『紫竹林』；榮壽公主主內，侍候慈禧太后作僧家裝束，身穿大紅平金的袈裟；頭戴垂著兩條長飄帶的毘盧帽；足踏土黃緞子的雲頭履。由於慈禧太后是張長隆臉，扮出來寶相莊嚴；榮壽公主不由得恭維：『活脫兒的觀世音菩薩！』

善才龍女也扮好了，一個捧淨瓶，一個捧紫金盂，夾輔著『觀世音』來到儀鸞殿以西的慶雲堂；只見李蓮英一身紅靠，就像這天壽戲中，楊小樓在挑華車中所扮演的高寵。

包括慈禧太后自己在內，看他這副打扮，都忍不住想笑，然而畢竟忍住了。李蓮英自己也有些忍俊不禁，趕緊低著頭，雙手合十，作個致敬的姿態，掩飾他臉上不甚莊重的神色。

『都預備好了沒有！』

『預備好了！』

『是他照嗎？』慈禧太后指著跪在地上，一個穿藍布夾袍，戴紅纓帽的中年漢子問。

『是！』李蓮英答說：『他叫佟五，在後門開照相館，是他們這一行的好手；以前也侍候過差使的。』

慈禧太后點點頭，踏入殿內，只見桌椅已經移開；拿戲中的砌末，佈置成『紫竹林』的樣子：前面是個蓮葉田田，荷蕖出水的池塘；後面襯一大塊景片，畫的萬竿青竹，竹上還懸一塊雲頭花樣的金漆木牌，上書『普陀山觀音大士』七字。

『老佛爺請這兒坐！』

荷池與竹林之間，有個兩尺高的蒲團；李蓮英引著慈禧太后坐下，安排善才龍女站在她右首。他自己在她左首站定，雙手合掌作禮佛之狀；隨即有個小太監捧著『降魔杵』擱在他臂彎中間，越發像個韋陀了。

於是佟五拿黑布蓋著頭，湊在照相機後面對光、上片，再弄個銅盤，倒上好些白色藥粉，讓他的夥計捧著，方半跪著回奏：『奏上老佛爺，回頭有一溜極亮的白光，規矩是要有這一溜光才能照相。請老佛爺別害怕，也別眨眼。』

『好了！別嚕囌了！』李蓮英呵斥著：『老佛爺又不是頭一回照相。』

於是拿紙煤點燃藥粉；一道白光過處，『普陀山觀音大士』已攝入相機。佟五怕不保險，要求再照一張，慈禧太后也答應了。

就這一番折騰，消磨了半個下午；慈禧太后回到寢宮，問李蓮英：『甚麼時候可以看照片啊？』

『今晚上就能看。不過，晚上送不進來。』

『那，』慈禧太后說道：『今晚上你回家去吧！明兒一早就把照片帶來。』

『是！』李蓮英退了出來，匆匆忙忙地趕著宮門下鑰之前，離了西苑。

這下，太監之中，便數崔玉貴為首。只要李蓮英不在，他就格外顯得賣力；幾乎寸步不離慈禧太后左右。到得上了燈，照例是看奏摺的時候，崔玉貴把侍候筆墨的小太監支使開，一個人在書桌旁邊照料。

這天的奏摺很多，到二更天才看完，崔玉貴換了茶，絞上一把熱手巾，慈禧太后擦了臉覺得精神一振，有了胃口，便即問道：『有甚麼吃的？』

『熬的香粳米粥，蒸的栗子麵的小窩頭，有錦州新進到的醬菜。』

『好！擺吧！』

於是一聲招呼，很快地抬上兩張食桌；小太監都知道崔玉貴喜歡一個人在慈禧太后面前當差，所以將食桌安排停當，不待吩咐，便都悄悄退了出去。

『這兩天外面可有甚麼新聞沒有？』慈禧太后一面吃粥一面問。

『有是有，奴才可不敢說。』

慈禧太后想了想說：『必是議論皇上的病？』

崔玉貴故意遲疑了一下，才輕輕答一聲：『是！』

『怎麼說？』

『都說皇上的病，怕是，怕是不好。萬一有個……』

『萬一怎麼樣？』

『萬一出了大事，又得老佛爺操心。』崔玉貴說：『這都是私下在談的話。』

『自然是私下談；還能公然議論嗎？』慈禧太后又問：『你還聽見些甚麼？』

『再就是胡猜。』崔玉貴囁嚅著說。

『胡猜？』慈禧太后把金鑲的牙筷放了下來，很注意地問：『猜甚麼？是猜誰該當皇上？』

崔玉貴面現驚惶，偷覷了覷，方始吃力地答一聲：『是！』

『怎麼說呢？』慈禧太后又把筷子拿了起來，眼也不看他，而且是信口而問的聲音。

『奴才不敢說。』

『不要緊！只當聊閒天。』

『有人說，再立一位皇上，得要一上來就能辦事的，免得老佛爺操心。說是甚麼「國賴長君」。』

『不錯，有這話！』慈禧太后怕崔玉貴不敢惹是非，不肯再往下說，聲音越發柔和了，『他們提了名字沒有；誰是一上來就能辦事的？』

『有人說，倫貝子合適；有人說，小恭王不錯；還有人說，振大爺也可以當皇上。』

慈禧太后把這三個人的名字，緊記在心；隨又問道：『還提了別人沒有？』

『奴才只聽人提過這三個名字。』

『是誰提的啊？』

崔玉貴就怕問到這句話！他本是以意爲之，藉此作一試探，希望能從慈禧太后口中探知屬意之人，趁早燒燒冷灶。哪知試探沒有結果，自己最害怕的事卻出現了！只好跪了下來說：『聖明不過老佛爺，信口胡說的話，作不得準。』

慈禧太后知道，逼急了，崔玉貴會胡攀；而且一定要追問來源，讓人存了戒心，以後就不容易聽到新聞了。因而付之一笑，說一聲：『起來吧！你只聽見甚麼，擱在肚子裡就是。』

同樣地，慈禧太后也是將這些帝位誰屬的揣測，放在心裡，一個人默默地作打算。溥偉、溥倫都不足爲憂，倒是擁立載振之說，她覺得寧可信其有，不可信其無。如果自己要有所舉動，這一點不可不防。

事情是很明白的，若果擁立載振，必出於袁世凱的主謀；而袁世凱所恃者，無非北洋新軍。駐紮在南苑的第六鎮，可能會成心腹之患，首當下手。

於是，慈禧太后特意召見陸部尚書兼第一鎮統制鐵良。第二天便由鐵良下令，以演習行軍爲名，將第六鎮與駐易州淶水的第一鎮，對調駐防。接著，又有一個機會可以遣開慶王奕劻——理藩部尚書達壽，呈達賴喇嘛所送的一尊佛像；據說，將這尊佛像供奉在普陀峪『萬年吉地』的地宮，可以除不祥，益增聖壽。慈禧太后決定命奕劻去幹這個差使。

『普陀峪的工程要驗收；這尊佛像也要送去安置。』慈禧太后說：『派別人去我不放心，你辛苦一趟吧！』

奕劻大感意外，也大感爲難，很委婉地說：『如今皇太后、皇上都是聖躬違和，奴才似乎不宜離京。』

『怕甚麼！這兩天我不見得就會死！』話一出口，慈禧太后自覺過於負氣，因而又放緩了聲音說：

『今天我覺得好多了！無論如何，你要照我的話辦。』

這還能說甚麼？奕劻只有答應一聲：『是！』下一天——十月十四一早動身出京。

慈禧太后估計奕劻此去東陵，一往一復，加上安置佛像，驗收工程，總得十天工夫。有此十天，大事可定；但在詔告天下之前，應該想法子能讓臣下見皇帝一面，親眼看到皇帝奄奄一息的病容，覺得她早擇繼統之人，確是明智之舉。

可是，皇帝是不是眞的奄奄一息呢？慈禧太后特爲派人去探視，得到的回奏是：從十月十一開始，皇帝的病又添了幾分，瘦得很厲害，氣色極壞；已經七、八天沒有大解，肝火極旺。

是這副模樣，不妨讓臣下看一看。於是十月十六一早，她告訴李蓮英說：『你叫人傳話給軍機，今天在瀛臺召見，我順便看看皇上去。』

等李蓮英派人傳了懿旨，軍機大臣無不覺得事不尋常，紛紛揣測慈禧太后此舉的用意。張之洞一向以調和兩宮自任，凡事往好處去想，『沒有別的！慈聖不放心皇上的病，親臨探視，順便就在瀛臺召見。』他說：『母慈子孝，但願歲歲年年如今日！』

袁世凱在心裡冷笑；拿起這天召見的名單來看，第一個便是他的舊部，新任直隸提學使傅增湘，於是悄悄溜了出來，在走廊上招招手將貼身聽差喚來，低聲囑咐：『快去請傅大人來！』

這傅增湘字沅叔，四川江安人；戊戌那年點的翰林，未曾散館，便逢庚子那場天翻地覆的拳匪之禍；避地天津，入了北洋幕府，與嚴修一起爲袁世凱辦學務；在天津以興辦女學校聞名。這年九月間奉旨簡授直隸提學使，開辦京師女子師範學堂，決定親自到江浙去招生；動身之前，奉旨陛見請訓。此時正在勤政殿外待命，忽然得到消息，說在瀛臺召見，不由得大起恐慌。原來殿廷大小廣狹，寶座安設之處，各各不同；進殿以後，應該怎麼走，到甚麼地方止步，朝哪個方向跪下，事先都要打聽明白，不然就會失儀。如今改了地方，對瀛臺的格局佈置，一無所悉，眞不知該怎麼應付了！

因此，聽說袁世凱相邀，請教有人，正中下懷；傅增湘隨即疾步而去。

到得軍機直廬，袁世凱還守在走廊上；望影趨迎，脫略禮節，開門見山地低聲說道：『沅叔！半個月了，除了請脈的醫生以外，外廷臣子你是第一個能見皇上的人；聖躬如何，務必請你細心觀察。』

『宮保，』傅增湘皺著眉回答說：『只怕我自顧不暇。召見之地，是怎麼個樣子，茫然不知，深懼失儀；顧不到宮保交代的話，如之奈何？』

『瀛臺我亦沒有到過。不過，你不必過慮，我教你一個訣竅，一進殿先不忙舉步，站定了看一看清楚，把心定下來，就不會出岔子了。』

『是！』

『請吧！只怕在叫起了。』

果然，到得原處，正好蘇拉來叫。於是由勤政殿前的朝房出德昌門，往南過橋，便到了三面臨水的瀛臺——這是一個總名，其實瀛臺地方亦很大，樓閣參差，掩映於高槐大柳之間；傅增湘跟著蘇拉來到一處北向的敞廈，藍地金字的匾額，大書『香扆殿』三字；又看到走廊上站著內務府大臣奎俊，知道是他帶班，疾行兩步請了一個安。

『不忙！』奎俊向東面三間指一指，『皇太后在看皇上，還沒有升殿。』

聽得這一說，傅增湘心便定了，低聲問道：『皇上的病勢怎麼樣？』

『只會重，不會輕。』奎俊似乎不願多談，緊接著說：『你別分心！趁這會兒多想一想，太后會問點兒甚麼？』說完，便挪動腳步，往東面走了過去。

不一會，遙遙望見太監往來，作警戒之狀；然後，奎俊走過來招招手，傅增湘便跟著他進了殿。照袁世凱的吩咐，先站定腳看，正中御案，兩宮並坐，太后坐得很端正；皇帝是左手扶住桌沿，右臂靠在桌上，彷彿很吃力似地。

傅增湘看清楚了位置，往前走了三四步，跪下來高聲說道：『臣傅增湘恭請皇太后、皇上聖安！』接著便免冠碰頭；行完禮戴上暖帽，起身往前走了幾步，重複跪下，靜候垂詢。

『你在北洋辦女學堂，』慈禧太后音吐朗朗地問道：『聽說成效很好。你辦過多少女學堂？』

『臣在天津辦過三處女學；又辦了女小學八處。』

『辦過女子師範學堂沒有？』

『辦了一所北洋女子師範學堂。第一期是去年年底畢業的；一共七十八個學生，分發到各省擔任女學教習。』

『興女學我也很贊成。不過女學生規矩頂要緊，務必要整齊嚴肅。』

『是！』傅增湘答說：『臣辦女學對這一層格外留心，內外界限很嚴；挑選的教習，都是老成端謹的飽學之士。』

『這才是！』慈禧太后緊接著問：『京師辦女子師範，有些甚麼功課？』

『有教育、修身、家政、國文、史地、算術、理科、手工、圖畫、體操、音樂、唱歌、東文、英文等等，一共十四科。』

『學科自然要以中國學問為重；洋文、算學不過稍求新知識，並未嘗有甚麼大用處；體操、音樂雖說可以鍛鍊身體、陶冶性情，究竟不過聊備一格。功課的輕重本末，你一定要留心。』

『是！』

『學生是在哪裡招？』

『各省都要招。不過，以江浙為主；江浙人文薈萃之區，識字有學問的女子比較多。』

『預備招多大年紀的呢？』

『女子師範畢業生，將來派任女學教員，程度要好，年齡不宜過輕，預備招考二十歲到三十歲，德行純淑，文字清順的女子。』

『都是沒有出閣的女孩子嗎？』

『是！』傅增湘說：『年輕居孀，沒有子女之累的，亦擬酌量錄取。』

『在學堂得唸幾年？』

『五年。』

『二十歲上學，唸五年畢業，就二十五歲了！再教個三、五年，不就成了老姑娘了？』慈禧太后接著又說：『興女學可也不能耽誤人家的終身大事！這一層，你們該想到。』

傅增湘在心裡說一聲慚愧，辦了好幾年的女學，居然就不曾想到過這一層！當時只好硬著頭皮答說：『聖慮極是。招生章程，實有未妥；容臣回去籌思以後，另行奏聞請旨。』

『我想有那已經出閣的，志切向學，翁姑丈夫也贊成，不妨也讓她們來投考。』

『是！』

這時皇帝已支持不住了，兩隻手伏在桌上，俯身向前說道：『你跪安吧！』

就這樣突出不意地結束了陛見。傅增湘出了西苑，方始想起袁世凱所託之事；趕緊趁記憶猶新之時，將所見的皇帝的容顏聲音回想了一遍。進城休息了一會，去看袁世凱覆命。

『皇上的氣色很壞，聲音微弱，體力不充。』傅增湘說：『兩頰發紅，這是潮熱，皇上的肺恐怕不大好。』

『你是說，皇上有癆病？』

『這可不敢說。』傅增湘急忙聲明：『我不過胡猜而已。』

『太后呢？問了你一些甚麼？』

『太后精神很好，音吐朗然；問了很多話……』傅增湘將慈禧太后對女子師範學堂的意見，細細說了一遍。

『「女子無才便是德」這句話，如今用不著了！這些閨秀出身的女學生，摽梅期過，眼高於頂；照我看，將來都是一品夫人，不過，只能做人家的塡房。』袁世凱忽然說道：『沅叔，你的學生之中，肯就私人西席的有沒有？』

『這……』傅增湘一時想不起，含混答說：『想來應該有的。』

『那就託你物色一位。』袁世凱說：『有兩個小妾，忽然想唸書；大的兩個小女又想上學堂；內人很古板，不願年輕女孩子拋頭露面。我想在令高足之中聘一位女師傅，主持舍間的家塾，不知可有適當的人選沒有？』

聽說是袁家聘女西席，傅增湘格外重視；因爲此人所予袁世凱的觀感，足以代表自己這幾年在北洋的成就。於是一面思索，一面問：『在宮保心目中，要怎麼樣的人，才算適當？』

『第一，品德賢淑；第二，容貌舉止要大方；第三，要能循循善誘。至於有多少學問，倒不關重要；兩個小妾等於蒙童，兩個小女，也不過高小畢業的程度，一定可以教得了的。』

『是！』傅增湘突然想起一個人，欣然說道：『有個學生，倒還適合。姓周，叫周砥，字道如。她是優等第一名，學業不算太好……』

『怎麼？』袁世凱打斷他的話問：『優等第一名還不算太好？』

『優等之上，還有最優等。』傅增湘笑道：『實在說，優等就是二等。』

『二等第一名也不錯。這個人怎麼樣？』

『這個人就如宮保所說，性情賢淑，舉止大方；教法很好，循循善誘。』

『喔，是哪裡人？』

『江蘇宜興。』

『宜興周家，想來是周延儒之後？』

『是的。』傅增湘看袁世凱臉色有異，怕他嫌周砥是奸臣之後，便又加了一句：『畢竟出身世家，那種林下風範，在她同學中無人可及。』

『那好！』袁世凱問道：『人在哪裡？』

『就在京裡。照定章師範畢業，應該任小學教員三年；周砥願意留京，如今在東城一所女子小學任教。等這一學年滿了，就府上的館就是。』

『就這樣，就這樣！我先下聘書，』袁世凱想了一下說：『想送她兩千銀子一年的束修，不爲太菲吧？』

『很優厚了！』傅增湘說：『不過相府館穀，自然不同。』

『倒是有件事，很費周章，請西席不可失禮；如今是女西席，照理說，應該內人親自去致意，無奈內人拙於應酬，又沒有人可以代她，這……』

見袁世凱如此尊師，傅增湘頗爲感動；人家尊敬他的學生，他不能貶低學生的聲價，以爲招之即來，無需講甚麼禮節。至於敦聘西席，倒也不必分甚麼男女；如果袁世凱不便親自去訪晤周砥，很可以由子姪代替。

這就自然而然地想到了袁世凱的次子克文；隨即答說：『宮保若以爲師道尊嚴，不妨交代豹岑去致送關書，倒很合適。』

袁世凱想了一下，點點頭說：『待以師禮，原不必分甚麼男女，準定照尊意辦；請爲先容，等說定了，我叫小兒去送關書。』

傅增湘第二天就要趕回天津，同時覺得以老師的身分，可以命令周砥，無需先徵求她的意見，因而這樣答說：『事情我可以作主；如果宮保決定了，今天就可以把這件事辦妥當。』

『那好！』袁世凱吩咐聽差，『看二少爺在不在？』

聽差答應著去了。不多一會將袁克文帶了來；他穿一件藍湖縐的襯絨袍子，裡面是一條白紡綢的單褲，見了傅增湘，作個揖喊一聲：『沅叔！』

當下由袁世凱說知究竟；吩咐寫一通關書，帳房裡支兩千銀子，隨著傅增湘去訪周砥，當面致聘。

『是！』袁克文轉臉問道：『沅叔，是不是此刻就陪你走？』

『我明天早車回天津；很想今天就把這件事料理開。』

『好！我馬上去預備。』

這是叱嗟立辦的事；袁世凱跟傅增湘談載澤跟盛宣懷如何相結，還只說到一半，袁克文已經去而復返了。

於是袁世凱中止了，匆匆結束了這個話題，拱拱手說：『偏勞了！請吧！』

『理當效勞！』傅增湘轉臉看袁克文，只是套上一件馬褂，便即問道：『這會兒好像變天了，西風大起；豹岑，你穿一條紡綢，不會受涼吧？』

『慣了！數九寒天，都是這樣子。』

『我眞佩服你！』傅增湘笑道：『這也是時世妝。』

到了東城第一女子小學，校長聽說是提學使跟『袁二公子』聯袂駕臨，大爲緊張。趕緊迎了出來；又要校役搖鈴，召集教職員來迎接，讓傅增湘攔住了。

『不必驚動大家！』他說：『只請周砥來見一見。』

『正在上課；我派人去通知她。』

『不必！不必！正好看看她，怎麼教學生。請帶路，我們到她課堂外面看看。』

『是！』那個六十歲的老校長，傴著腰親自領路。

由一道角門出去，進入另一個院子，立即便聽得琴聲悠揚；等他們走近了，從窗子裡望進去，只見一條苗條的背影，坐在風琴後面，一面按琴，一面唱歌；清亮的嗓子，咬的字眼很準。袁克文頗曉音律，很快地就聽出來，唱的是：『四千餘載女界冥，大幕忽開新，彬彬文教啓宏宇，惠茲鸞鳳群。海內英媛萃一堂，洪鑪大化鈞。畫荻課兒，焚裘訓子，無此陶鎔深。二十世紀天演烈，坤維憑誰振？一人能醒百人覺，由來師道尊。天下之大匹婦責，斯責踰千鈞。今日桃李，他時蘭芷，珍重百年身。』

歌聲甫終，鈴聲已起；周砥起身，方始發現窗外有人，又驚又喜地叫一聲：『老師！』隨即恭恭敬敬地一鞠躬。

『你先下了課，請到校長室來。』

『是！』周砥這時才發覺，傅增湘身後還有個年輕男子；驟視之下，面目看不甚清楚，只覺得瀟灑非凡，想多看一眼，卻又不敢。就這轉念之際，想看亦只能看到背影了。

於是下了課，挾著唱歌本往校長室走去；將到門口，忽然情怯，彷彿覺得有甚麼不妥似地。放慢了腳步細想了一會，終於想起，一手的粉筆灰，未免顯得狼狽。

因此，她掉身移步，先到教員休息室，洗了手又攬鏡自顧，鬢腳有些毛了，粉也不勻，於是取出隨身所攜的粉盒與小牙梳，修飾得自覺可以見得人了，方又撣一撣衣服，到校長室去見老師。

一進了屋子，袁克文首先站了起來，退後一步，垂手肅立，而且微微俯著頭。周砥出身世家，深諳禮數，看他如此恭敬，完全是迎接尊長的神態，不由得大爲訝異。

『道如，』傅增湘便爲她引見：『這是袁宮保的第二位少君。』

周砥又驚又喜，頓時眼中發亮。久聞袁克文是少年名士，爲丁日昌之子丁惠康，吳長慶之子吳保初以來，又一位不帶絲毫塵俗之氣的貴公子，怪不得這樣子飄逸不群，眞正名不虛傳。

在她還在矜持微笑之際，袁克文已經作了一個揖，口中喊道：『周老師！』

『寒雲公子，不敢當！』周砥從從容容，撿衽還禮。

『道如，』傅增湘又說：『袁宮保想請你當西席，我已經替你答應下來了。袁宮保本想親來致聘，我想那亦可以不必；有豹岑世兄代表，也是一樣。』

『老師，』周砥有些惶恐，『只怕我不能勝任。』

『也不至於不能勝任。』傅增湘又說：『你們校長也已經答應了，教到放了寒假，讓你去就袁家的館。豹岑世兄已把關書帶來了。』

於是袁克文拿起手邊的拜匣說道：『克文奉家父家母之命，敬迓魚軒！』說完，將拜匣高舉齊眉，待周砥來接。

『竟不容我作個考慮！』周砥看著傅增湘，臉有欲辭不可的爲難神色，『老師，我實在惶恐得很。』

『你接下來吧！』傅增湘說：『你能畢業，也是拜受袁宮保在北洋興學之惠，你就接了關書吧！』

『老師這麼說，我更無可辭。』周砥轉身用雙手接過拜匣，向袁克文說：『寒雲公子，我就恭敬不如從命。』

『言重，言重！』袁克文在這片刻之間，覺得周砥秀外慧中，大有好感，便向傅增湘說：『沅叔，家母有話，家塾不比正式學堂，似乎不必拘定限期；倘或周老師起居不便，不如早早就館，好讓舍妹早沐春風。至於正式開課，不妨延到開年。』

『道如，你看怎麼樣？』傅增湘不知袁克文是矯傅母命，便即勸她說：『既然宮保夫人有此一番好意，我看你就照辦吧！袁府上的起居飲食，到底要舒服得多。』

『是！我聽老師的吩咐。』

『那麼，請周老師定個日子，好派人過來侍候移居。』

『這，』周砥答說：『我想先拜見了令堂再定吧！』

『是！』袁克文問：『明天派車來接？』

『不必，不必！』周砥又要求老師了：『我想請老師帶我去見宮保夫人。』

『這可不行！我明天一早就得回天津。』傅增湘答說：『其實，豹岑世兄來接也是一樣。』

周砥點點頭，又說：『提起來冒昧，我還不知道，我是跟哪幾位在一起切磋？』

『是我的兩位庶母，兩個舍妹。』袁克文說：『內人說不定也要跟周老師請教。』

周砥頗有意外之感，『原來還有兩位姨太太！』她說：『忝居師座，怎麼好意思。』

『那亦無所謂。』傅增湘說：『兩位姨太太，只怕年紀還沒有你大。』

『是的。』袁克文答說：『一位是六庶母，今年十八；一位是七庶母更小，只有十六歲。』他順口又問：『周老師芳齡是？』

周砥臉一紅，旋即正色答道：『我今年二十。』

『那比我大一歲。』

原來才十九歲！不知娶親了沒有？一念未畢，立即想起，他曾說過『內人也要請教』的話；隨又自責，言猶在耳，何以就想不起？而緊接著又生警惕，自己平時不是這樣子的，爲何此刻有神魂顛倒的模樣？

想到這裡，覺察到自己臉上發熱，怕人家已經看出來了！心裡一急，越發忸怩不安。傅增湘看在眼裡大為詫異，但不暇細思其故，只覺得是該走的時候了。

等他站起身來，袁克文搶在前面說道：『該告辭了！明天下午派車來接周老師，如何？』

『明天下午沒有課。』

『好！一言為定。』袁克文又向校長拱拱手，跟著傅增湘一起辭去。

校長自然要送；周砥也要送時，傅增湘攔住她說：『你就留步吧。』

『老師來了，怎可不送。』

其時天色驟變，北風大作；袁克文那件薄薄的襯絨袍子，下襬飄拂，露出裡面雪白的一條紡綢單褲，為人詫作奇裝異服。周砥眞想問一聲：『你倒不冷？』但隨又自責：『吹縐一池春水，干卿底事？』

袁世凱一到西苑，便有親信軍機章京來密報：也許是昨天受了寒的緣故，慈禧太后的病情突變，委頓異常，至天明尚未起床。這是儀鸞殿寢宮的消息，絕對可靠。

果然，到得七點多鐘，內奏事處的太監來傳旨：所有的『起』全『撤』。軍機處如有必須即時裁決的大事，寫奏片上呈。

『呂用賓請脈，不是很有效驗嗎？何以又生反覆？』張之洞神色憂戚地說：『此事所關不細，得要問一問。』

要問只有找內務府大臣，增崇、奎俊、繼祿、景澧都被請了來談話。據繼祿所知，慈禧太后一直很任性，也一直很自信。體氣極健，視『河魚之疾』為不足憂的小病，所以只要稍微好一點便不肯『忌口』，油膩生冷，雜然並進。這一次來勢很兇；只怕在床上要躺些日子。

『召醫了沒有呢？』張之洞問說。

『是呂用賓請的脈。』繼祿說道：『方子跟以前的沒有甚麼大改動；這會兒正在煎藥，看服了怎麼說。』

『皇上的病也不好！』常川照料瀛臺的增崇說：『大概也是受了寒的緣故。』

『怎麼個不好？』袁世凱問。

『很難說。連頭班的醫生都說不上來。』增崇很吃力地答道：『反正看著神氣不大對。』

『不是說，頭班的藥，毫無效驗？爲甚麼不換？』張之洞又說：『當初分爲三班，言明兩月一輪；那是八月初的話，照算不也應該換班了嗎？』

增崇不答，其餘的三大臣亦裝作未聞似地，沒有一個人答腔。

局面有些僵了；最後是世續開的口：『就換班也得先奏聞皇太后；我倒提過，有人說皇太后這一向身子也不好，別煩她了，所以……』他沒有再說下去。

『有人』是誰呢？張之洞心裡在問；口中也不作聲了。

這一次是袁世凱打破了沉默：

『是不是要把慶王請回來？』他問。

『這也得跟皇太后請旨。』世續說道：『慶王這趟去，不是別樣差使。』

袁世凱也省悟了，奕劻是去驗收『萬年吉地』供奉佛像，這個差使重要無比，說要把他追回來，必然惹得慈禧太后發怒，所以趕緊自己把話收回：『對！對！絕不能多此一舉。』

『四位先請吧！』張之洞說：『此刻只有出之以鎮靜，不過要偏勞各位，務必隨時聯絡。』說著，他向內務府四大臣拱拱手，表示重重拜託。

等他們一走，載灃問道：『咱們是不是也要留守？如果住在這裡，得趁早派人回家取舖蓋。』大家都覺得他的話可笑。『回家取舖蓋』是件甚麼大事，還值得特為說出來？世續對這班少年親貴，向來有點倚老賣老，便不客氣地碰了過去：『王爺別為這個煩心，反正凍不著你！』

『內裡要緊，外頭的觀感也不能不顧。倘無必要，還是不必住在這裡。』張之洞說：『否則，消息一傳，人心會起恐慌。』

『是，是！』袁世凱立即附議：『我看，到下午再說吧！』

於是軍機五大臣，枯守以待，到得中午，內務府大臣來傳懿旨：『宗室覺羅孤寡及八旗綠步各營兵丁，加賞半月錢糧。』這一下有事可做了，一面辦上諭明發，一面通知度支部尚書載澤來商談，這加賞的半月錢糧需款若干，從何而出？

就此時又有懿旨：加恩所發半個月錢糧，由內帑發給。這就是慈禧太后動用私房，加惠八旗孤寡，目的是在祈福消災；正可以反證她自己都覺得病勢不妙。

不久蘇拉來報，載澤已經回府。好在款項已有著落，載澤來不來都不生關係；辦好上諭亦不必再勞病中的慈禧太后過目，逕自咨請內閣明發。

其時已下午三點多鐘，張之洞正在詢問，宮內的情形如何？倘或慈禧太后病勢已見緩和，不妨散值。哪知增崇匆匆忙忙趕了來說：『皇上自己覺得很不好，把我找了去，問我怎麼辦？我只好來跟王爺、中堂請示。』

他的話一完，張之洞立即問道：『是怎麼個不好。』

『皇上說氣喘乏力，彷彿大限將到。』

『你看呢？』

『我看，是有點危險。』

『那就趕緊召醫啊！』

『是！我就是來請示，該怎麼找他們？』

這一說，世續首先聽懂了，當即說道：『原是頭班請脈，如果另換二班、三班，要先奏明皇太后，時間上怕來不及。』

『那就奏明皇太后好了。』載灃說道：『耽誤可耽誤不得。』

『既然不能耽誤，索性先召醫！』張之洞作了決定：『隨後再寫個奏片，送請慈覽。』

『這樣最好！』增崇又問：『是不是全班都召。』

『只要於病有益，不妨全班都召。』

『多一個人看好些！』說著，增崇匆匆而去。

一回到內務府，增崇隨即叫人派車，分頭去接。住在楊梅竹斜街斌陞店的杜鍾駿，剛吃完晚飯，聽說皇帝病重，連洗臉都顧不得，上車就走。到得前門，只見有個騎馬的太監來催；杜鍾駿越發擔心，同時亦頗困惑；兩個多月未見皇帝的面，只聽說皇帝雖不見好，亦不見壞，不知何以忽然會病重？

到了內府公所，只見二班的周景燾，剛剛請脈下來，只說得一聲：『病勢很重！』杜鍾駿還想再問，增崇已在一疊連聲地催了。

於是急步趕到瀛臺寢宮；皇帝坐在外間的匟上，左手托腮，右手放在匟桌上，愁眉苦臉地一語不發。

杜鍾駿亦顧不得發問，跪在墊子上切脈；脈象動而細，中氣不足，肝中亦似乎有病。

『怎麼樣？』皇帝一張口，氣味很重；他用帶哭的聲音說：『頭班的藥，吃了一點用處都沒有！問他們，他們又沒有一句決斷的。你有甚麼法子救我？』

『臣兩個月沒有請過脈。』杜鍾駿問道：『皇上大便如何？』

『九天沒有大解了！痰多氣急，心裡發空。』

『皇上的病，實實虛虛，心空氣怯，當用人參；痰多便祕，當用枳實，但都難著手；待臣下去細細斟酌。』

『你務必要用心開方！』皇帝的哭聲又出現了：『我服你的藥，原很對勁；以後改了輪班，也不知是誰的主意，把你派在三班。你總要好好救我一救！』

『是！』杜鍾駿心裡酸酸地，低著頭答說：『臣一定盡心盡力。』

退出瀛臺，轉到軍機章京的直廬去開方子；內務府四大臣都在那裡坐等。杜鍾駿費了好些時候，才得完工。繼祿一看脈案，不由得大吃一驚。

『你說「實實虛虛，恐有猝脫」，這樣寫法，不怕皇上害怕嗎？』

『皇上的病，不出四天，必有危險。我進京以後，不能醫好皇上，已很慚愧；到了病壞，還看不出，何以自解？』杜鍾駿突然氣湧心促，異常激動地說：『你們叫我不要這樣子寫，原無不可！不過以後變出非常，我得預先聲明，我不能負責。』

『他說得有理。』奎俊接口說道：『我們也不能負責的，不如問問上頭，看他們怎麼說。』

他們是指軍機大臣，還在秉燭以待；等杜鍾駿把他先前的那番話說明以後，醇王看一看張之洞說：『我們知道就好了，不必寫吧！』

杜鍾駿點一點頭，隻語不發，回到原處重新開了張方子，將脈案中『實實虛虛，恐有猝脫』八個字刪掉。

回到斌陞店已經二更時分；杜鍾駿由於第二天一大早仍需進宮，不能不早早上床，但心事如潮，輾轉反側，無法入夢。這樣過了有個把鐘頭，忽然聽得房門聲響，一驚問道：『誰？』

『老爺，是我！』是他的聽差杜升；捻亮了燈，到床前揭開帳子說道：『掌櫃來說，有極要緊的事，要見老爺！』

杜鍾駿既驚且疑，不過沒有不見之理，便即說道：『好！讓他進來。』

等他披衣起床，斌陞店的趙掌櫃已經踏了進來，先請個安道歉：『這麼晚了，把你老從炕上驚吵了起來，眞是不該！不過，我也是身不由己。』他踏上兩步低聲說道：『有個太監是熟人，無論如何要見杜老爺；我怎麼說，他也不肯走。請杜老爺就見一見他吧？』

『這可不行！』杜鍾駿的語氣很嚴峻：『除非他是爲公事來傳話，我不能私下見他！而況是深夜；而況……』他覺得不必再多說，所以把話嚥住。

趙掌櫃欲言又止地，終於廢然而退；但很快地又來叩門。杜鍾駿從門縫裡看清楚，只有他一個人，方始開門放他進來。

『杜老爺，』掌櫃是萬般無奈的神色：『他要我來請問你老一句話。』

『甚麼話？』

『他說，杜老爺進宮請脈，是不是說過，萬歲爺不出四日，必有危險？』

一聽這話，杜鍾駿勃然色變，『這個太監是甚麼人？』他問：『是誰叫他來問這話的？』

『這個太監，』趙掌櫃聲音極低，但神色很嚴重，『是崔二總管手下的人。』

杜鍾駿也知道崔玉貴如今的權勢，已駕乎李蓮英之上。本來還想將來人怒斥一頓，此時不由得氣餒了。

『杜老爺，』趙掌櫃又說：『你跟我說了，我跟他說；我會關照他，不能到處亂說。這個人我很熟，我有把握。』

杜鍾駿緊咬著嘴唇想了好一會才作了決定；眞話說一半，『四天』的話絕不能承認。『皇上的病很重，有點危險了。』他說：『不過，我沒有說過甚麼四天之內，必有危險。醫生能決人生死，道是活不過幾天，無非說說而已，誰也沒有那麼大的本事！』

『是！我就把杜老爺的話告訴他。』

杜鍾駿點點頭，等他快出房門時，突然喊道：『趙掌櫃，你把他打發走了，請你再回來，我還有話問你。』

趙掌櫃答應著走了；約莫一盞茶工夫，去而復回，一手提著一壺茶，一手托著兩枚烤白薯，很客氣地說：『杜老爺怕是餓了；粗點心，充點飢。』

『多謝，不餓。』杜鍾駿問：『人走了？』

『走了。』

『說甚麼了沒有？』

『讓我謝謝杜老爺。』

『這個人，』杜鍾駿問：『是在太后宮裡的？』

『也算是太后宮裡的。』

『怎麼叫「也算」？』

『他是跑腿兒的。不過崔二總管很相信他；有要緊事兒，也常派他辦。』

『那麼，他今天來，自然是崔玉貴叫他來的。』杜鍾駿問：『他可曾告訴你，崔玉貴爲甚麼要問這句話？』

『沒有。他不會告訴我的。』

『你不是說跟他很熟嗎？』

『是的。熟歸熟，有出入的話，他也不肯亂說。來了海闊天空聊一陣，無非都是些宮裡的笑話。』

『宮裡的笑話？』杜鍾駿說：『你倒講點給我聽！』

『是！』趙掌櫃一面爲他斟茶，一面想；斟到一半，突然想起似地問：『杜老爺跟江蘇來的陳大夫很熟吧？』

『你是說陳蓮舫？』杜鍾駿搖搖頭：『不熟，不熟！』

『那麼，陳大夫在皇上面前碰了大釘子，總聽說了？』

『不知道啊！我沒聽說。我只聽人說，皇上不大賞識他；碰了大釘子是怎麼回事？』杜鍾駿說：

『我們在宮裡，都是極小心的，一步路不敢亂走，一句話不敢亂說。所知道的事，也許還沒有你們多。』

『那倒也是實話。我們小買賣人，一輩子也別想到宮裡去見識見識。不過太監跟內務府的老爺們，認識的很多，宮裡的事聽也聽膩了。今年春天，有位蘇州的曹老爺，也是陳撫台薦來的；有天聽了我的話，第二天就告假，臨走給我作個大揖，說我救了他一條命。這位曹老爺倒是很見機。』

一聽這話，杜鍾駿大感關切。他知道，在他沒有到京以前，江蘇巡撫陳啓泰薦過一個名醫曹智涵，到京不久，便即請假回籍，隨即稱病辭差。陳啓泰託人多方關說，答應他每月津貼『公費』兩千銀子，而曹智涵不爲所動，說來有些不近情理。如今聽了趙掌櫃的話，才知道別有內幕，久存的疑團可以打破了。

於是他急急問道：『趙掌櫃你說了點兒甚麼話，能讓他立刻請假回蘇州，而且認爲你是救了他一條命？』

『我也是無意中聽來的。有天一個太監跟我說：「曹大夫的醫道不錯，皇上很肯服他的藥，服了也有效驗。不過，曹大夫快要倒楣了！」我覺得奇怪，怎麼醫道好，皇上服他的藥有效，反而要倒楣了呢？那太監笑笑不肯講其中的緣故，只說：「他的脈切得好，就會派他在皇上左右侍候著，不放他出宮；那時候就倒大楣了！睡覺吃飯沒有人管，一步不准亂走，活活餓死了他！」』

聽到這裡，杜鍾駿毛髮悚然，不由得打了個寒噤；強自笑道：『原來如此！倒眞是你救了他一命。』

『說實話，杜老爺。』趙掌櫃平靜地說：『當初你搬到我斌陞店，聽說兩月一輪，你老派在三班，要四個月以後才會進宮請脈，我就沒有告訴你這話。先叨光你老四個月的房飯錢再說。如今，是不要緊了！』

『怎麼？』杜鍾駿趕緊追問：『何以見得我不要緊？』

『你老不是說，皇上的病危險了嗎？皇上危險，替皇上瞧病的大夫就不危險！』

杜鍾駿恍然大悟。心中萬感交集，眞有悔此一行之感。趙掌櫃看他有異，很知趣地起身告辭；杜鍾駿卻不放他走，『談談，談談！』他說：『你沒有告訴我陳大夫是怎麼碰了大釘子？』

於是趙掌櫃又坐下來談陳蓮舫——據說他頭一天請脈，便受詰責；第二次請脈時，皇帝把他的藥方發了下來，上面批了十二個字：『名醫伎倆，不過如此，可慨也夫！』

『聽太監們說，皇上自己也常常看醫書；俗語說的「久病成醫」，皇上也懂醫道了。有一天把自己的病情寫了張單子，等陳大夫開了藥方，皇上把他叫去，拿自己開的單子跟脈案一對，完全是兩碼事。當時便拿陳大夫狗血噴頭訓了一頓。不過，還沒有今天下午碰的釘子大！今兒下午，皇上把陳大夫的藥方擲在他臉上，還說了句：「我的病都誤在你們手裡，死了也饒不了你們！」』

聽了這段新聞，杜鍾駿別有意會，陳蓮舫畢竟將太醫院得罪了。當六名醫請脈之初，宮內曾交下太醫院爲皇帝所開的藥方兩百多張，脈案前後矛盾，莫衷一是，固非深於醫理者不辨；但論用藥，凡是稍知醫道的，即能指出謬誤，既用性熱的乾薑附子，又用性寒的羚羊石膏；一會兒用大黃、枳實攻，一會兒又用人參、紫河車補，應有盡有，無所不備。這兩百多劑藥虧得皇帝是挑著服，倘或盡數服下，早就不治了。

這些話，見機的人只是腹非而已；陳蓮舫曾打算上奏痛論一番，後來聽人相勸，打消了原意。不過偶爾也發發牢騷；必是太醫院的人聽到了，在皇帝面前不知說了他甚麼壞話，以致大碰釘子。

『杜老爺，』趙掌櫃問說：『我有點納悶，陳大夫也是名醫，莫非連皇上是甚麼病都瞧不出來？』

『那絕不至於。』

『既然不至於，可又怎麼老碰釘子？莫非是怯場，一見了皇上，把他的本事嚇回去了？』

『這也不會。』杜鍾駿答說：『大概他也知道，給皇上請脈，只有壞處，沒有好處，故意這樣子，爲的是希望皇上不找他，就可以回家。』

『是！』趙掌櫃深深點頭：『大概他回家也快了！』

杜鍾駿懂得他的意思，龍馭上賓，各省所薦的醫生，自然各自回鄉。處分是絕不會有，可是下詔徵醫，結果是將應該治好的『今上』搞成一位『大行皇帝』，不但於心不甘，更怕一回家鄉，笑罵都來，日子很不好過。

因此，輾轉中宵，始終不能入夢；到得四更時分，起早趕路的旅客，嘈雜不堪，越發令人心煩。杜鍾駿索性就不睡了，漱洗早餐，衣冠整齊地坐等內務府派人來接。

『皇上怎麼樣？』明知是多餘的，杜鍾駿仍舊問了出來。

『仍舊是那樣子。』繼祿答說：『倘或一下變好了，反倒是不好了！』

這話初聽不可解，細想才明白，他是在說：『一下變好』必是『迴光返照』，已入『大漸』之時。

『皇上今兒不能起床了……』

繼祿一語未畢，自己停止，臉望窗外；杜鍾駿也向外望，只見世續匆匆而來，手裡持著一張紙，一進門便說：『有硃諭，你們都看一看。』

此非宣諭，禮數不妨馬虎；增崇站得近，接過硃諭看了一遍說：『內務府的人絕不敢；既有硃諭，就再切切實實告訴他們就是。』

『對了！不但要切實告訴他們，還得切實稽查。這件事關係極大，一點兒都不能疏忽。』

這時硃諭已到了繼祿手中；杜鍾駿探頭望去，看得很清楚，寫的是：『皇帝病重，不許以丸藥私進。如有進者，設有變動，惟進藥之人是問！』

『是了！』繼祿將硃諭還給世續，望一望增崇，提出建議：『中堂，我看皇上寢宮將加派護軍看守。』

『不好！不好！瞧著不成樣子。』世續說道：『你們只多派得力可靠的人，暗中留意就可以了！』

其時已將近午，瀛臺方始傳旨請脈，呂用賓與施煥在儀鸞殿爲慈禧太后看病；所以杜鍾駿與周景燾臨時湊成一班，但請脈時仍是個別入內，杜鍾駿在先，周景燾在後。

請脈仍在左首那間屋子，也仍是在靠窗的那張匟床上；不過前一天還能起坐，這天是睡在匟上，旁邊站著一個三十多歲的太監，薄棉袍外面套一件藍色寧綢的背心，神色很平靜，毫無憂戚之容。

皇帝先是朝裡睡著的，太監略略提高了聲音說道：『杜大夫來給萬歲爺請脈。』

於是皇帝很吃力地翻過身來；杜鍾駿跪下來行了禮，抬頭望去，只見皇帝的臉色發黑，雙眼失神，看了杜鍾駿一眼，將頭轉了過去，把一隻手伸出來；杜鍾駿拿一卷書捲起來將他的手腕墊穩了，開始診脈。

脈象更不好了，疾勁而細，心跳得很快，但已有衰竭之勢。另一隻手在匟床裡面，診按不便，實在也就無需再診了。

『皇上大解了沒有？』杜鍾駿問那太監。

『沒有。』

『進了甚麼食物？』

『甚麼都不想進，只想喝水。』

『晚上睡得好不好？』

『哪睡得著啊？』那太監的語氣，似乎覺得他問得好笑。

這就不必再問了；杜鍾駿磕一個頭，起身退出。與周景燾會合在一起，默默地回到內務府公所。

『怎麼樣？』奎俊迎上來問。

『毫無轉機！』杜鍾駿率直答說。

『周老爺看呢？』

『很難了！』周景燾大爲搖頭。

『那就請開方子吧。』

方子很難開，但不能不開。杜鍾駿將前一天軍機大臣的話，告訴周景燾說：『照實而書，一定又要拿回來改；寫得輕了，關係太重，擔當不起。老兄有何高見？』

『我不怕麻煩，寧願軍機那裡通不過拿回來改。至於老兄，既然昨天已由醇王關照不必寫，就不必自己再找麻煩；照上一張方子，拿語氣稍微加重一點就是了。』

『正是，正是！高明之至。』杜鍾駿完全接受他的建議；將方子開好，送到內務府公所。

這時呂用賓與施煥，已由儀鸞殿請脈回來；內務府三大臣一齊迎了上去，似乎是有意要避開閒人似地，將呂用賓與施煥擁到一邊，而且交談的聲音不大，杜鍾駿聽不清他們說些甚麼，但可猜想得到，必是詢問慈禧太后的病勢；而且還可以從久談不休這一點上，推知病勢棘手。

由於兩宮的病勢增重，軍機大臣都是心事重重；袁世凱尤爲苦悶。他一生遭遇無數風波，但不管如何困難，總有辦法可以拿得出來，唯獨這一次一籌莫展。

這是因爲忌諱太多。說慈禧太后的病情可慮，固是忌諱；打聽太后與皇帝的病，孰輕孰重，更是忌諱！

再有一重忌諱是滿漢之間的界限。從戊戌政變以後，彼此的猜忌益深；新官制一出，平空裁減了好些卿貳大員的缺，更使得爭權奪利，益爲激烈。如今的風氣是，親貴排斥宗室，宗室排斥八旗，八旗排斥漢人。天下不但是愛新覺羅的天下；甚至只是宣宗一系子孫的天下。如果皇帝駕崩，大位誰屬，是近支親貴們的家務，與漢人無關，甚至亦與遠支宗室無關。所以，軍機漢大臣中，鹿傳霖對此漠不關心；張之洞最識忌諱，有意避而不談；於是袁世凱想談亦無可與談了。

可談的只有一個半人，一個是慶王奕劻；半個是世續。但與半個的世續談，自然無法談得太深；他們只有一個相同的看法，不論如何，得趕快請奕劻回京。

這有兩個辦法，一個是作爲軍機公議，請醇王寫信通知奕劻；一個是私下密函奕劻，當作是他自己回京覆命。袁世凱正在小書房中考慮該採取哪個辦法時，聽差來報，屈庭桂求見。

可想而知的，必是有宮中的消息相告；袁世凱便吩咐：『請到這裡來。』

下人自然都遠遠迴避；屈庭桂還不放心，向窗外看了又看，確定並無隔牆之耳，方始說道：『宮保，我看皇上怕是中毒了！』

袁世凱大吃一驚，望著他好半晌，才問一句：『你看到了甚麼？』

『我是下午到瀛臺請脈的，皇上滿床亂滾，一看見便嚷：「肚子疼得了不得！」皇上的病象，心跳、面黑、神衰、舌苔焦黃、便祕、夜裡不能睡，這些都跟從前一樣；何以忽然肚子疼得如此！照病理來說。是不會有這樣的情形的。』

『那麼，照你看，是中的甚麼毒？』

『不知道！宮裡的「壽藥房」跟內務府的顏料庫，有許多明朝留下來的毒藥、怪藥，誰也搞不清楚。』屈庭桂又說：『我又不能詳細檢驗，或者問一問，皇上吃了甚麼？拿剩下的東西去化驗。只好說：「拿橡皮袋灌上熱水，在肚子上敷燙，可以減痛。」話雖如此，也不知道照此辦了沒有；皇上宮裡，根本就沒有人管！』

『唉！』袁世凱嘆口氣：『皇上當到這個樣，實在替他不甘心。』

『皇上的病，本來是不要緊的，不過療養很要緊！誰知名爲皇上，比窮家小戶都不如；病情明裡減一分，暗中添了兩分，以至於越來越壞。中醫說皇上只有幾天了，這話我們做西醫的不能同意；皇上的病是慢性病，西醫總有法子可以讓他多活幾天。可是，照今天這個樣子，我們西醫也無能爲力了。我今天來稟明宮保，明天不能再進宮請脈了。』

『我知道了。』袁世凱神色莊重地說：『我們爲臣子者，盡心盡力而已！力已盡到，問心無愧，你也不必難過！』

等屈庭桂辭去，袁世凱重新回想他所說的話；不能不懷疑，皇帝是中了毒。但細細想去，又不無疑問；既然杜鍾駿已下了斷語，『不出四日，必有危險』，則又何需下毒？下毒的人又是誰呢？

他在想，絕不會是李蓮英——皇帝管李蓮英叫『諳達』，視同教『國語』、教騎射的滿洲大臣；如果他是爲了保富貴，反倒寧願皇帝健在，等慈禧太后駕崩，皇帝順理成章地收回大權，他必定還是像庚子以前那樣，地位在崔玉貴以上的名副其實的總管。而且，慈禧太后亦已深知李蓮英，這幾年頗爲維護皇帝；即令有非常的舉動，亦不會將這個差使交給李蓮英。

念頭轉到這裡，自然而然地想到了崔玉貴。事情很明顯地擺在那裡，非楊即墨！不過，是他自己下的手，還是出於慈禧太后的指使，卻很難說。

再深一層去想，又可以確定，不會是慈禧太后的指使。因爲杜鍾駿的話，必有人奏上慈闈，乃是必然之事。既然皇帝的大限已到，何必再做這種讓自己至死良心不安的事？同時他又想到，慈禧太后何以忽然有那樣一通『不許以丸藥私進』；『設有變動，惟進藥之人是問』的硃諭？看來像是有人進過『獻藥』之計，爲慈禧太后所絕不能同意，因而有此嚴諭。

然則疑問又來了！回到最先的疑問上：何以此人就等不得四天，非要將皇帝弄死不可？

這個疑團壓在袁世凱頭上，使他無法睡得寧貼；直到丑末寅初，是平時該起身上朝的時候，忽然一驚而醒，大徹大悟；慈禧太后自己還以爲皇帝一定死在她生前；而左右侍從，必已從醫生那裡得到警告，慈禧太后朝不保夕，很可能先皇帝而崩！

想到這裡，袁世凱自己嚇出一身冷汗；因爲他的處境跟崔玉貴一樣，都是皇帝必殺之人。說不定此刻慈禧太后已經奄奄一息，宮中亂作一團。果然如此，自己該作何打算，已到了非認眞考慮不可的時候了。

於是，他咳嗽一聲；等五姨太驚醒，要招呼睡在後房的丫頭進來侍候時，他迫不及待地說：『先叫人把電話本子拿來！』

所謂『電話本子』是宮中來了電話的紀錄。李蓮英、崔玉貴、小德張以及敬事房、奏事處都裝得有電話；宮中倘或『出大事』，或者兩宮大漸，固有消息傳來，就是病勢稍有變動，崔、張兩人亦會通知。他急於要看紀錄，就是要了解兩宮的病情。

取紀錄來看，只有奏事處的一個電話，說並無摺子發下來，可知慈禧太后已到了無法批閱奏摺的程度了。

這時袁世凱稍微定心些了；因而仍如往日時刻上朝。到得西苑軍機直廬，只見醇王載灃與世續亦是剛到；不及寒暄，先問兩宮病情。

『皇上恐怕是不成了！』世續當著載灃毫不忌諱地說：『皇太后亦很危險。時至今日，我可得說一句，怕是到了決大疑、定大計的時候了。』

『皇太后怎麼樣？』

『我也說不上來。反正腸胃虛弱極了，甚麼都不受；一夜起來幾十遍，好人都會折騰得不成人形，何況是七十多的老太太！』

正在談著，蘇拉在外面一掀門簾，一面通報：『張中堂到！』

張之洞神采奕奕，而細看卻似虛火上升；進門拱拱手，坐下來說道：『昨兒看了一夜的「藝術典」，越看越糊塗！』

大家都不知道『藝術典』是甚麼，載灃則連這三個字都沒有聽清楚，率直問道：『香濤你說看甚麼看了一夜？』

張之洞看大家都是困擾的神情，只好說明白些：『是「圖書集成」裡面的「藝術典」，專看醫部，始終也沒有看出個究竟來。』

話仍舊不甚明白，但聽的人都懂了，他大概是想了解兩宮的病情，看看到底要不要緊，有甚麼驗方可用。於是，袁世凱說：『照世中堂說，情形很不好，到了該當有預備的時候了。中堂看，該怎麼辦？』

『等滋軒來了，大家一起商量。』

鹿傳霖這天請假，世續說道：『不必等了，滋軒今天也鬧肚子，派人來通知，不能到班。』

『我看，等把慶邸請回來！』張之洞說：『到底是他掌樞。』

『我亦云然！』袁世凱點點頭。

載灃還在躊躇，世續出了個主意：『咱們上儀鸞殿，在寢宮方面問安。順便探探皇太后的意思，諸公看怎麼樣？』

『這倒也使得，不過得先派人進去問一聲。』

『到了那裡再問好了。』

於是一行四人，到了中海，入來薰門便是儀鸞殿；慈禧太后的寢宮在北面的福昌殿，到得此處，早有蘇拉進去通知，李蓮英一面吩咐宮女迴避，一面迎了出來，逐一請安，動問來意。

『來給皇太后請安！』張之洞問：『想來好一點了？』

『怕難！』

『這會兒呢？』張之洞又問：『精神如何？』

『早上總比較好一點兒。』李蓮英緊接著說：『王爺跟各位大人，想必有話？我請大格格到床面前代奏。』

『不！』載灃另有意見：『你請大格格跟皇后商量；我們的意思，想把慶王請回來，看合適不合適。』

『皇后去侍候皇上了，不在這裡。』

這可是絕大的新聞，皇帝與皇后一年說不上十句話；平日望影互避，此刻卻說去侍候湯藥，豈不可怪！

當然，誰也不肯道破自己的感想，李蓮英卻又說話了：『我看，去請慶王回京這件事，王爺跟各位大人可以作主。』他說：『如果一定要請旨，還是得大格格代奏。』

『就請大格格代奏吧！』世續代表回答。

於是，李蓮英一哈腰，轉身而去；過了好久，方始回來答覆：『老佛爺說：「好！還得快。」』他向醇王看了一眼，似乎想說甚麼，但終於還是沉默。

『那好！』張之洞說：『馬上派專差下去！』

『要快，』袁世凱說：『可以打電報！』

『啊，啊，不錯！』

正當大家要轉身離去時，李蓮英拉住世續說道：『世中堂，請慢走一步，我有話跟你老回。』

『你說吧！』

『這兩天是要緊關頭，』李蓮英等別人都走了，才放低了聲音說：『崔玉貴忽然要告幾天假，說是跟皇后回過了。既然皇后准了，誰也不能攔他；不過，如今的情形不同，萬一出了甚麼事，我一個人可照應不過來。我想求世中堂派個人跟崔玉貴去說，能銷假就銷了假吧！』

『還有這麼一回事，我倒不知道。』世續問道：『他是哪天告的假？』

『前天。』

『好！我派人跟他去說。』世續又問：『上頭的病，到底怎麼樣？』

『是說老佛爺？』

『是啊！』世續也是極低的聲音：『你只跟我一個人說！到底怎麼回事，大家也好有個預備。』

『不行了！那面跟這面，』李蓮英向外面指了又向裡面指：『都是一兩天事！』

世續好半晌作聲不得，最後問了一句：『怎麼皇后忽然上瀛臺去了呢？』

『非皇后親自去守著不可！』李蓮英說：『夫妻一場嘛！送個終也是應該的。』

李蓮英的聲音很怪，彷彿要掩飾哽咽，所以語音完全變過了。世續突然打了個寒噤，掉頭就走。

回到軍機大臣直廬，世續發現大家都以期待的眼色望著他，內心不免警惕，但表面上很沉著，只問袁世凱：『催慶邸回京的電報發了沒有？』

『發了。由馬蘭峪總兵轉交。』袁世凱緊接著說：『有件大事，要等中堂來商量；外面只知道聖體違和，可不知道病勢日增，萬一出了大事，似乎太突如其來了，難免引起猜測，是不是該先透露一點甚麼？』

世續明白，大家都在猜想，他一定已從李蓮英那裡，獲知兩宮病情眞相，所以要等他來作一個決定。這是件極有關係的事，千萬不能說錯一個字。

因此，他想了一會答說：『皇上的病，既有明詔由各省薦醫，似乎天下臣民也都知道，病勢不輕。』

『可是，如今情形不同了！』

『我看，只有再降明詔，緊急徵醫。』張之洞突然提議。

『這意思是，』袁世凱問：『危在旦夕了？』

張之洞不答，卻問世續：『如何？』

『杜鍾駿不是說過了嗎？』世續很圓滑地閃避著。

儘管他不肯說實話，無形中卻等於同意了杜鍾駿的看法；於是張之洞轉臉問道：『王爺看怎麼樣？』

『可以！』載灃點點頭，『香濤，就是你動筆吧！』

於是張之洞提起筆來擬旨稿，寫一張傳觀一張；等他寫完，大家亦都看完，袁世凱躊躇著說：『事到如今，也無所用其忌諱；哀詔是不是也得早點預備？』

聽得這話，醇王並無表示；張之洞卻有哀戚之容：『且緩，且緩！』他說：『總得皇上自己交代，才能恭擬。』

世續心想，皇帝大概自己不會交代甚麼了。不過一旦駕崩，也許能在寢宮中發現他生前留下的筆跡，然而那也必是不能宣佈的文字。

不過，這下倒是提醒了載灃；他說：『我看，就是這道緊急徵醫的上諭，也得寫個奏片請懿旨吧？』

『是的！』張之洞答應著，動手又寫了個奏片；喚了軍機章京來，連同旨稿一起謄清，用黃匣子送了上去。

由於軍機章京特爲關照，是軍機處的奏片，內附上諭稿，必得請懿旨定奪；所以內奏事處不敢怠慢，立即送到福昌殿，面交李蓮英，同時將附帶的話，照實轉告。

『是甚麼上諭？』李蓮英先問。

『那可不知道了。』

李蓮英頗感爲難，因爲慈禧太后氣息奄奄，話都說不動，哪有精神來看旨稿？雖知絕不會是長篇大論的軍國重務，然而必得請懿旨定奪，可知是件極有關係的大事；倘或觸犯忌諱，於病體大爲不宜。

當然，最乾脆的法子是，拿裡面的文件看一看。但擅拆黃匣，是一行大罪；倘或認起眞來，無詞以解。如今自己正是憂讒畏譏的時候，說不定一兩天內就會改朝換代，是誰拿權，還不得而知，也許走錯一步，就會惹來一場大禍！反正謹愼小心總不錯。

這樣，就自然地想到了榮壽公主——李蓮英也是這幾天才悟出來的道理，不管是母在子亡，母亡子在，或者母子雙亡，皇族中唯一能夠保持原來地位，不受任何影響，甚至更受尊重的，只有一位榮壽公主。因此，事無大小，無不啓稟榮壽公主；爲的是將來如果出了紕漏，可以獲得庇護。

榮壽公主很有分寸，國事絕不過問，請軍機斟量辦理；『家務』則能不管就不管，抱定宗旨，只是『幫著老佛爺看看，等她老人家有了精神再回奏』。可是，對軍機所擬的這道緊急徵醫的上諭，她覺得不能不說話了。

『你先看看，我覺得不能辦。』

李蓮英接到手裡，從頭細看；只見上面寫的是：

自去年秋天以來朕躬不豫，當經諭令各省將軍督撫，保薦良醫。旋據直隸、兩江、湖廣、江蘇、浙江各督撫，先後保送陳秉鈞、曹元恆、呂用賓、周景燾、杜鍾駿、施煥、張彭年來京診治。惟所服方藥，迄未見效，近復陰陽兩虧，標本兼病；胸滿胃逆，腰腿痠痛，飲食減少；轉動則氣壅欬喘，益以麻冷發熱等症。夜不能寐，精神困憊，實難支持，朕心殊深焦急。等各省將軍督撫，遴選精通醫學之人，無論有無官職，迅速保送來京，聽候傳診。如能奏效，當予以不次之賞；其原保之將軍督撫，並一體加恩，將此通諭知之！

『蓮英，』榮壽公主此時想到，應該先徵詢他的意見：『你看，怎麼樣？』

『奴才不敢胡出主意。』

『我是想問你，你算是外頭的百姓，看了這道上諭，心裡怎麼想？』

『從去年秋天就不好，治了一年，反治得陰陽兩虧，標本兼病，可知病是絕好不了啦！』

『就是這話囉！我看這道上諭一下，就跟大臣還沒有死，先賞陀羅經被一樣，非死不可了！』

其實，榮壽公主心裡還有個想法，萬一等這道上諭一發，而慈禧太后一口氣接不上，反崩在皇帝前面，那時所引起的疑慮，十分嚴重。皇帝已經不治，倒說死的是皇太后；然則必是宮廷生了人臣所不忍言的疾變！就像當年都知慈禧太后病重，宮中出了大事，必以爲是在『西邊』；哪知進了宮才知道慈安太后！如果說有一千個人進宮，驚詫的絕不止九百九十九。只是提到這段老話，怕李蓮英刺心，所以忍住不說。

但就是說出口的那個理由，也很夠了，李蓮英完全同意，點點頭說：『是，奴才亦覺得不必多此一舉！』

於是商量決定，將原件交內奏事處退了回去，說是由軍機上王大臣斟酌辦理。這話是出於慈禧太后口諭，還是甚麼人的決定，軍機處無從打聽，便不敢貿然明發，亦只有擱在那裡再說了。

『皇上怎麼樣了？』張之洞跟世續說：『請脈的情形如何？』

『沒有請脈。』

『沒有請脈？』張之洞駭然，『命若游絲之際，怎可沒有醫生？』

『皇后在瀛臺，沒有說要召醫；亦不便帶醫生去請脈。』

張之洞倒抽一口冷氣，一部二十四史在心裡翻騰；不知怎麼想起了唐朝中宗的韋氏。嘆口無聲的氣，頹然倒在椅背上，面如死灰。

『香濤！』載灃發現了，很體貼地說：『我看你臉色不好，莫非身子不爽，不如請回去休息吧！』

『多謝王爺！』張之洞強自掙扎著，很快地站了起來，似乎有意要表示他腰腳尚健：『如今危疑震撼之際，之洞忝居相位，不能定一計，發一策；若說連在都堂枯守的耐心都沒有，還成個人嗎？』

他的聲音很大，連對屋的軍機章京都聽到了；不知他因何發此牢騷？載灃同樣亦不甚明白，只有報以苦笑。

袁世凱很沉著，他將前後經過情形一層一層想下來，知道瀛臺如今是天下最機密的一處地方；這個四面臨水，一橋僅通的別苑，此刻出了些甚麼事，只怕榮壽公主與李蓮英都不會知道。皇后大概要爲皇帝送終以後，才會離開瀛臺。

但是，皇帝臨終以前，總得再讓醫生看一看，才能對天下後世交代得過去！想到這裡，他不由得就說：『今天雖未請脈，不過不可不讓醫生侍候著，倘或病勢突變，傳召不及，豈非天下臣民的終天大恨？』

『說得是，說得是！』載灃連連點頭，向世續說道：『就照慰庭的話辦吧！』

『是！』世續答說：『等我告訴內務府大臣。』

內務府直到半夜裡才派人分頭去通知，說是皇帝病重，趕緊到西苑侍候。派到杜鍾駿那裡的一名內務府筆帖式，私下告訴他說：『皇上大概快駕崩了！西苑有電話來，預備「吉祥板」。』

到得西苑，是凌晨四點鐘，警衛森嚴，不但人數較平時加了許多，而且稽查特別嚴格，稍微眼生些的人，便有護軍上來盤問。其時宮門未開，上朝的親貴大老，轎子陸續而至；都找個安穩的地方在轎槓下『打杵』停下，靜候至六點鐘開了西苑門，方始進宮。

名醫只到了四個——內務府只通知了四個；杜鍾駿之外是周景燾、呂用賓、施煥。這天不在內務府公所候旨，而被領到軍機處一間空屋中休息。這四個都知道，此刻的內務府，有許多自深宮中洩漏出來的祕密，是不能令外人與聞的。

將近十一點鐘時，慶王奕劻從東陵趕到；一進城直接到西苑。一身行裝，滿面風塵；進了軍機大臣直廬便問：『我趕上了沒有？』

誰也不知道他問的甚麼？都楞在那裡，無法回答。

『喔，沒有「摘纓子」，還好，趕上了。』

這一說，大家才明白。如果宮中『出大事』，一時來不及成服，首先將帽子的紅纓摘掉。他所說的『趕上了』，是趕回京來，猶及兩宮生前。

『我一路來，剃頭挑子上，盡是太監在剃頭，只當大事已出。』奕劻問道：『如今怎麼樣？』

『慶叔，』載灃答說：『皇太后也在等你，你先請坐，喝口水，咱們就請起吧！』

『好！』奕劻又問：『摺子還是太后自己看？』

『不！』世續答說：『前幾天是公同商量著辦；今兒一早奉懿旨：派醇親王恭代批摺。』

一聽這話，奕劻臉色就變了，視線自然而然地指向袁世凱——顯然的，按正常規制，奕劻既是軍機領袖，恭代批摺的重任，應該落在他肩上，何以派了載灃？

於是他問：『召我回京，是奉的懿旨？』

催他回來的電報上，開頭就是『奉懿旨』的字樣，奕劻莫非記不得了，還是有意裝糊塗？但不論如何，他的意思是很明白的，倘或慈禧太后明知道他即將回京，而派載灃代批奏摺，這就表示不尊重他的職權。即便如此，奕劻會有甚麼抗議，能不能有所挽回？自然都是絕大的疑問；不過，在這個時候，又何必惹得他不痛快？所以世續顧左右而言他地說：『兩位王爺請吧！皇太后這會兒精神還不錯，可以多談一會。』

這時奕劻也想起來了，他是奉懿旨進京；不過，他也意會到，命醇王載灃代批奏摺，不是慈禧太后不尊重他的職權，而是載灃的地位將有變更的先聲。到得福昌殿，慈禧太后會宣佈些甚麼，已是不卜可知的了！

慈禧太后的寢宮，在福昌殿的西暖閣；殿外有護軍守衛，西暖閣是李蓮英把門。軍機王大臣一到，一名小太監打起門簾，李蓮英將房門開了半扇，作個容許人入內的姿態。於是慶王奕劻搶先挨身而入；接著是醇王載灃、世續、張之洞、鹿傳霖、袁世凱。等殿後亦都進了屋，李蓮英關上房門；只聽外面有爭吵的聲音，大家凝神聽了一會，才知道是恭親王溥偉要進殿，護軍說是『上頭交代』沒有他的名字，斷然拒絕。

這時李蓮英已趕到裡間，親自打起門簾，仍照原來的次序，由慶王奕劻帶頭，一個接一個踏進去；裡間的光線很暗，門窗緊閉，藥味彌漫。包括奕劻在內，誰都沒有到過慈禧太后的臥室，心情緊張，不免有些手足無措。亂七八糟地跪了一地，此起彼落地磕完了頭，抬起身子來看，只見一張極大的床，黃羅帳子吊起一面，西面疊著極大一堆錦衾與繡枕；慈禧太后梳得極光的頭，靠在那裡，但骨瘦如柴，顯得一雙眼睛格外大了。

『慶王回來了沒有？』慈禧太后的聲音已經嘶啞，但能聽得清楚。

『臣在！』奕劻答說：『是從東陵連夜趕回來的。普陀峪萬年吉地，工程堅固，修得極好。達賴喇嘛所獻的佛像，遵旨敬謹安奉在地宮內，慈光佑護皇太后早占勿藥，康強如恆。』

『要像未得病那樣，是不成的了！』慈禧太后急轉直下地說：『皇上危在旦夕，叫皇后來跟我說，爲穆宗立嗣這件大事早早定下來，好讓他安心。這件事我早打算好了，不過，先要聽聽你們的意思！』

這當然是由奕劻先開口。他很清楚，載振固然絕無入承大統的可能，『國賴長君』亦是空話，但不妨賣個空頭人情，也是一種籠絡的手段；因而答說：『臣舉貝子溥倫，或者恭親王溥偉。溥倫是宣宗的長曾孫，就統緒而言，更爲合適。』

『載灃，你呢？』慈禧太后問道：『怎麼說？』

『臣，』載灃有點結巴：『臣跟慶親王的意思一樣！』

『世續！』

『皇太后聖明！既然早有定算，必符天下臣民之望。』

『嗯！』慈禧太后的答語，表示滿意，『張之洞呢？』

『臣在！』

『張之洞，你老成謀國，我一向沒有拿你當外人看待。爲穆宗立嗣，雖是家務，也是國事，你有甚麼意見？』

『大位授受，臣下不敢妄議。臣備位宰輔，所重者是統緒。今上繼統時，曾奉明詔，將來繼位的皇子，兼祧穆宗；如今爲穆宗立嗣，請皇太后明白宣示；皇上倘有不諱，亦應兼祧。』

慈禧太后不即回答，沉吟了片刻才說：『你這話很公平。可以照辦。』

這下面該鹿傳霖發言，不知慈禧太后嫌他重聽，談話費力；還是無意遺漏？反正直接就跳到袁世凱了。

『臣跟世續的意思一樣。皇太后作的主，必是好的！』

這兩句話逢迎得極好，恰恰能讓慈禧太后順理成章地接上話頭：『既然你們都信任我的主意我就告訴你們吧！溥倫、溥偉的才具，我很知道，當皇帝可還不夠格兒！』她說：『我挑醇親王的長子溥儀，做我的孫子！』

這是意料中事，但她如此措辭，卻無不大感意外；挑溥儀做她的孫子，純爲祖母的口吻，他人無從置喙，唯有載灃，勉強可以說話。

三十四年之前，他的父親——醇賢親王奕譞，亦曾有過這樣的奇特境遇，忽然做了皇父；當時曾驚得昏死過去，醒來大哭。載灃卻沒有他父親這副眼淚，只想說兩句謙虛的話，但結結巴巴，誰也聽不清他說的甚麼。

慈禧太后有些不耐煩：『你也不必推辭了！』她說：『今天就抱進宮來，交給皇后教養。』

『是！』載灃只能答應。

『醇親王的身分，自然不同了。』慈禧太后又說：『咱們實事求是，該怎麼就怎麼！從今天起，由載灃攝政。』

這卻是多少令人感到意外的事；載灃還想說甚麼，世續已拉拉他的長袖，提醒他說：『快謝恩！』

『臣，』載灃磕下頭去：『叩謝皇太后的恩典。』

『罷了！』慈禧太后往後一靠，顯得很疲乏地：『就這樣，擬兩道上諭來看。』

於是由慶王奕劻領頭，跪安退出；到得殿廷，只見崔玉貴趨蹌而至，衝著載灃先請安，後磕頭，同時說道：『王爺大喜！』

這一來，別的太監亦都紛紛上前，磕頭道賀；慶王奕劻，覺得很不是滋味，向張之洞說道：『大事定矣！咱們回去商量，上諭怎麼擬；儲君如何奉迎。』說著，開步便走。

除了被包圍的載灃以外，其餘的人都跟著到了直廬；仍是張之洞親自執筆擬上諭，一共兩道；擬好問道：『是封攝政王在前，還是「貼黃」在前？』

御名照例空下兩格，上貼黃紙，正式繕寫時，將御名寫在黃紙上，名為『貼黃』，意指奉迎儲君入宮。對於這些過節，鹿傳霖頗有研究，當下說道：『如果封攝政王在後，貼黃在前，變成父以子貴，似乎不妥。』

『所論極是！』張之洞連連點頭：『自然應該封攝政王在前。』他隨手將旨稿遞給奕劻。

上面寫的是：『朕欽奉慈禧端佑康頤昭豫莊誠壽恭欽獻崇熙皇太后懿旨：醇親王載灃著授為攝政王。』

第二道開頭一樣，在一連串皇太后的徽號之後接寫：『醇親王載灃之子貼黃，著在宮內教養，並在上書房讀書。』

『就是這樣，送上去吧！』奕劻又說：『上北府去接……』他突然頓住，然後困惑地問：『去接誰啊？本朝不立儲，不能說是去接太子；「大阿哥」三字不祥；又不能直接叫名字；該怎麼稱呼呢？莫非就稱「醇親王載灃長子」，那又太亢了！』

『暫稱攝政王世子。』張之洞問道：『如何？』

『也好！反正只是暫稱。』奕劻問道：『是請旨特派專使呢？還是咱們一塊兒去？』

『派專使要請旨，耽誤工夫。』世續說道：『不如一塊兒去！』

『是不是要加上內閣？』張之洞問。

這是指大學士孫家鼐、協辦大學士榮慶而言；世續答說：『不必！咱們面承懿旨，名正言順，似乎不必節外生枝。』

『奉迎是軍機全體，不過，不能不另外帶人去照料。』袁世凱說：『我看內務府應該派人，皇后宮中管事的太監也不能少。』

『這話也不錯。且等攝政王來了再議。』奕劻突然想起，茫然地問：『請脈的結果怎麼樣？』沒有人答他的話。想來他還不知道皇后在瀛臺侍疾，未曾召醫，所以亦未請脈。這話自不便明告；但不妨派人到內務府公所去問一問。

內務府大臣都在等待『大事出』；堂郎中與幾個比較紅的司官，也跟堂官在一起，不時小聲商量或者交換消息與意見，同時有個不斷被提起，而一直沒有結論的絕大疑難：倘或兩宮同時駕崩，兩樁大事怎麼撕擄得開？

及至軍機派人來問請脈的結果，才記起還有四位醫生在待命。於是公推手段最圓滑的繼祿去應付此事；到得四醫休息之處，先問蘇拉：『侍候幾位用了飯沒有？』

『用過了。』

『好！』繼祿這才轉臉說道：『諸位老爺們久候了！我替諸位到內奏事處探個信息，看是甚麼時候請脈。』

說著，不待答言，揚長而去。不久，搖搖擺擺又踱了回來。

『內奏事處說：「皇上今天沒有言語，你們大人們作主。」我何能作主？你們諸位老爺們坐坐吧。』說完又走了。

『不知何所爲而來；不知何所爲而去。』呂用賓搖搖頭，大不以爲然。

杜鍾駿正要答言。只見有太監匆匆而來，一進門便說：『皇后傳：替皇上請脈。』

於是四醫同時起立，杜鍾駿坐近門口，領頭先走；跟著那太監迤邐來到瀛臺藻韻樓。以前請脈，都在外間；這次是直入內寢，杜鍾駿一看，不由得鼻子發酸，眼淚奪眶而出，趕緊低下頭去，用手背擦掉。

原來皇帝直挺挺地躺在沒有外罩的一張板床上；所謂『御榻』，與蓬門華竇的『舖板』無異。下面墊的是一床舊氈子；身上蓋一床藍綢被，又舊又髒；床前一張方凳，上有三本醫書，一只沒有蓋子的蓋碗，內有半碗茶汁。這就是富有四海的天子的寢宮？杜鍾駿心想，不是眼見，絕不會相信！

雖然皇帝是僵臥在那裡，杜鍾駿仍按規矩行完了禮，方始上前請脈，剛把三指搭到腕上，瞑目若死的皇帝，突然縮手驚醒，眼睛、鼻子、嘴唇，一齊亂動。杜鍾駿大吃一驚！這是肝風的徵象，如果眼睛一閉厥了過去，再無甦醒之時；說起來皇帝是死在他手裡，這個罪過如何擔當得起？因而趕緊退出。

等周景燾、施煥、呂用賓次第診過了脈，回到內務府公所；仍舊是杜鍾駿先開口：『今天晚上一定過不去！方子不必開了。』

『你們三位呢？』增崇問道：『怎麼說？』

『拖時辰而已！』施煥答說：『神仙都救不活了！』

『所以，』周景燾接口：『不必再開方子！』

『方子一定要開。不管怎麼寫都可以。』增崇看著奎俊與繼祿：『是嗎？』

『對！方子一定要開。』那兩人同聲回答。

杜鍾駿不再爭辯，提筆寫了八個大字：『危在眉睫，擬生脈散。』

『生脈散是甚麼藥？』

『御藥房自然知道。』周景燾代答：『人參、麥冬、五味子煎好，代茶喝。』

增崇還待再問，發現窗外來了一名太監，急急迎了出去——因爲這名太監是福昌殿來的；果然，指名召施煥、呂用賓爲慈禧太后請脈。

等增崇帶著施、呂二人一走，奎俊說道：『兩位既說皇上過不了今晚，總不能沒有大夫侍候；恐怕今天要歇在這裡了！』

杜鍾駿與周景燾黯然無言；心裡不免惴惴，不知道皇帝駕崩，會落得怎樣的一個處分？

施煥與呂用賓幾乎是一路吵著回來的。兩個人的神氣都很難看；而況宮禁嚴肅，能這樣不顧規矩，可見事態嚴重，所以奎俊和繼祿急急迎了上去，探問究竟。

原來兩人用藥不同。施煥主張用烏梅丸；而呂用賓以爲攻伐太過，認爲用附子理中丸，酌加黃連爲妥。

『一定得用烏梅丸！』施煥斬釘截鐵地說：『如果服我的藥，還有一線生機。』

聽得最後這四個字，無不心頭一震！原來慈禧太后也到了『危在眉睫』的時候。同時亦都恍然於施、呂二人何以爭得這麼厲害？倘能保住慈禧太后的『一線生機』，那就富貴逼人來，推都推不掉了！

就在這時，增崇從軍機直廬回來，排解地說：『兩位不必鬧意氣！上頭有話，請施老爺把烏梅丸的方子先開出來，送到上頭看了，再作道理。』

這好像是施煥佔了上風，精神抖擻地坐了下來，提筆寫道：『飲食不節，榮衛不和，風邪侵襲臟腑之間，致腸胃虛弱，洩瀉腸鳴，腹脅膨脹，裡緊後重，日夜頻併，不思飲食。聖壽過高，尤爲可慮。謹擬黃連烏梅丸。』

脈案既具，隨即開方。方子雖然現成，增減之間，亦頗費斟酌。寫完由增崇送到軍機大臣那裡；除了載灃與袁世凱之外，其餘諸人多少懂些藥性，只見上列黃連、阿膠、當歸、人參、龍骨、赤石脂、乾薑、白茯苓、烏梅、陳皮、肉荳蔻、木香、罌粟殼、訶子共十四味藥，是張很難懂的方子。

『大辛大苦的藥，恐怕不妥吧？』世續雙手亂搖：『是我，可不敢進！』

『誰也不敢進啊！且看一看。』

皇帝不知是甚麼時候嚥的最後一口氣，只知發現龍馭上賓是在四點鐘，照十二時辰的算法，是在申時。

軍機大臣緊急集議，決定祕不發喪。因爲明發上諭，已由電報傳至各地，醇親王載灃之子，著在宮內教養；而溥儀尚未進宮。如果皇帝崩逝之訊一傳，溥儀入宮以兼祧子的身分，首需成服，怕病中的慈禧太后忌諱不吉；同時入宮即爲嗣皇帝，儀注上亦有許多不便；因而假定皇帝仍舊活著，趕緊到『北府』將溥儀抱進宮來。

『慢著！』載灃說道：『那孩子是我家奶奶的命根子！我得先去疏通、疏通。』

旗人稱母親爲『奶奶』。載灃此刻所指的，不是慈禧太后胞妹的醇賢親王嫡福晉，她早就過世了。如今『北府』的一家之主，是老醇王的第二側福晉劉佳氏；也就是載灃與他兩個弟弟老六載洵、老七載濤的生母。

這位側福晉精神不大正常，原因甚多，最主要的是，她極鍾愛小兒子；儘管乳母、丫頭、嬷嬷一大堆，她卻自己餵奶，斷了奶也是自己帶著睡。只要載濤不在眼前，她就會惶惶然不知所措了。

載濤長得很漂亮，人又活潑，所以慈禧太后亦很喜愛。其時『老王太爺』惠親王綿愉的第六子，貝子奕謨無子；奕謨當過好些闊差使，如崇文門監督之類，所以頗有積蓄。慈禧太后爲了能讓載濤得他的那份『絕戶產』，降懿旨以載濤過繼給奕謨。不道這害苦了劉佳氏，哭得她死去活來，從此精神就有些恍惚，遇有刺激，常會發病。

及至載灃生子，劉佳氏有孫子可抱，算是彌補了失去愛子的憾痛。所以溥儀一出世便由祖母撫養，每天晚上都要去看一兩次；半夜去看孫子都不敢穿鞋，怕『花盆底』的聲響，會驚了孫子，是這樣一條離不開的『命根子』，載灃知道要從她手裡奪走，很不容易。

溥儀將繼承大位的天大喜訊，早就傳遍了全府，唯一不知道的是劉佳氏。所以當載灃結結巴巴地說明之後，劉佳氏只喊得一聲：『苦命！』隨即昏厥。

其時正由慶王奕劻，率領其他軍機大臣、內務府大臣增崇，以及皇后宮中的首領太監，來到北府；一進門便聽得一片哭聲，有大人的，也有孩子的。孩子的哭聲，自然發自溥儀；他從未看見過這樣亂糟糟的情形：大呼小叫地『傳大夫』；『先灌薑湯』；『趕緊給孩子穿衣服』！自然嚇得大哭。

『嗐！』載灃望著來奉迎『嗣皇帝』的人跺腳：『糟透了！』

『怎麼回事？』奕劻問說。

『我奶奶捨不得孩子，昏死過去，還不知道會出事不會？』

『不會，不會！』府裡的大管事張文治奔過來正好接口：『奶奶醒過來了！』

『那好！趕快抱吧！』

於是太監上前，伸手要抱；溥儀哭得越發厲害，誰要上前，便狂喊：『不要，不要！』連哭帶打，無人可以哄得他就範。

『怎麼辦呢？怎麼辦呢？』載澧望著大家，不斷地搓手。

這時溥儀已哭得力竭聲嘶，只有抽搐的分兒了。他的乳母王氏，實在心有不忍，抱到一邊，背著人解開衣襟，拿奶頭塞在他嘴裡。溥儀立刻就住了哭聲。

『我倒有個主意！』袁世凱突生靈感，『不如讓奶母抱進宮去；到了福昌殿再換人抱進去。』

『這個主意好！』奕劻大聲贊成。

於是一言而定。拿醇王福晉常坐的那架極華麗的後檔車，讓王氏抱著溥儀坐在裡面；內務府大臣增崇跨轅，直駛西苑。

到得西苑，只由載澧帶著溥儀到福昌殿，其餘的軍機大臣回直廬去計議大事。一直睡在乳母懷中的溥儀，當換手由太監接抱時，一驚而醒，發現自己是在陌生人手中，立刻嘴一扁，驚惶的小眼中已隱隱閃現淚光。

『別哭，別哭！老爺子！』這是王氏對溥儀的暱稱，『乖乖兒的見老佛爺去吧！嬷嬷在這兒等著。』

虧得有她這番撫慰，溥儀才未即時掉淚。但當一見了骨瘦如柴，伸出鳥爪般的手，指甲有一寸多長的『老佛爺』，終於放聲大哭，而且渾身哆嗦，不斷掙扎，連聲哭喊：『要嬷嬷！要嬷嬷！』

載灃惶窘無計，只是不斷地說：『這個孩子，這個孩子！』

『哄哄他！』慈禧太后說：『拿些甚麼吃的給他！』

『有，有！』李蓮英急忙催小太監：『快、快，拿糖葫蘆！』

於是小太監飛奔著去取來好長一串嵌了棗泥、松仁的冰糖葫蘆來，用粗嗓子裝出欣快的聲音嚷著：『來囉！來囉！糖葫蘆來囉！』

溥儀住了哭聲，望著糖葫蘆；在場的人心頭一鬆，不約而同地舒口氣。誰知雖未登極，已有不測之威，『啪』地一巴掌將小太監手中的糖葫蘆打到地上，石破天驚地又大哭特哭。

『這孩子眞彆扭！』慈禧太后很不高興地：『好了，好了！抱到一邊玩兒去吧！』

於是，溥儀又回到他乳母懷中；可想而知的，這個將來有資格被封爲『保聖夫人』的王門焦氏，也就跟著她的『老爺子』留在宮裡了。

等載灃回到軍機處時，遺詔已在張之洞主持之下，擬成初稿。這是件大事，可以決定嗣皇帝的大政方針，所以歷來草擬遺詔，固以大行皇帝的末命爲依據，但亦需參酌親貴重臣的意見，定稿頗爲費事。只是眼前的大行皇帝，在大漸之際固未能召見臣下；既崩之後，亦以皇后又回瀛臺守靈，臣下難以瞻仰遺容。同時又因爲慈禧太后亦是朝不保夕，話都不大說得動了，當然亦不可能對遺詔有何意見。這一來遺詔就省事了；照例的套語以外，所叮囑的只有一件事：『爾京外文武臣工，其精白乃心，破除積習，恪遵前次諭旨，各按逐年籌備事宜，切實辦理，庶幾九年以後，頒佈立憲，克終朕未竟之志。在天之靈，藉稍慰焉！』

對於這道遺詔，載灃自亦不可能有何意見；他只宣示了慈禧太后的意旨：預備召見。

『皇太后有何宣諭？』張之洞問說：『想來皇太后已知道龍馭上賓了。』

『是的。這是不能瞞的。』

『那麼，皇太后召見，當然是宣佈嗣皇帝繼位了？』

『皇太后沒有說。不過，我想必是這件事。』

『這麼說，今天就得把遺詔發出去！』

大家都不作聲。因爲嗣皇帝繼位，必在遺詔中昭告天下；而皇帝未崩，又何來遺詔？張之洞的說法不錯，但皇帝崩逝，需立即向三品以上的京官，及各省督撫報喪。緊接著便是奔喪。京官馳赴宮門，先到內奏事處看最後的藥方，然後搶天呼地般舉哀；然後成服；然後頒遺詔。倘無前面的程序，突然說是有遺詔頒佈，過於突兀，會引起後果極其嚴重的猜疑。

『當然，』張之洞修正自己的話：『頒遺詔晚一天也不要緊！不過，國有新君，應該盡快昭告天下。我看，等見了慈聖，奉到嗣皇帝即位的懿旨，立刻就該報喪。』

這話也不錯。但奕劻、世續、袁世凱都知道其中有花樣，苦於不便向爲李鴻章所批評『服官數十年，猶是書生』的張之洞說破。沉默了一會，最後是世續打開了僵局。

『報喪應該下午就報；那時候不報，就要愼重考慮了。如果說法不一，反倒不好。以我愚見，一切的一切都等見了皇太后再說。』他又加了一句：『反正今天總是不回家了！』

剛說到這裡，太監來『叫起』；其時正鐘打十下。

慈禧太后的精神似乎很好，穿戴得整整齊齊，在福昌殿的東暖閣，召見軍機。

『皇帝到底走了！』她的聲音略有些嘶啞：『溥儀就是嗣皇帝。他是穆宗的兒子，兼祧大行皇帝。』

『是！』奕劻覺得事已如此，該有個比較明確的表示，所以又加了一句：『臣等謹遵懿旨。』這不一定表示擁戴；但至少表示承認新君。而張之洞則以慈禧太后宣示嗣皇帝兼祧大行皇帝，是接納他的建議，不由得接著奕劻的話說：『皇太后聖明！』

『我自己覺得這麼做，生前死後的人都對得起了。』慈禧太后感傷地說：『庚子那年如果不是榮祿，咱們哪有今天？他的苦心跟處境，張之洞、袁世凱都未必完全知道；奕劻應該很清楚。』

『是！』奕劻答應著。

對於榮祿，慈禧太后沒有再說下去，但意思是很明白的。榮祿在拳匪之亂中建了大功，所以他的外孫當皇帝，亦算食報。這話自然是慈禧太后失言。

三代以上，天下是天下人的天下；三代以下，天下是一姓的天下。清朝在削藩以後，異姓尚且不王；如何可以榮祿有功，拿他的外孫當皇帝作為酬庸？當然，這亦只是張之洞、袁世凱心裡才有這種想法，別人一時還想不到慈禧太后的話說錯了！

『你們說，國賴長君；這一層，我很知道。從前南書房翰林潘祖蔭、許彭壽纂了一本《治平寶鑒》，派人輪班進講，這些道理說得很清楚；如今載灃既然封為攝政王，嗣皇帝也還小，我想不如就派載灃監國，也就等於長君一樣。』

『奴才恐怕不能勝任。』載灃急忙碰頭；尙待有言，慈禧太后已不容他再說下去了。

『我也知道你還拿不起來！不要緊，有我在。』慈禧太后用毫不含糊的聲音說：『以後一切軍國大事，先跟我回明了再辦。你們就照我的話寫旨來看！』

聽得這話，除了載灃及重聽的鹿傳霖以外，無不從心底服她！原來以溥儀入承大統，還有利用載灃作傀儡的用意在內。照此安排，實權仍舊抓在她手裡；以太皇太后之尊，不必垂簾，即能操縱國政。而在形式上毫無可議之處，手腕實在高明！

『我要說的就是這些。』慈禧太后問道：『你們有甚麼話，亦不妨在這個時候說清楚。』

張之洞很想把滿漢畛域，君民乖離的情形，作一番切諫；方在措辭之際，奕劻已經開口了。

『皇太后精神好，眞是天下臣民之福，請皇太后加意珍攝，早復康強。』

『我慢慢會好的……』說到這裡，自鳴鐘響了。慈禧太后住了口，聽鐘聲打十一下而止，方又說道：『你們到大行皇帝那裡去看看吧！』

『是！』奕劻領頭，跪安退出。

出了福昌殿，奕劻站住腳說：『如今醇王是攝政王監國，請到前面來！以後大家都要跟著攝政王走了！』

『理當如此。』世續接口，同時將載灃往前推了一下。

『皇太后的懿旨，我也教沒法子！』載灃說道：『以後大家仍舊照常辦事，要不分彼此才好！』

他這話，前面兩句不甚得體，後面兩句倒是謙抑誠懇，袁世凱格外覺得安慰。可是漸近瀛臺，漸生畏懼，十年前告密的往事，都兜上心來；想起書上記載一個人的怨毒之語，說是『化厲鬼以擊其腦！』不由得打了個寒噤，在心裡不斷地自作寬解：世上哪裡有甚麼鬼？沒有，絕沒有！

一路上自己這樣搗著鬼，不知不覺地發現有一處宮殿，燈火錯落；同時聽見張之洞在說：『咱們該先摘纓子吧？』

『當然，當然！』

於是上了台階，先在走廊上取下暖帽，卸去頂戴與紅纓；料理粗畢，突然發現出來一個三十來歲的婦人，身穿旗袍，頭上是沒有花朵與絲穗子裝飾的『兩把兒頭』。張之洞、鹿傳霖、袁世凱都不知道她是誰，奕劻與載灃卻都認識；世續久在內廷行走，自然也見過，立刻便跪下來叫一聲：『皇后！』

這一聲是特爲叫給漢大臣聽的；張之洞等人亦跟著載灃跪了下來，只聽皇后問道：『嗣皇帝繼承的是誰啊？』

下跪諸臣，無不愕然！嗣皇帝繼承的是誰，莫非慈禧太后事先都不曾跟皇后提過？不提的原因何在？皇后又何以不先打聽一下，貿貿然地來問外臣？

這些疑問，一時不得其解；只有張之洞比較了解皇后此時的心情，當即答說：『承嗣穆宗毅皇帝……』

話還未完，皇后又問：『嗣皇帝不是繼承大行皇帝？』

『是兼祧大行皇帝。』

『那麼，我呢？』皇后問道：『我算甚麼？』

原來皇后也聽過前朝的故事。明武宗崩而無子，張太后與大臣定策，迎興獻王之子入承大統，是爲世宗。世宗尊張太后爲皇伯母，雖居太后之地，並無太后之實；以後世宗要殺張太后的胞弟張鶴齡，張太后竟致在胞姪面前下跪求情。

如今嗣皇帝爲穆宗之子，她的身分便是新帝的嬸母，處境與嘉靖年間的張太后，約略相似；而與攝政王載灃的關係，就彷彿大行皇帝之與穆宗的嘉順皇后阿魯特氏。這種處境，這種關係，是極其難堪的，因而不能不關心。所以在明瞭嗣皇帝爲大行皇帝的兼祧之子以後，仍要將自己的身分，追問明白。

在張之洞卻認爲皇后是多此一問，毫不遲疑地答說：『自然是尊爲皇太后。』

『這還好！總算有著落了！』說到這裡，皇后『哇』地一聲哭了出來，一面哭，一面擦著眼淚走了進去。

群臣無不慘然，先對皇后存有反感的，此時倒覺得皇后可憐；站起身來，面面相覷，不知所措。當然，警覺最高的是世續，探頭一望，大行皇帝臉上蓋著一方白綾，皇后就坐在靈床前面，頓時有了主意。

『監國、王爺、列位，在几筵前面行禮吧！』

不說瞻仰遺容，只說行禮，是提醒大家，不要冒冒失失地去揭蓋在大行皇帝臉上的那方白綾！這在袁世凱，頓有如釋重負之感；他一直在嘀咕，怕見大行皇帝的面。世續的話，正中下懷，便即附和：『是的！只在几筵前面行禮好了。』

於是載灃帶頭，跟奕劻跪在前面；其餘四大臣跪在後面，分兩排行了三跪九叩首的至敬之禮。照規矩，行禮已畢，還該揮手頓足地痛哭一番，名爲『擗踊』；此時此地，當然免了。不過張之洞倒是眞的哭了；他一哭，別人不能不哭；皇后跟太監更不能不哭，藻韻樓中立刻就熱鬧了。

軍機直廬也很熱鬧。軍機章京齊集待命，內務府大臣跟司官在院子裡侍候差使；各王府、各部院都派了人來探聽消息，而軍機大臣卻還議論未定。

第一件要決定的事是，該不該即時宣佈哀旨？如果即時宣佈，怎麼說法；大行皇帝崩在何時？奕劻還說，國家的重臣，不止於軍機；親藩在此時亦當有表達意見的機會，所以該由監國攝政王召集一次重臣會議，以期局勢不致因有大喪而混亂。

這一來頭緒紛繁，更難作出結論。最後是世續說了一番很扼要的話：『現在部署的辦法都有了，不過一件一件去做，得要有工夫。』

世續接著說：『明天一早先發徵醫的上諭，再發皇上駕崩的消息，再發懿旨，嗣皇帝入承大統，攝政王監國。按部就班地來，晚一天甚麼都有了。』

『我贊成！』袁世凱說：『時候不早了，不能再議而不決。等消息的人，得趕快打發，不然謠言更多，於大局不宜。』

『對！』奕劻仍舊當自己是軍機領袖，以爲他作了決定，便是最後的決定；向值班的蘇拉揮揮手說：『你去告訴他們，今天沒事，叫他們回去吧！』

於是探聽消息的人紛紛散去；軍機大臣續議鹿傳霖提出來的一個顧慮：革命黨鬧得很厲害，只怕會乘機起事，是不是該調兵入衛？

這又是意見紛歧的一大疑問。載灃贊成此舉；奕劻認爲這要問袁世凱；而袁世凱不作肯定的表示，只說調兵雖有必要，但容易引起京外的紛擾。世續則以爲兵不必多調，只要宮禁森嚴即可。而張之洞則極力反對調兵入京。

『這樣作法，徒然引起紛擾。而且一調兵，花費很不少；有這筆錢，不如拿來救濟貧苦小民，反倒是安定民心的良策！』

『張中堂見得極是，本來冬天一到，原就該辦賑濟了。』袁世凱說：『而且這也不妨看作先帝的遺澤，監國的德政。』

有這樣面面俱到的關係，誰也不會有異議；當即商定，通知度支部尚書載澤，預備五十萬銀子，放給需要周轉的銀號、錢鋪、典當，盡力維持市面的穩定。

這時已經丑末寅初，在平日正是起身上朝之時；但除張之洞起居無節，熬個通宵不算回事，以及袁世凱精力充沛，尚無倦容以外，其餘諸人，都是呵欠連連。首先是鹿傳霖表示，非假寐片刻不可，提議暫時休息。好在直廬中已有準備，各人的聽差，早都攜來軟厚的寢具；一聲招呼，各爲主人安排好了憩息之處，侍候著解衣入寢，只有張之洞要喝『卯酒』；袁世凱亦備有極精的肴饌，正好陪他小酌。

兩人是在臨水的一座小閣中，把杯傾談。『中堂，』袁世凱說：『看慈聖今晚上召見，神清氣爽，病情似乎不如傳聞之重！』

張之洞搖搖頭，壓低了聲音說：『「夕陽無限好！」』

『是說，』袁世凱亦是很低的聲音：『迴光返照？』

『應作如是觀！』張之洞不勝感慨地：『女主專政，前後三十餘年之久，自古所無；可惜，後起無人。今天的局面，恐怕曾、左、胡所夢想不到的。』

『眞是！』袁世凱說：『我聽人提到孫中堂的話，意味極深。』

『喔，孫燮臣怎麼說？』

孫家鼐是從親貴的人品、學問，看出清朝的國祚，已有不永之勢。他曾深致感慨，道是：『不但像老恭王不可復見，以今視昔，連老惇王都可算是賢王了！』

『這話很有意味，他的看法是有所本的。宋太宗曾命術者相諸皇子……』

張之洞喝口酒，拿幾粒松仁放入口中，一面咀嚼，一面爲袁世凱講宋朝的掌故——宋太宗曾召術士爲其諸子看相；此人斬釘截鐵地說：『三大王貴不可言。』宋初皇子封王，文書稱殿下，口頭稱大王，『三大王』就是皇三子，也就是後來的眞宗。

『事後有人問那術者，何以見得三大王貴不可言？他說，他看三大王的隨從，將來一個個都會出將入相，其僕如此，其主可知。燮臣的看法，由此而來。』

『有道理，有道理！』袁世凱說：『能識人才能用人。就如中堂幕府之盛，亦不是偶然的。』

『你別恭維我！倒是慰庭，你在北洋招致的人才，頗爲人側目。』張之洞語重心長地說：『你自己該知道才好！』

『中堂，』袁世凱乘機有所試探，俯身向前，用極低的聲音說：『世凱有段心事，久已想求教中堂。做事容易做官難，做大官更難！這幾年我在北洋很招了些忌，實在灰心之至。如說皇太后仍舊能夠視事，我不敢輕易言退，庶幾稍報特達之知。倘或皇太后不諱，請中堂看，我能不能告病？』

『你爲甚麼要告病呢？』張之洞脫口問說。

袁世凱有些困惑，不知他是明知故問，還是懵懂得連他的處境跟崔玉貴相似都不明白。細想一想，必是明知故問。

既然如此，就不必說實話；他思索一下答說：『中堂請想，監國庸弱，慶王衰邁，鹿相重聽，世相依違其間，除了中堂以外，世凱復何所恃？』

這頂足尺加三的高帽子，套得張之洞越覺醺然：『總還有一個我在這裡！』他說：『如果你急流勇退，試問，我又復何所恃？』

袁世凱不即作聲，好半天才說：『我之躊躇，亦就因爲跟著中堂還可以做點事。九年立憲，關乎清朝的存亡，實在亦不忍坐視不問。』

『就是這話囉！』張之洞說：『頗有人拿我比作范純仁；難道范純仁的長處，就只是調停宮禁？』

『是啊！如果不是這件惱人的事，則以范文正公的令名，自有一番名垂千古的相業！』

這一說，益使得張之洞雄心勃勃；自覺調和滿漢，匡扶親貴，能負得起這份重責大任的，舍我其誰？

十月廿一，清早先將徵醫的上諭發了出去，以示皇帝大漸。遺詔及嗣帝兼祧大行皇帝的懿旨，雖已擬好，卻還不能發；因此，載灃監國的身分，亦還不能宣佈。但事實上，監國已在行使大權，總得有個明白的表示才好。

最後是張之洞想出來一個辦法，背著奕劻跟世續說：『倘有懿旨，說朝會大典，常朝班次，攝政王在諸王之上；這樣，雖未宣示攝政王監國，已指出攝政王的地位，高於掌樞的慶王。我想天下臣民，皆能默喻。』

『通極，通極！』世續翹一翹大拇指：『我看也不必請懿旨了，跟監國說一說，立刻明發，也不算矯詔。』

事機也很巧，恰好奕劻身子不爽，要回府去召醫服藥，正好把這道上諭發了下去。而就在這時候，傳來消息，說慈禧太后病勢突變。於是一面由內務府大臣，帶領施煥、呂用賓去請脈；一面派軍機章京，趕緊將走在半路上的奕劻追了回來。

『怎麼回事？』他詫異地問：『昨兒召見還好好兒的！』

『暈過去一會。』世續回答他說：『醒是醒過來了，聽說神氣非常不好！此刻要那兩道懿旨看；又教擬遺誥！』

『喔，』奕劻說道：『我先看看那兩道懿旨。』

一道是以溥儀入承大統，早就擬好的；另一道派攝政王監國，剛剛脫稿。奕劻接來一看，上面寫的是：『現在時勢多艱，嗣皇帝尚在沖齡，正宜專心典學，著攝政王載灃爲監國，所有軍國政事，悉稟予之訓示裁度施行。俟嗣皇帝年歲漸長，學業有成，再由嗣皇帝親裁政事。』

奕劻看完，向張之洞問道：『香濤，你看如何？』

『但願這道懿旨有用。』

這道懿旨有用，便是慈禧太后危而復安；倘或駕崩，所謂『悉稟予之訓示，裁度施行』，便成了空話。因爲慈禧太后並不如列朝皇帝，賓天以後有『聖訓』的輯錄，可作爲稟承的依據。

『事到如今，我可實在不能不說了！』奕劻仍是以長輩的姿態向載灃說道：『嗣皇帝親政，總還有十三四年，攝政王監國就得監到底！』

載灃不懂他的意思，鹿傳霖聽不見他的話，所以都是困惑的表情。其餘的人完全明白，奕劻的意思是別再蹈太后垂簾的覆轍。

『太皇太后最聖明不過。』張之洞說：『把這兩道懿旨送了上去，必有指示。』

『要不要在遺詔上說明白？』

『不要，不要！』

『是的。不必說明白。』袁世凱立即附議。

奕劻也想明白，遺詔上寫明垂簾不足爲訓，豈不就等於當面罵慈禧太后？所以他亦同意了：『不寫也好，看上頭作何指示。』

於是一面由張之洞與鹿傳霖督同軍機章京草擬遺詔；一面由世續派出人去分幾路打聽消息。奕劻與袁世凱坐以待變，默默地在打算心事；只有監國的攝政王走到東問兩句、走到西望望，究不知他是在巡視還是不知幹甚麼好。

消息陸續報來了，『吉祥板』已經送到瀛臺，由皇后帶同崔玉貴在替大行皇帝小殮，欽天監選定明天卯正，也就是清晨六點鐘大殮。

『那麼移靈呢？』袁世凱向來接頭的內務府大臣繼祿問說：『定在甚麼時候？』

『這得請示監國、王爺跟各位中堂。』

『我先請問，』袁世凱說：『是不是停靈乾清宮？』

『是！』

『由西苑移靈到大內，打寬一點，算他三個時辰好了。今晚上十二點鐘啓靈，也還來得及。』袁世凱解釋他選這個時間的原因：『這得戒嚴，晚一點的好，免得驚擾市面。』

『不錯，不錯！』載灃接口：『戒嚴要通知步軍統領衙門。慰庭，這件事請你辦吧！』

『是！』

接著是第二起消息，滿城的剃頭棚子，皆有人滿之患；這表示皇帝駕崩，已是九城皆知。重聽的鹿傳霖偏又聽見了這些話，失聲說道：『啊！明天一清早成服，百日之內，不能剃頭，咱們也得找個剃頭匠來！』

『不必忙！』世續答說：『內務府有。太監之中會這手藝的也不少，不怕找不著。』

一語未畢，第三起消息又來了；是照料福昌殿的奎俊，一進來便大搖其頭：『請脈的兩位大夫又幹上了！』他說：『昨兒是施煥主張用烏梅丸，呂用賓不肯；今兒是呂用賓主張用烏梅丸，施煥不肯。他說，緩不濟急，炮製烏梅丸很麻煩，又要蒸、又要煆、又要焙、又要煨，等藥好了，趕不上吃！』

『同仁堂不有現成的嗎？』張之洞說：『而且，同仁堂不是在海甸設了分號？』

『去問過了，這藥只有他家總號才有，一去一來，也得好大工夫。再說，方子還得先研究；等藥來了，趕不上吃，這個責任誰也負不起！所以，』奎俊輕巧地說：『乾脆不開方子了！』

『照這麼說，太皇太后也是迫在眉睫了！』張之洞擲筆說道：『遺誥的稿子，不能再推敲了；遞吧！』

『乾脆請起。』奕劻接了一句：『若是太皇太后來不及有幾句話交代，那可眞是抱恨終生的一件事。』

『說得是！』張之洞回身擺一擺手：『監國，請！』

於是，一行七人，匆匆到了福昌殿；李蓮英進去一回，立刻傳召。這一次慈禧太后已不能起床了，擁衾而坐，有兩宮女爬上御榻，在她背後撐住身子，只聽她喘著氣說：『我不行了！』

一語未終，袁世凱嗷然而號，把大家都嚇一跳；不過，隨即都被提醒了，鼻子裡窸窣窸窣地發出響聲，悲痛不勝似地。

『你們別哭！』慈禧太后用力提高了聲音說：『我有幾句要緊話，你們聽好了！』

『是！』大家哽咽著齊聲答應。

『我怕是眞的不行了！以後，』慈禧太后盡量說得清楚說得慢：『國事都由攝政王裁定。遇到非要請太后懿旨的大事，由攝政王當面請旨！』她又加了一句：『你們聽清楚了沒有？』

『是！』大家齊響而響亮地答應。

張之洞卻單獨碰頭，朗朗說道：『太皇太后聖明！有此垂諭，社稷臣民之福。』

『張之洞，』慈禧太后的聲音忽然淒楚了：『我雖比不上宋朝的宣仁太后，不過，你們一肚子墨水的人總也知道，歷朝以來，哪一位垂簾聽政的太后，也沒有遇到過我的處境！如果不是內憂外患，或者穆宗不是落到那樣一個結局，我爲甚麼不好好兒享幾天福？張之洞，你們將來要替我說公道話才好！』

『太皇太后的聖德神功，昭垂天下後世，自有公論。且請釋懷，安心靜攝。』

『靜攝是不能夠了！求心安而已。』慈禧太后問道：『我的遺囑擬好了？』

『是。』

『你唸給我聽！』

於是張之洞站起身來，走向御榻一端，在慈禧太后與顧命諸臣之間，斜著立定，雙手捧著遺誥的稿子唸道：

予以薄德，祗承文宗顯皇帝冊命，備位宮闈。迨穆宗毅皇帝沖年嗣統，適當寇亂未平，討伐方殷之際。時則髮捻交訌，回苗俶擾，海疆多故；民生凋敝，滿目瘡痍！予與孝貞顯皇后同心撫訓，夙夜憂勞，秉承文宗顯皇帝遺謨，策勵內外臣工，暨各路統兵大臣，指授機宜，勤求治理，任賢納諫，救災恤民，遂得仰承天庥，削平大難，轉危為安。及穆宗毅皇帝即世，今大行皇帝以沖齡入嗣大統，時事愈艱，民生愈困；內憂外患，紛至沓來，不得不再行訓政……

『你們看！』慈禧太后一說話，張之洞隨即閉口，聽她說道：『這裡這個「沖齡」，似乎可以取消。』

張之洞也發覺了，大行皇帝以沖齡嗣統，則與穆宗即位無異，當然仍非垂簾不可。但戊戌政變的訓政，與沖齡無關，在文字上是個大毛病。慈禧太后居然一下就聽出來了，眞是神明未衰，張之洞佩服之餘，急忙答說：『是！「以沖齡」三字刪除為宜。』

慈禧太后的意思，原就要籠統而言，因而點點頭表示滿意；張之洞便即再唸：

前年宣佈豫備立憲詔書，本年頒示豫備立憲年限，萬幾待理，心力俱殫。幸予體氣素強，尙可支柱；不期本年夏秋以來，時有不適，政務殷繁，無從靜攝；眠食失宜，遷延日久，精力漸憊，猶未敢一日遐逸。本月二十一日，復遭大行皇帝之喪，悲從中來，不能自克，以致病勢增劇，遂至彌留。嗣皇帝方在沖齡，正資啓迪，攝政王及內外諸臣，尙其協力翊贊，固我邦基。嗣皇帝以國事爲重，尤宜勉節哀思，孜孜典學，他日光大前謨，有厚望焉！喪服二十七日而除，佈告天下，咸使聞知。

『很好！』慈禧太后說：『不過我想應該加一段；我操勞了五十年，就這麼一撒手去了，說實在話，心裡不能一點兒都不在乎！』

『是！』奕劻也覺得遺誥的文氣有缺陷，『皇太后操勞五十年，撫今追昔，所不能釋然的，仍是天下蒼生。』

『對了！』慈禧太后很快地說：『就是要把這個意思加進去！』

『是！』張之洞略想一想說道：『「遂至彌留」之下，擬加此數語：「回念五十年來，憂患疊經，兢業之心，無時或釋；今舉行新政，漸有端倪」；下接「嗣皇帝方在沖齡」云云。是否可行，請太皇太后示下。』

『好！就這樣。』慈禧太后轉臉問道：『皇后呢？喔，如今該稱太后了。』

『太后在涵元殿。』李蓮英答說：『萬歲爺先小殮了，才好移靈。』

『是移靈乾清宮嗎？』

『這得問王爺跟各位大人。』

於是載灃答說：『是！移靈乾清宮。大殮時刻，選的是卯時。』

『我呢？』慈禧太后問道：『你們打算把我擱在哪兒？不會是慈寧宮吧？』

聽這語氣，表示她不願停靈慈寧宮；載灃雖聽得懂，卻不知如何回答。奕劻便說：『自然是皇極殿。』

作爲高宗歸政之後養尊之所的寧壽宮，正殿命名皇極殿，規制全仿乾清宮而略小。慈禧太后正是想據此殿，但另有說法。

『慈寧宮是太后的地方，我不便佔她的！』慈禧太后忽然問道：『張之洞，你今年七十幾？』

『臣，』張之洞跪下來答說：『今年七十有二。』

『我記得你跟翁同龢的姪子是一榜；原來定的是傳臚，我作主把你換成探花。這話有四十年了吧？』

『是！四十五年了。』張之洞以知遇之感，死別之悲，不由得涕淚交揮，嗚嗚咽咽地語不成聲了。

『老佛爺歇一會兒吧！』李蓮英出來干預了，『等精神好一點兒，再叫兩位王爺、各位大人的起。』

說到這話，載灃自然頓頭跪安，退了出來。心裡都在想，總還能見一面。哪知回到軍機處不久，隱隱聽得深宮舉哀；再一打聽，慈禧太后已一瞑不視了。

大行皇帝大殮之後，由光緒皇后升格而成的皇太后，隨即由永和宮遷入慈寧宮——永和宮位居東六宮偏東之中，在明朝就是最好的內宮之一，曾爲崇禎寵妃田貴妃所居。自從慈禧太后挪到寧壽宮以後，光緒皇后爲了晨昏定省方便，遷居永和宮。一切佈置，自然與眾不同，尤其是藥房的設備最好。瑾妃消息靈通，故而捷足先得，緊接著佔了永和宮。

一到慈寧宮，太后第一件事是召見監國攝政王。她已經打算好了，由此刻開始，便得給載灃一個下馬威，好確立自己作爲皇太后的地位與權柄；所以見了面，行了禮，不叫他站起來，而且第一句話就是：『孩子好不乖！又哭又鬧的。』

載灃一聽楞了，不過還未感覺到事態嚴重，只說：『得請皇太后管教！』

『當然！我非管教不可。』太后向旁邊說一聲：『把那兩張單子拿來！』

『喳！』小德張的聲音又亮又脆；隨即呈上兩張素箋。

『給攝政王！』太后拿手一指：『唸給我聽聽。』

跪著的載灃，從小德張手裡接過素箋一看，才知道是兩張治喪大臣的名單。於是先唸恭辦大行皇帝喪禮的那一張：『禮親王世鐸，睿親王魁斌，喀爾喀親王那彥圖，奉恩鎭國公度支部尚書載澤，大學士世續、那桐，外務部尚書袁世凱，禮部尚書溥良，內務府大臣繼祿、增崇。』

『你再唸老佛爺的那張。』

於是載灃又唸：『肅親王善耆，順承郡王訥赫勒，都統喀爾沁公博迪蘇，協辦大學士榮慶、鹿傳霖，吏部尚書陸潤庠；內務府大臣奎俊，禮部左侍郎景厚。』

『你看看，給大行皇帝治喪的是十一個人，給老佛爺治喪的是九個人！不但人數少了，身分也差得很多！你是不是存心看低了老佛爺？載灃！』太后直呼其名，臉色鐵青地呵斥：『老佛爺哪一點兒虧待你了？你這樣子報答她，天良何在！』

載灃未想到身爲皇父，職居監國，有此開國以來親藩未有之尊榮，頭一天就受這麼一頓申斥，氣得臉上白中帶青，青中帶紅，恨不得把那頂寶石頂子的暖帽取下來，當面摔在她面前，說一聲：『我不幹了！』

可是，不幹行嗎？這樣一轉念間，不由得氣餒；而太后卻又開口了，這一次語氣緩和得多。

『不是我特意要責備你！你不想想，天下是誰維持下來的？你不尊敬老佛爺，有誰瞧得起你？你監國就跟老佛爺訓政差不多，可是，你自己想想，你能比得上老佛爺嗎？如果你不是處處打著老佛爺的金字招牌，只怕用不了多久，大權就落到老慶的手裡了！』

想想太后的話也不錯。載灃雖非心悅誠服，但氣是平得多了，『如今頭一道上諭已經發了。』他說：『太皇太后的治喪大臣，如果要加，只有加溥偉那班人；掛個名兒，不能辦事。倘或再胡出些主意，更爲不妙！皇太后看怎麼辦？』

『這件事就算了！另外喪儀上，能夠有給老佛爺盡孝心的地方，再別忽略了！』

『是。』

『你回去吧！』

載灃神色灰敗地回到軍機處。由於大喪連連，大家的氣色都不好，所以沒有人想到他是碰了大釘子。只把該發的上諭，拿給他看。

上諭是早就準備好了的，不過不到時候不能發；這天一大早已發了一批，現在要發的一批，共計六件：一是大行皇帝大殮成服；二是議監國的禮節；三是重大事件由攝政王面奏皇太后請旨；四是議皇帝尊太皇太后、皇太后的禮節；五是外官不必奔喪；六是避諱之例，溥字不避，儀字缺一撇。載灃毫無意見，看過照發。

『如今有幾件事，要請攝政王來定奪。』張之洞說：『第一件是定年號。今上入承大統，爲穆宗之子，兼祧大行；這個統緒，必得宣明。我想不如就用宣統二字。』

『宣統，宣統！』載灃唸了幾聲：『很響亮嘛！就是它。』

別無異議，張之洞說第二件：『大行的陵寢，至今尚未擇定。應該趕快派人馳往東西陵查勘地勢，繪圖請旨。』

『提到這件事，我有點難過……』載灃突然頓住不說了。

歷朝皇帝，都在生前自擇陵寢，只有穆宗跟大行皇帝不然。穆宗是年方弱冠，不急於此，誰知禍起不測，另當別論。大行皇帝早露衰象，應該讓他自己選一塊中意的長眠之地；只爲慈禧太后從來不提，亦沒有人敢請懿旨，以致到今天尚無葬身之處；載灃不免難過。但話剛出口，想起慈寧宮中所受的訓斥，就不敢往下說了。

大家也都能想得到，他縮口是爲了不便批評慈禧太后，因而也就沒有人追問。話歸正傳，只請他派定勘查陵地的人選。

『這得懂風水的才行。』奕劻答說。

鹿傳霖恰好又聽見了這句話，生怕會派他這個苦差，因而趕緊接口：『還得年紀輕一點的，才能翻山越嶺，細細去找。』

『我舉薦兩個人。』世續說道：『一位是倫貝子，一位是陳雨蒼。』

陳雨蒼便是郵傳部尚書陳璧。工部裁撤，一部分營造事宜歸郵傳部接管，派他去是很適當的人選。至於溥倫，方在壯年，又略知風水，這個差使亦能勝任。這件事便又算有了著落了。

『第三，』張之洞未說之前，先表示意見：『這件事是照例文章，請攝政王從寬處置，就是各省所薦的醫生，跟太醫院的人如何處分？』

『你們看呢？』

『處分該有輕重！』張之洞說：『太醫院的重一點，各省來的輕一點。』

『不管輕重，反正照樣做官當差。』奕劻說道：『一革留，一降留就是了。』革是革職；降是降級，但都留任，並無大礙，這件事又算定了。

『至於誰該穿孝，派誰奠酒，應由治喪大臣會議請旨。』

『不，不！』載灃接著張之洞的話說：『大行太皇太后母家應該穿孝百日；在大行太皇后梓宮前奠酒的，要多派親王、貝勒。』載灃接下來又說：『我還想起來一件事，上尊謚是怎麼個規矩？』

『列帝加至二十二個字，不得再加。』張之洞說，『列后加至十六個字，不得再加。這是乾隆年間傳下來的定制。』

『那麼，大行太皇太后，現在已經有了幾個字了？』

『攝政王是問大行太皇太后的徽號？』張之洞默唸了一遍，失聲說道：『糟了！已經有了十六個字！』

『不能再加了嗎？』

『再加就超過字數了。』

『照這麼說，莫非就沒有尊謚了？』載灃大不以爲然：『這不像話吧？』

一句話將張之洞問住了。袁世凱便替他解圍地說：『這交禮部議奏好了！』

慈禧太后尊謚字數多寡的難題，由於一道上諭，迎刃而解。這道上諭是根據載澤的建議而下的，道是『大行太皇太后垂簾訓政，四十餘年，功在宗社，德被生民，所有治喪典禮，允宜格外優隆，以昭尊崇，而申哀悃，著禮部將一切禮節，另行敬謹改擬具奏。』禮部議奏，比照皇帝的喪禮，斟酌改擬。皇帝的尊謚二十二字；既然比照，自然可加；而且加六個字正好。

原來謚法有一定的規矩。后謚第一字必用『孝』字，下一字用賢德貞淑的字樣；末四字的偶數，則必用『天』、『聖』二字。這樣加起來，不多不少，恰好六個。

只是會典所載，適用於后謚的字樣，崇隆切合而又未曾用過的，竟找不出來；於是又下一道上諭：『著於會典帝謚字樣內參酌選擇，敬謹恭擬，以重巨典，而伸顯揚。』

這件事有人看得極重，有人看得極輕。看得極輕的是一班少年親貴；見解都差不多：『反正字數跟皇上一樣就行了。字眼上不必去細琢磨，還能用個醜字眼嗎？』

看得極重的，自然是一班詞臣。說帝謚重在末一字如世祖章皇帝、聖祖仁皇帝、世宗憲皇帝、文宗顯皇帝，這章、仁、憲、顯之謚，無不確切不移，一字可以盡其一生。高宗純皇帝、仁宗睿皇帝、宣宗成皇帝、穆宗毅皇帝的純、睿、成、毅等謚，亦有因時論勢，或者有所諱言，出以曲筆的苦心在內。至於后謚，重在第二字；慈禧太后垂簾四十年，蓋棺論定，用一字涵蓋，能不格外慎重？

這樣的一件大事，自然是宰相之任；上諭中亦指示『著內閣各部院衙門，會同敬謹擬奏以聞』，即是交付廷議，理當由大學士主持。不過廷議是表面文章，出主意的還需靠一班通人。所以張之洞跟孫家鼐商量，開了一張名單，漢人是協辦大學士鹿傳霖、陸潤庠，南書房翰林朱益藩、吳士鑒、鄭沅、袁勵準，京師大學堂總監督劉廷琛，以及翰林出身的丞參、唐文治、汪榮寶等人，旗人只邀了三個：大學士世續、協辦大學士學部尚書榮慶、禮部尚書溥良。

由於國有大喪，禁止筵宴，張之洞命會賢堂備了兩桌素飯，亦不設酒；草草餐畢，喝茶開議。

『大行太皇太后一生，史冊罕睹。』張之洞說：『自古垂簾的賢后，莫過於宋朝元祐年間宣仁太后；然而臨朝之時不長，也沒有甚麼大憂患。我面承大行太皇太后末命，諄諄以後人「說公道話」見囑。我輩今日所議雖 只一字，關係重大，總要勿為千秋史評所譏才好。』

沉默片刻，禮部尚書溥良職責所在，不能不表示意見：『上諭雖說在帝謚字樣中選用，其實合於皇太后身分的也不多。譬如文武神聖，至大中正等等字樣，似乎都不合適。』

『那麼合適的呢？』榮慶接口：『不妨先列出來，逐字斟酌。』

『這話不錯！』孫家鼐附議：『這樣雖費點事，倒是最妥當的辦法。』

『其實，』鹿傳霖突如其來地說：『聖字很可用。宋朝垂簾的太后，謚必用聖；只有章肅明獻劉后例外，那是因為李宸妃的緣故，另當別論。』

『滋軒此議甚是！』世續正好賣弄他肚子裡那點墨水：『我記得《貴耳集》中談過；議論甚正。』

『是，議論甚正。』唐文治接口：『奈孝聖憲皇后何？』

原來據說是高宗生母的鈕鈷祿氏，謚法便是『孝聖』。唐文治的聲音不高，鹿傳霖不曾聽見，世續卻大為掃興，緊閉著嘴不作聲。

『如何？』鹿傳霖不明究竟，還在得意洋洋地高聲問道：『孝聖之聖，亦猶聖祖之聖。雍正初元……』

他的議論還剛開端，坐在他身旁的陸潤庠，歪過身子去，湊在他耳朵邊，大聲提醒——蘇州人撇京腔，除非像說書的用虛飄的假嗓子，不然就說不響；所以陸潤庠拿手掌遮在唇上，用蘇州話說道：『有過格哉！喏，乾隆的親娘、孝聖憲皇后！』

鹿傳霖做過江蘇巡撫，庚子年自蘇州勤王北上，所以吳儂軟語，亦能解意，聽得陸潤庠的話，臉色也就跟世續一樣了。

於是取來一本會典，翻到敘《內閣》這一卷，關於『諡法』一條中載明：『凡諡法，各考其義而著於冊』——共上中下三冊，總名《鴻稱通用》。每冊卷數不同，下冊只一卷，『群臣賜諡者得用之』，共七十一字。中冊兩卷，上卷『以諡妃嬪』，共四十一字；下卷『以諡王』，共七十五字。上冊便歸帝后專用；『上冊之上，列聖廟號取焉』，共四十四字；『上冊之中，列聖尊諡取焉』，共七十一字；『上冊之下，列后尊諡取焉』，共四十九字。這些字樣，在會典中都有記載，如今為慈禧太后上諡，需在上冊中卷中選用。

上冊之中雖有七十一字，但適合慈禧太后的並不多。因為雖用帝諡，究竟是后，太剛勁的字面不能用；如果能用，不妨諡武。平洪楊、平捻匪、平回亂，都是她垂簾時候的事，『克定禍亂曰武』，在她亦足當之無愧的。其次，如純、宣、成、哲等字，雖亦可用，犯了列帝的尊諡或廟號，自然避免。因此，逐字斟酌，初選只得十個字，由吳士鑑捉筆，寫在一張素箋上，送給並坐在上的孫家鼐、張之洞看。

『香濤，你唸吧！』孫家鼐說：『唸完了公議，十中選三，再交廷議，就一定允當了。』

於是張之洞唸道：『「任賢致遠曰明；聰明睿哲曰獻。」獻字不好！』他說了這一句，接著又唸：『「沈幾燭隱曰淵；乂安中外曰定；裕以安民曰寧；柔德安眾曰靖；威儀悉備曰欽……」』

下面還有三個字，張之洞就不唸了；眼向上望，口中唸唸有詞，顯然的，他是在推敲這個『欽』字。

『先拿不用的去掉。』孫家鼐說：『我也覺得「獻」字不好！凡列朝末代帝后的謚法、廟號，務需避忌。』

『宋欽宗不算末代之君吧？』張之洞脫口便問。

『不算！』世續答說：『欽宗有弟接位，而且還有南宋。怎麼能說是末代之君？』

『說得是！』張之洞招招手，『勞駕，哪位拿會典我看看！』

這部會典的字極小，張之洞拿掛在衣襟上的放大鏡照著，好不容易才找到『欽』字的說明，一面看，一面點頭，是很滿意的神情。

『我看不用十中選三了，十中選用，唯欽字爲不可易！』他提高了聲音說：『各位請看：「威儀悉備曰欽；夙夜祗畏曰欽；敬愼萬幾曰欽。」垂簾聽政，雖后而帝，自是「威儀悉備」，而「夙夜祗畏；敬愼萬幾」，正見得大行太皇太后，亦知垂簾非祖制，迫於情勢，不得已而爲之，故而戒愼恐懼如此！』張之洞越講越得意，拍手頓足地笑著說：『妙啊！這個欽字，天造地設，彷彿早就爲慈聖預備好了！』

一時眼淚鼻涕，無法自禁，沾得白中帶黃的鬍子上，亮晶晶發光；他從袖中掏出一塊已成灰色手絹擦眼擦鼻子，搞得一塌糊塗，惹得下坐諸人，都忍不住想笑。

於是吳士鑑開玩笑似地附和：『中堂，還有妙的嘍！』他用一口杭州話說：『后謚中也有欽字：「威儀悉備曰欽，神明儼翼曰欽！」神明儼翼，豈非形容入妙？』

『是啊！』張之洞一點不覺得他有開玩笑的意味，很鄭重地問孫家鼐：『欽字如何？萬不可易吧！』

他已說了萬不可易，孫家鼐還能說甚麼？點點頭不答。

『好是好！可惜，犯重了！』鹿傳霖說：『徽號中有個欽字了。』

『這倒不要緊！』這一次世續的腦筋比鹿傳霖來得清楚：『孝聖憲皇后的尊謚中，不有兩個「聖」字嗎？』

『這一說，更無疑義。』張之洞說：『咱們再擬最後四個字！』

最後四字，實際上只擬兩字；因爲天、聖二字是現成的。大致『天』字指先帝，『聖』字指當今皇帝；所以太后的尊謚，用此四字，必得在『相夫教子』這句話中去揣摩，可以不受『鴻稱通用』的限制。

『這四個字雖是照例文章，其實大有講究。』張之洞又發議論了：『「天」上一字，要切太后的身分；「聖」上一字，要能表明跟今上的關係。譬如孝靜成皇后，用「弼天撫聖」四字，就是一個好例子。』

原來文宗的生母孝全成皇后，初封全嬪，逐步晉封，成爲繼后，至道光二十年，以三十三歲的盛年，忽然暴崩；傳說是婆媳不和，皇后之死，出於自盡。其時文宗年方十歲，由皇六子恭王的生母靜貴妃所撫養，晉爲皇貴妃，卻不曾像孝全皇后那樣，正位中宮。據說亦因宣宗痛孝全死於非命，所以不再立后。

道光三十年正月，宣宗崩逝；遺旨封皇六子爲恭親王。文宗即位，尊皇貴妃爲皇考康慈皇貴太妃，居壽康宮。皇貴太妃大爲失望；因爲她本來可望繼位爲皇后，只以宣宗對孝全皇后有那麼一段隱痛，以致受屈。如今她不能正位的障礙已不存在，而文宗又該報答撫養之恩，尊之爲皇太后，情理允當，而於禮亦無不合，而居然如此，豈不令人寒心。

據說文宗與比他小一歲的恭王，原有心病，不肯尊養母為太后，多少有意氣在內。這樣到了咸豐五年，皇貴太妃身染沉痾；一天，文宗去探病，迎面遇見恭王自內而出，便問病勢如何？恭王跪奏，且泣且言，道是病已不救，看樣子是要等有了封號，才會嚥氣。已經貴為皇貴太妃，再有封號，當然是尊為皇太后。文宗一時還沒有工夫考慮，只『哦，哦』地應聲，意示聽到了。而恭王卻起了誤會，將未置可否的表示，錯誤為已經允許，他這時是『首揆』，一回到軍機處，便傳旨預備尊封的禮節。

及至禮部具奏，文宗大為惱怒；不過他亦很理智，知道絕不能拒絕，否則在病中的皇貴太妃，受此刺激，立刻就會斷氣。因而准奏，尊養母為『康慈皇太后』；這是七月初一的事，隔了八天，康慈皇太后駕崩。

這下，文宗沒有顧忌了。他自己雖仍照儀禮，持服百日，但禮部所奏康慈皇太后喪儀，則大加刪減。最重要的是兩點：一是不祔廟；二是不繫宣宗謚。

不祔廟是神主不入太廟。太廟是極嚴肅的禁地，有無這位太后的神主，誰也看不到；但不繫帝謚，則天下共知，這位太后不是『正牌』——宣宗尊謚末一字為『成』；所以皇后應稱『成皇后』。康慈太后的尊謚為『孝靜康慈弼天輔聖皇后』，並無成字。這在明朝有此規矩，皇帝的生母為妃嬪，如果及身而見親子即位，則母以子貴，自然被尊為皇太后；倘或死在親子即位以前，則追尊為后，但不繫帝謚，以別嫡庶。文宗的用意在此，卻不肯擔承薄情的名聲，凡此減損喪儀，都託辭是太后的遺命。

兄弟猜嫌的跡象，不止於此；十一天以後，文宗以『辦理皇太后喪儀疏略』爲由，命恭王退出軍機，回上書房讀書。本來親如一母所生，至此，文宗拿恭王跟所有的弟弟一樣看待了。及至辛酉政變成功，穆宗即位不久，爲了報答恭王的功勞，孝靜太后才得祔廟繫帝諡，稱爲『孝靜成皇后』。

『孝靜的尊諡，那時加了一個「成」字以外，還改了一個字。』張之洞說：『原來是「弼天輔聖」，輔者輔助，有保母之意；有人跟恭王獻議，要改爲安撫的撫。這一來，孝靜的身分，就大不相同了！文宗亦確爲孝靜所撫養，不悖事實，這個字實在改得好！由此可見，議諡的學問大得很，你們好好兒推敲吧！』

交代完了，與孫家鼐相偕離座；接著，世續、鹿傳霖與陸潤庠等人，亦一個接一個地走了。議諡是內閣的公事，但禮部尚書總司其成，所以溥良接替張之洞主持其事，聚訟紛紜，只擬定了兩個字『興聖』。實際還只是一個『興』字；『天』字上面那個字，尚無著落。

好在上尊諡爲時尚早，儘不妨從容商議。而有兩件事，卻必得早早定奪，一是登極之期；二是攝政王的禮節。

登極要選吉期；欽天監具奏：『十一月初九日辛卯，午初初刻舉行登極頒詔巨典，上上大吉。』由禮部照例預備，並無困難；難的是攝政王的禮節。

清朝有過攝政王。但那是件很不愉快的事；時隔兩百餘年，猶有諱言之勢。因爲順治初年關於攝政王多爾袞跋扈不臣的傳說甚多；甚至還牽涉到孝莊太后。『太后下嫁』雖已證明並無其事，但盛年的孝莊太后，『春花秋月，悄然不怡』卻未盡子虛；多爾袞常到『皇宮內院』，更見之於煌煌上諭，說起來總是醜聞，不提爲妙。

就因爲有多爾袞前車之鑒，所以議攝政王的禮節，有兩個難題，一個是載灃的身分，究竟是無形中的太上皇，還是皇帝的化身？

在順治初年，皇帝稱攝政王爲『皇父』；上諭之外，另有『攝政王諭』，都是無形中的太上皇的身分。而且多爾袞與世祖是叔姪；載灃與『今上』卻是嫡親的父子，倘或制禮不周，載灃比多爾袞更容易成爲太上皇。

因此，大學堂監督劉廷琛一馬當先，第一個上條陳，開宗明義就說：監國攝政王的禮節，『首重表明代皇上主持國政，自足以別嫌疑、定猶豫』。後面又解釋『代朕主持國政』一語：『是監國攝政王所辦之事，即皇上之事；所發之言，即皇上之言。應請自綸音外，監國攝政王別無命令逮下；內外臣工自章奏外，不得另有啓請。』

這個說法，變成攝政王就是皇帝，二合爲一，看起來權柄極大；但比皇帝是皇帝、攝政王是攝政王，一分爲二的流弊要少得多。因爲皇帝上有太后，下有軍機大臣，並不能任性妄爲，臣下亦不得別開亂政之路。所以劉廷琛的這個看法，很快地爲大家所接受了。

可是，另一看法，卻頗有疑問。他說：『順治初攝政王以信符奏請不便，收藏邸第；其時辦事，蓋多在府中。今按：國事朝旨，豈可於私邸行之？惟一日萬機，監國攝政王代皇上裁定，若每日入直，不惟力不給、勢不便，且體制不肅，非所以尊朝廷；機要不祕，亦恐或滋流弊。皇上沖齡典學，尤賴隨時護視，以端聖蒙。應請擇視事偏殿近處，爲監國攝政王居處之所，俟皇上親政時，仍出居邸第。臣嘗恭考高宗純皇帝御批通鑑，論旁支承大統者，可迎本生父母奉養宮禁；是天子本生父母，權住宮禁，高宗不以爲嫌。祖訓煌煌，正可爲今日議禮之據。監國攝政王奉遺命代皇上行政，尤無所謂嫌也。』

他的條陳共是四條，前三條都說得很好，最後這一條卻壞了。太后得知其事，很不高興，將載灃找了去問道：『有人主張讓你們夫婦搬進宮來住。有這話沒有？』

『有的。』載灃答說：『是大學堂的監督劉廷琛；他說，是高宗這麼說過的。』

『拿他的原摺子來我看！』

載灃答應著退了下來，立刻將原摺送到慈寧宮；太后尚無表示，小德張在旁邊指手劃腳地說：『那好！醇王福晉一搬進來，那就跟老佛爺一樣了！本來嘛，「水往低處流，人往高處爬」；醇王抓權，大家自然把醇王福晉捧得跟鳳凰似地了！』

太后一聽，勃然色變。她本來只是在考慮叔嫂之嫌，如今讓小德張一提醒，再不必考慮，立刻又傳懿旨：『召攝政王面請大事！』

慈寧宮地方很大，太后又住在偏西；從軍機處去走個來回，很費氣力。載灃喘息未定，忽又奉召，頗有疲於奔命之苦。心裡在想：劉廷琛的話不錯！應該住到宮裡來，才可以少受此累。

因此，當太后發問，所謂『應請擇視事偏殿近處，爲攝政王居處之所』，應該是在哪一處？載灃竟眞去尋思了。

這一來，太后更爲惱怒；因爲載灃如果沒有住進宮來的意思，一句話就可以回答：哪一處也不合適。劉廷琛的主意行不通。不是如此回答，便見得他是眞的在考慮，應該住哪一處。

『歷來皇上視事的偏殿，都是在養心殿；你打算住養心殿後面的隨安室、三希堂、無倦齋、還是嘉順皇后住過的梅塢？』

受了一頓申斥的載灃，氣無所出，遷怒到劉廷琛頭上；他記得有個規矩，大喪十五天內不准奏事，命人一查，果有此例，於是以監國攝政王的身分，決定降旨申斥。

『王爺，』張之洞勸道：『攝政王的禮節，原曾降旨，命內閣各部院會議具奏，臣下應詔陳言，話說得早了點，似乎不宜處分。』

『怎麼？』載灃脫口問道：『莫非我連申斥一個人的權都沒有？』

這樣說法，便是不可理喻了。張之洞默然而退；奕劻便說：『話不過說得早了一點，可沒有說錯，更不能說他不能說；原摺應該交下去，併案處理。』

這一次是載灃不作聲；當然是默認言之有理。於是『達拉密』擬了兩道上諭，一道是：『國家現遭大事，尚未逾十五日，照例不應奏事，乃該大學堂總監督劉廷琛，於本日遽行呈遞封奏，殊屬不合，著傳旨申斥。』另外一道是：『劉廷琛奏陳監國攝政王禮制事宜，著交內閣各部院衙門併案會議具奏。』

上諭到了張之洞手裡，想起一件事，決定要跟載灃爭一爭；當時便向世續說道：『伯軒，有個陋習，我想趁此機會革除了它。走，走，一起見攝政王去。』

『香濤，』世續勸他：『多一事不如少一事！』

『這不算多事，你一定也贊成。』

『那，是甚麼事呢？』

『傳旨申斥的陋習。』張之洞說：『攝政王怕還不知道，要你跟他解釋。』

載灃就坐在裡屋。張之洞與世續交談時，他已約略有所聞，所以等他們一進去，先就說道：『傳旨申斥的規矩我知道，是派太監去申斥。』

『王爺可知道，這是個美差？』

『美差？』載灃詫異：『莫非還有好處嗎？』

『是的！有好處。』世續接口說道：『受申斥的人，照例要給奉旨申斥的太監一個紅包；聽說是有規矩的，預先講好了沒事，跑去說一聲：「奉旨申斥！」喝喝茶就走了。倘或不照規矩送，或者送得不夠數，受申斥的主兒，那可就慘了！』

『怎麼呢？』

『無非張嘴亂罵，甚麼難聽的話都有！會罵的能連著罵個把鐘頭不停嘴；眞能罵得跪在那兒的人，當場昏厥。』

『是不是？王爺只知其一，不知其二！』張之洞說：『劉廷琛身爲大學堂總監督，多士表率，師道尊嚴；如今名爲傳旨申斥，實則受辱於閹人，何堪再爲師表？就不說劉廷琛，其他奉旨申斥的，大小都是朝廷的命官，無端受辱，斯文掃地，豈朝廷親賢養士之道。王爺受大行太皇太后付託之重，天下臣民，屬望甚殷；革故鼎新，與民更始，大可從小處著手。似此陋習，請王爺宣示，斷然革除。』

『怎麼革法？』

『傳旨申斥，既已見於上諭，便是申斥過了，不必再派太監去胡鬧。』

載灃考慮了一下，終於點點頭說：『革掉也好！』

這雖是一件小事，但正反雙方都頗重視。在張之洞以爲這是裁抑宦官之始，防微杜漸，自覺無愧於顧命老臣；在太監則以爲是載灃的『下馬威』，有意跟深宮作對。尤其是小德張，把這件事看得很嚴重。

『主子瞧瞧，不就管到宮裡來了嗎？如果老佛爺在，他哪兒敢！』

光緒皇后從升格爲太后，一切皆以作爲她的姑母而爲婆婆的慈禧太后爲法。本來時異勢遷，她的才具亦遠遜於慈禧，根本不能學，也學不像；不過，載灃較之當年的老恭王，亦猶太后與慈禧之不能相比，所以在短短的期間內，多少已建立了太后的權威。這因爲小德張替她出主意，抓住了載灃的一個弱點：他不會用腦筋，稍微麻煩些的事，便想不透徹；他又不會說話，稍微複雜些的事，便說不清楚。因而就格外怕事。抓住他這個弱點，制他很容易，只要把很簡單的一件事繞兩個彎弄得很複雜，然後故意跟他找麻煩，就無有不『豎白旗』的了。

於是爲了革除由太監『當面傳旨』申斥一事，太后又把他找了去問。

『這是誰的主意？』

『張之洞的主意，世續也幫著他說。』

『他們怎麼說來著？』太后緊釘著問。

張之洞的那篇大道理，載灃已記不太清楚；就能記得清楚，也無法轉述，想了一下答說：『他們說傳旨申斥的太監，罵得太兇了，怕人受不了。』

『受不了，不會好好當差，別犯錯嗎？』太后又說：『就是要罵，才會改。』

『是啊！』載灃脫口附和。

『既然你也知道該罵，怎麼又聽張之洞的話呢？』

這一問將載灃問得張口結舌，無以爲答，而且頗爲困惑。當時覺得張之洞理直氣壯，振振有詞，而如今太后的話，似乎亦很有道理，那麼究竟是誰錯了呢？

『你說個道理我聽，明知道人家的話錯了，何以又聽了進去。』

『他，他也是軍機大臣嘛！』

『哼！』太后冷笑著問：『他是軍機大臣，你呢，你不是監國攝政王嗎？』

載灃又沒有話說了，只問：『太后還有甚麼吩咐？』

『我要跟你說清楚，老佛爺遺命，大事要先問我。你也別忘了，我是皇太后！老佛爺在日，是怎麼個情形，你是親眼得見的；我雖沒有老佛爺那份威望、能耐，可是你也得還我一個皇太后的規矩！宮裡的事，你得問我；太監不守規矩，你告訴我；有些事讓內務府大臣直接跟我回，你很可以省點兒心，多照料照料外頭！』

載灃不覺得他監國攝政王的權柄，已被侵削，欣然答說：『是，是！就這麼說，就這麼說！』

帝后大殮之後，奉安之前，梓宮照例要由大內移到停靈待葬之處，名爲『暫安』。暫安之處名爲『觀德殿』。——出神武門，經北池子過橋，有道與神武門相對的大門，名爲北上門；進門就是景山，一名萬歲山，明朝稱爲煤山，思宗殉國，即在此處。這座山周圍二里有餘，共有五峰，形如筆架；山不高，中峰亦不過十一丈餘。山後爲形制如太廟的壽皇殿，供奉列代御容；殿東爲永思殿，又東即爲觀德殿。

觀德殿只能供奉一座梓宮；而乾清宮西暖閣與寧壽宮皇極殿，兩處停靈，應該哪座梓宮奉移觀德殿？

此事不大亦不小，意見不一，有人以爲母在子先，理當慈禧太后先奉移觀德殿；有人則以爲乾清宮爲天子正寢，不宜久停梓宮。論道理，似乎後者爲是，所以附議的人比較多。

但太后卻主張皇極殿的梓宮，先移觀德殿；她的理由是，定東陵早已修築完好，必是大行太皇太后奉安在先。這個說法，初聽不錯，細想不然；因爲東陵、西陵亦皆有停靈的暫安殿，梓宮在觀德殿過了百日，即需移到陵上，與何時入土，並無關係。

只是太后堅持，載澧無法以言詞挽回，而軍機又不能請見太后，代載澧細說理由，似乎只有遵『慈命』辦理了。

就在上諭將頒的前一天，李蓮英到慈寧宮求見太后。從兩宮自西安回鑾以後，他的聲光便漸不如前；如今冰山已倒，勢力不但不敵崔玉貴，而且連小德張都比不上。可是太后卻仍不敢對他輕視。立即傳見。

等行了禮，太后吩咐小德張：『給諳達一張小凳子！』

這『優禮老臣』的手法，她是跟慈禧太后學的。果然，李蓮英頗爲感動；尤其是她跟大行皇帝在日一樣，稱之爲『諳達』，使他覺得她跟先帝畢竟還有夫婦之情。對她的反感，因而減少了很多。

『日子眞快，轉眼二十七天就快滿了！』太后眼圈紅紅地：『這二十來天，我也不知如何過來的！』

『請主子別傷心，千萬保重！萬歲爺太小，全靠主子操勞保護。』李蓮英緊接著說：『奴才今天來見主子，有件事求主子！』說著，從小凳上起身復又跪下。

『起來，起來！還是坐著說好了。』

李蓮英起是起來，卻垂手站著回奏：『奴才聽說要拿老佛爺的靈柩，移到景山。不知道可有這話？』

太后在想，提到此事，他下跪相求，不知道求的甚麼？且把話說活動些，因而答道：『還沒有定規。』

『若是還沒有定規，奴才求主子，仍舊讓老佛爺暫安在寧壽宮。』李蓮英的聲音在嘶啞中有些哽咽：『奴才侍候老佛爺三十二年；等侍候到陵上，奴才得求主子開恩，放奴才回去。這也沒有多少日子了！求主子讓奴才能在老佛爺跟前多盡點兒心。如果一移到景山，那裡地方小，除了奴才，老佛爺平時使喚慣了的人，沒法兒都跟了去；再說，老佛爺要甚麼沒有甚麼！只怕主子心也不安。』

太后聽說，李蓮英在皇極殿照料几筵，除了喪儀上的規矩以外，完全照慈禧太后生前一樣，每天寅卯之間，進一碗燕窩粥；然後喚宮女打洗臉水，開梳頭匣子，還進首飾箱，彷彿慈禧太后自己會挑，這天插甚麼簪子，戴甚麼戒指。至於早膳、晚膳，一樣是揀慈禧太后生前喜愛的肴饌上供，供完了還喊一聲：『老佛爺繞彎兒去囉！』這時走廊上若是有人，就得趕緊避開；跟慈禧太后生前，每天膳後——一面剔牙，一面散步消食的規矩無異。

先還以爲傳話的人過甚其詞，如今聽李蓮英的話，才知道他眞是當『老佛爺』還住在寧壽宮。這不跟發了神經一樣？再想想慈禧太后生前對他寵信數十年，亦無怪乎他會如此。

一時感動，也是一時實在想不出甚麼理由可以拒絕，太后只能點點頭說：『好吧！就讓皇上的靈柩，先移觀德殿好了。』

『是！』李蓮英緊接著問：『奴才是不是把主子的話，馬上傳給五爺？』

『五爺』是指載澧；太后答說：『對了！你傳話給五爺好了。』

等李蓮英一退出去，小德張埋怨太后：『主子怎麼就聽他胡說？他哪裡是甚麼孝順老佛爺？是霸佔著寧壽宮不肯讓出來，不知道安著甚麼心？奴才看，這件事要糟！』

『如今可也沒法子了。』太后又說：『不過，我想他也不敢胡來！你多派人稽查就是。』

『奴才當然要多派人稽查。』

從這天起，小德張以太后的名義，通知內務府，入夜格外多派護軍巡查；不但大行太皇太后的梓宮，要嚴密保護，冷僻之處，更應留心，以防意外。

這情形傳到李蓮英耳中，他冷笑著說：『小德張想把老佛爺的靈柩請走，他好來掘藏？我偏不教他遂心。外頭傳說，老佛爺的私房有三千萬銀子，一半埋在長春宮，一半埋在寧壽宮；這話眞假我不說，讓他去猜，讓他去想，想得晚上睡不著覺，白天吃不下飯，自己把自己一條小命折騰完了，我才稱心！』

十一月初九，極冷的天氣，但王公大臣、文武百官，有資格著貂褂或穿其他『大毛』的，也仍然是一襲青布老羊皮袍；貂帽當然也不能戴，因爲大喪還在二十七日之內。

登極的吉時是『午初初刻』，也就是午前十一點一刻。到了十點鐘一過，群臣絡繹而至，方在排班之際，宮內的儀式已經開始了。

王嬤嬤已經哄了好半天了：『今兒是老爺子大喜的日子，可不興哭噢！』小皇帝總算聽話，乖乖地讓王嬤嬤替他在青布絲棉袍上，罩上一件白布衫；然後抱到慈寧宮來，交了給攝政王。

照禮部斟酌成例擬訂的登極儀式，由攝政王抱著皇帝，先到兩天前奉移到觀德殿的大行皇帝梓宮之前，行三跪九叩的大禮，祇告受命。當然，所謂三跪九叩，只是做個樣子而已。

接下來便是朝太后。先在便殿中換禮服，特製小朝服，上衣下裳，前後左右，用金絲繡得有二十七條龍；外加日月星辰，黼黻藻火，五色雲頭，八寶立水。穿在身上，既不平整，更不服貼，難受極了。

更受不了的是那頂小朝冠，頂戴共有三層，每層一座金龍托子，上承一粒東珠。小皇帝戴在頭上，沉重得頭都抬不起來；而且黑狐的帽簷，其暖異常，更戴不住，雙手亂抓，非取下來不可。攝政王怕他不遂所願，會哭會鬧，只好替他拿下來，不過作了聲明：『回頭行禮時，還得戴上。』

到了慈寧宮，由於有王嬤嬤的照應，倒是滿像個樣子地行完了禮。太后、攝政王、王嬤嬤都鬆了口氣。

這就要到外廷去受賀了。仍然是由攝政王抱著，坐轎出了乾清門，先到中和殿，由攝政王扶著，坐上寶座，受以恭王溥偉爲首的領侍衛內大臣等人的朝賀。皇族中誰跟皇帝親近，或者皇帝願意親近誰，便在此時，可見端倪。

這一陣折騰，小皇帝已有些不耐煩了。緊跟著轉往太和殿，正式舉行登極大典。

名爲大典，實在簡單得很。因爲凡是登極，皆在大喪熱孝之中，所以丹陛大樂雖設而不奏；百官賀表雖具而不讀，只是皇帝升殿受禮而已。

據說大內在明成祖營建之始，規制務極尊崇；以整個京城的地勢而論，太和殿是最高的；而太和殿中，又以寶座爲最高，由此平視，一直可以望到前門以外。

小皇帝當然沒有那麼好的眼力。攝政王將他抱上寶座，自己單腿跪地，在右側用雙手將他扶住。那頂要命的朝冠，壓得小皇帝又重又熱；望到丹陛下，品級山前黑壓壓一片人頭，看得頭昏眼花，已然要哭，猛不防淨鞭一抽，將他嚇得哆嗦，哭聲可再也止不住了。

『我不要，我不要！』小皇帝在寶座上大哭大鬧，『我不愛這兒，我不愛這兒！』

朝儀整肅，連聲咳嗽的聲音都聽不見，所以越覺得小皇帝的哭聲喊聲，氣勢驚人。攝政王急得滿頭大汗，唯有盡力安撫！

『別哭，別哭！一會兒就完，一會兒就完！』

他的聲音也很大，殿外雖聽不見，殿內執事的王公大臣卻無不聽得清清楚楚。心裡都在說：剛當皇帝，怎麼『一會兒就完』。大是不祥之兆！

除了登極大典以外，緊接著還有三項很重要的儀禮：第一項是爲大行皇帝上尊謚：『同天崇大中至正經文緯武仁孝睿智端儉寬勤景皇帝』，廟號『德宗』。陵寢擇地在西陵金龍峪，定名『崇陵』。

第二項是爲慈禧太后加尊謚，如張之洞所主張的，首用『孝欽』，末四字是『配天興聖』。爲了這個『配』字，儼然與文宗敵體，地位已在文宗元后孝德、繼后孝貞以上，頗有人不以爲然，但只是私下竊議，沒有人敢公然抗言。

第三項是爲兼祧母后上徽號，稱爲『隆裕皇太后』。此外穆宗與德宗的妃嬪，亦都晉封，穆宗瑜貴妃被尊封爲『皇考瑜皇貴妃』；珣貴妃被尊封爲『皇考珣皇貴妃』；晉妃被尊封爲『皇考晉貴妃』。

德宗的瑾妃，自然亦被尊封爲『皇考瑾貴妃』。

載灃的嚴重失態，成了京裡最流行的話題，許多人相信，這是清祚不永的預兆；因而助長了各種流言，而爲人談得最多的是袁世凱。

幾乎是在頒哀詔的同時，京中便盛傳攝政王爲兄報仇，已將袁世凱祕密處死；因此，由奕劻設計，利用攝政王會晤各國駐華公使的機會，讓袁世凱陪同出席，藉以闢謠。但是效用不大，處死之說，固已不攻自破，卻另有一種說法：袁世凱如能得保首領，便算上上大吉，革職查辦是遲早間事。

想倒袁的人很不少。皇帝駕崩，保皇黨首先發難，康有爲、梁啓超師弟，通電海內外說兩宮禍變，袁世凱爲罪魁禍首；請朝廷即誅賊臣，以伸公憤。並指光緒之崩，出於袁世凱的毒手。康有爲又跟人說：汪大燮在倫敦曾親口告訴他，袁世凱曾經以三萬銀子運動力鈞，在爲皇帝請脈時，伺機下毒；力鈞大駭，多方設法辭差出京躲禍。

這種駭人聽聞的攻擊與傳說，在朝廷並未引起反感；因爲說皇帝被毒死這句話，根本就是忌諱。而保皇黨所倚恃爲倒袁主將的肅王善耆，深知內幕，不以爲皇帝之崩，袁世凱應該負責，因而遲遲未有行動。

其實，善耆的勢力並不足以倒袁；他必須聯絡載澤，而載澤的主要目標在倒慶。乘機而起的是盛宣懷，他早就在走載澤的路子了，不過志在郵傳部尚書，所以要倒的是陳璧；而陳璧倚鐵路總局長梁士詒如左右手，此人爲盛宣懷的第一號死對頭，是故倒陳又必須倒梁。

由於情勢複雜，若說謀定後動，便不是三、五天的事。因此，袁世凱一時不會動搖，暗中盤算，只要唐紹儀訪美有成，足爲奧援。

原來一度因爲美國排華而生了裂痕的中美邦交，復趨和好；而且美國決定退還一部分庚子賠款，充作中國派遣留美學生的經費。朝廷爲答報美國的好意，將於六月間派奉天巡撫唐紹儀爲專使，並加尙書銜，訪美致謝。這是表面文章，實際上袁世凱已奏准慈禧太后，決定在外交上親美；希望能夠借到鉅額美款，收回東三省的鐵路，同時締結中美德三國同盟。唐紹儀赴美，即啣有此兩大使命；此外並兼充考察財政大臣，分赴各國相機談判免釐金、加關稅的條約。

照袁世凱的想法，唐紹儀赴美談判的兩大任務，如有成功的希望，他的地位便如磐石之安，將來總理大臣一席，非我莫屬。事實上也確是如此；從設立總理衙門，辦洋務以來，人與外交便是離不開的，既然袁世凱主張親美外交，則只要美國一日親華，袁世凱即一日不會失權。否則，朝廷就會視如親美外交的破裂，萬萬不肯出此。

可惜，唐紹儀動身得晚了，等他九月十七日到達東京時，日本的特使高平早著先鞭，已在華盛頓與美國國務卿開始談判在華利益。及至唐紹儀由東京坐郵船到美國西海岸途中，接到兩宮先後駕崩的消息；從輪船上一上岸，有個北京來的電報在等他：唐紹儀應改名爲唐紹怡，因爲儀字犯了新帝之諱。

雖在旅美途中亦需遵禮成服。服制中有一項嚴格的規定，百日內不得剃髮；連帶亦就不能剃鬚，所以唐紹怡上岸時，已是于思滿面。及至換乘橫貫美國大陸的火車，抵達華盛頓，來迎接的美國禮賓官員，大爲駭異，中國派來的外交官，首如飛蓬，青布舊袍，何以如此狼狽？唐紹怡攬鏡自顧，亦覺得是一副從未有過的倒楣相！

果然倒楣，就在他到達的那天，日本與美國換文，聲明維持中國獨立，保全中國領土，機會均等，維持現狀。最後這兩點，否定了美國借款給中國，收回東三省鐵路的可能性；同時因爲中國政局起了變化，美國亦不願作任何進一步的談判。不過唐紹怡還是見到了美國總統，袁世凱認爲希望未絕，猶有可爲。

在唐紹怡，也覺得萬里迢迢，空手而歸，未免難以爲情，所以很想臨時抓個題目，達成協議，多少亦算是一種成就。於是有人建議，中美既然有進一步修好之議，則兩國使節的地位，不妨提高，將公使升格爲大使。唐紹怡頗以爲然，向美國政府私下試探，所得到的反應很好；唐紹怡便即密電外務部，請示其事。

這時辦理大喪已告一段落，朝局正在醞釀變動之中，載灃周圍已出現了一個『智囊團』，以載澤爲首；載灃的幼弟載濤亦頗喜進言，每天下午在北府中聚會，信口縱談，慢慢地談出了結果，決定要辦兩件大事。

一件是載澤所主張，全國的財權，統歸中樞掌握，換句話說，就是歸度支部全權調度。這件事從甲午以後，就在進行，但各省督撫，沒有一個人願意支持，所以成效不彰。載澤認爲當初阻力叢生，是因爲有李鴻章、張之洞、劉坤一這班勢力根深柢固，連慈禧太后亦不能不假以詞色的重臣在；如今督撫的資格，遠不如前；而且新帝登基，應行新政，名正言順，不會有人敢出頭反對。

這話聽來很有道理，載灃同意了。不過照載澤的計畫，設立各省清理財政處，先得擬訂一套清理的辦法；而且地方情形不同，收支有多有寡，一套簡單的辦法，未必盡皆適用。總之，茲事體大，必須謀定後動，無需急在一時。

另一件是載濤所提出，而出於日本士官出身的良弼的建議，練一支禁衛軍，作爲收兵權的開始。這話在載灃，更是搔著了癢處；因爲他到德國去謝罪時，德皇向他說過，皇室要保持政權，必須先掌握兵權。載灃對這一忠告，印象極深；是故載濤一提到此，他便有深獲我心之感。

於是載濤轉告良弼，擬了初步的計畫，十二月初便下了上諭：設立禁衛軍，專歸監國攝政王統轄調遣。並派貝勒載濤、毓朗、陸軍部尚書鐵良充專司訓練禁衛軍大臣。

也不過剛有個名目，載灃便有了錯覺，自以爲雄兵在握，有恃無恐，自然而然地說話的聲音也高了，下決斷也快了。從表面上看，不再像從前那種優柔寡斷的樣子。

但是，召見軍機辦事，並不因爲他比以前來得神氣，事情就會變得順手。談到清理財政，袁世凱講了許多督撫的苦衷；談到練禁衛軍，以他的經驗，更會有許多令人掃興洩氣的話。於是『袁世凱早就該殺』的話，便在北府的上房中，時有所聞了。

唐紹怡的電報送到攝政王那裡，他不明白公使與大使的區別，卻又不問軍機大臣，只批了個交陸軍部查明具奏。

何以不交外務部而交陸軍部，誰也不明白載灃的用意，有人說，這表示他最信任、最重視陸軍部，而不信任外務部。這話亦不盡然；載灃最信任、最重視的是度支部。

練兵先需籌餉，新政非錢莫辦；度支部的職責更見重要，而載澤的權柄亦就更大，氣燄亦就更高了！

『理財，我有辦法！不過，你得聽老大哥的！』載澤對載灃說：『第一、不能讓老慶過問大事；第二、不能讓張香濤胡出主意。從前李少荃說他「服官數十年，猶是書生之見」，一點不錯。人家說李少荃「張目而臥」，張香濤「閉目而行」；你看著，我來「張目而行！」』

『好大的口氣！』載濤笑著說；當然帶著點諷刺的意味。

載澤目空一切，唯有遇見天眞未漓的這個堂弟，毫無辦法，只有閉口不語了。

『你說張香濤書生之見，我倒覺得他肯說眞話，眼光也看得遠。理財不外乎開源節流，咱們旗人，每個月坐領錢糧，成天不幹正事；溜溜鳥，玩兒玩兒古董，都成了廢人了。所以，』載濤加重語氣說：『張香濤變通旗制的主張，我贊成。』

『果然能替旗人籌出一條生路來，不至於虛耗國家錢糧，自然是件好事。』載灃皺著眉說：『只怕辦不通！』

『怎麼辦不通呢？』

『咱們旗人會反對！』

『只要辦法好，就不會反對！這件事非辦通不可，不然漢人不服。都是大清朝的子民，爲甚麼旗人就該不勞而獲？五哥，你這監國攝政王要想當下去，可得拿點魄力出來。』說完，載濤起身就走了。

『你看，老七！』載灃苦笑。

『你也得管著他一點兒！』載澤沉著臉說：『老七太不懂事了！常常長他人志氣，滅自己威風……』

一語未畢，載濤出而復入；看載澤繃著臉不說話，便不客氣地反駁：『你說我長他人志氣，不錯！只怪咱們自己不爭氣。我倒請教，張香濤的「會議幣制說帖」，你何以把它駁了？』

張之洞早就主張改鑄一兩的銀幣，而且四年前在湖北試辦過。這年春天，正式草成一份說帖，奏請上裁；主張鑄一兩、五錢、一錢、五分共大小四種銀圓。前兩種稱為主幣，後兩種稱為輔幣。交度支部議奏後，列出種種不便的理由，否決了張之洞的主張。此時載濤舊事前提，不知他是何用意；載澤楞在那裡，無以作答。

『老大哥大概不知道，那麼，我告訴你吧，鑄一兩的銀圓，一兩就是一兩，沒有甚麼好說的；若是仍舊鑄七錢二分的銀圓，各省解京餉到部，「補平」、「補色」，折合銀兩計算，可以弄出許多好處。不然，你們堂官的「飯食銀子」從哪裡來？其實，「飯食銀子」有限，你下面的人從中搗鬼，摟的錢比你所得多十倍還不止。就為了自己的一點兒好處，把挺好的一項改革，必得打下去，還派人家許多不是！這，我就不服！』

說完，載濤又翩然而出，把個載澤氣得坐在那裡，好半晌動彈不得。

『算了，算了！』載灃勸道：『小孩子，別理他。』

『哪裡是小孩子？』載澤直著脖子嚷：『說話這麼衝，成事不足，敗事有餘。我可先說一句在這裡，照這樣子，你要想在西苑蓋新宅，我可沒法兒替你籌款！』

原來廷議攝政王禮節，已有結果，總目十六條，計分：『告廟、詔旨、稱號、代行祀典、軍機、典學、朝會班次、朝見座位、鈐章署名、文牘款式、代臨議院、外交、輿服護衛、用度經費、邸第、復政』，呈奉皇太后御覽，照所議辦理。攝政王邸，規定建在中海迤西集靈囿地方。

此地在明朝是宮人養蠶之地，並有一座雲機廟，內設織機；入清久廢，名為蠶池口，座落中海以西，西安門大街以南。這一片地方很大，又介乎禁苑與民居之間，建爲攝政王府，頗爲適宜，所以改名集靈囿，已著手在畫圖樣了。

對於建造這座新邸，興趣最大的，還不是攝政王福晉，而是與載濤同時加了郡王銜的貝勒載洵。這有兩個原因：第一、攝政王遷入新邸，『北府』自然歸他的胞弟承受，而載洵長於載濤，又居優先；其次，建造新邸，已有成議，由載洵經理其事。工程費用，起碼也得五六百萬銀子。向例『大工』只得二成到工；其餘八成自估修監工的王公大臣到內務府的蘇拉，皆得分潤。載洵如果主持此一工程有好處，自然是提大份，摟個百把萬銀子，亦不算爲奇。

爲此，載洵三天兩頭找載澤要他設法籌款。載澤一半爲難，一半刁難，迄無肯定的答覆；不過，事情總是要辦的，所以此時不妨借題發揮，作爲一種要挾。載灃少不得要陪上幾句好話，許了清理財政一事，全依他的主意；又許了告誡載濤，此後不得輕率發言。載澤總算消了氣，答應盡力設法去籌建邸的工款。

建造攝政王新邸，所需的費用，已經由跟內務府向有往來的，一家字號名爲祥源的大木廠估出來了，總數五百五十多萬銀子。

『老六，這怕不行！』奕劻對載洵說：『數目太大，能不能籌得出來且不說；如今樣樣節省，還有煌煌上諭，一切務從簡約，倒說攝政王花五百多萬銀子蓋一座新府，只怕新聞紙不會有好話。』

『物價貴了，五百五十萬不算多！』載洵又說：『當初修頤和園花幾千萬，現在替皇上生父蓋一座新府才不過幾百萬能算多嗎？』

『當初是當初，現在是現在，不能併爲一談。』奕劻問說：『度支部怎麼說？』『度支部』是用來作爲載澤的代名，所以載洵的答覆，便逕用『他』字：『他說了，只要軍機同意，他可以想法子。』

奕劻心想，爲難的是載澤；他既然已經答應了，自己何必做惡人？想了一下，悄悄說道：『老六，我教你個法子。蓋府邸，錢花多了有人說閒話，陵工上多花幾個不要緊。你何不來個移花接木之計？』

載洵恍然大悟，滿面笑容地向奕劻作了個揖：『慶叔，我服了你了！怪不得說薑是老的辣，果然不錯！』

於是兩案併作一案，不過一明一暗，明的是修崇陵，特派『載洵、溥倫、載澤、鹿傳霖敬謹承修；並著慶親王奕劻會同辦理一切事宜。』

這道上諭一下，郵傳部尚書陳璧，心裡很不是味道。最初勘察陵地，派的是溥倫跟他兩人；如今承修陵工大臣，溥倫仍舊有份，而他卻換了鹿傳霖！分所應得的優差，無端落空，且不說實利被奪，面子上也不好看。

因此，當陵工大臣奏請撥款一千二百萬兩興修崇陵時，陳璧便在朝房中公然表示：『如果是我來主辦，至多七百萬銀子，可以修得很好了！』

這話傳入載洵耳中，大爲惱怒，而且也有些著急；因爲移用陵工款項，興修攝政王府的辦法，是瞞著隆裕太后的。如今讓陳璧這一說，萬一隆裕太后查問，何以有這麼大的虛帳，很可能會將實情抖露出來，事情就很麻煩了。

爲此載洵與載澤密密商議，不去陳璧，麻煩多多，而陳璧與袁世凱頗爲接近，因而亦跟奕劻接近。世續不可恃，張之洞的意向不明，要在軍機方面動手，一無把握，非另闢蹊徑不可。

於是載澤想到了小德張；託他在隆裕太后面前進讒，道是『澤公爺說：萬歲爺苦了一輩子，到如今陳璧還要刻薄他。度支部倒是預備了大工的款子，只爲有陳璧這句話，大家要避嫌疑，誰也不敢擔責任。』

載澤是隆裕太后嫡親的妹夫，他的話一向受重視。而隆裕太后對於大行皇帝的夫婦之義，便是在他身後補報；有此先入之言，自然痛恨陳璧，曾跟攝政王提起：陳璧不是好人！

風聲所播，倒袁的活動頗有暗潮洶湧之勢。肅王善耆受康梁的利用，固然對袁常有攻擊；而暗中倒袁最力的，卻是陸軍部尙書，一爲奪兵權，二爲入軍機，所以設計了很毒辣的一著。

其時爲了設置禁衛軍，攝政王載灃常常單獨召見鐵良。一次由北洋練兵談到袁世凱的爲人；鐵良認爲時機已經成熟，預先想好的一套話，可以造膝密陳了。

『外面的輿論，多不以袁世凱爲然。有個謠言很離奇，不知道攝政王聽到了沒有？』

『甚麼謠言？』載灃問道：『有關袁世凱的謠言，一向就很多。』

『這個謠言是關於攝政王的！說攝政王之監國，袁世凱出了很大的力；又說攝政王跟袁世凱如何如何，鐵良都不忍出口。』

載灃勃然色變：『怎麼會有這種謠言？』他問：『說我跟袁世凱怎麼樣？』

『請攝政王不必問……』

『不行！』載灃固執地：『我得問問清楚。』

『說……』鐵良裝作萬般無奈地：『說袁世凱勸進，請攝政王改號爲太上皇帝，訓政至皇上成年；攝政王將來以內閣總理大臣一席，酬袁的擁立之功。』

『是誰造的謠言！』載灃臉都氣白了：『我得徹查。』

『鐵良在想，這個謠言，絕不是袁世凱造的；不過好事之徒，以爲以袁世凱在北洋根深柢固的勢力，可以左右朝局，所以造這麼一個荒誕不經的謠言，自詡消息靈通，說不定藉此招搖，亦未可知。攝政王不妨暗中密查；不過，以鐵良看，恐怕不會有結果。』

『怎麼呢？』

『祕密流傳之語，誰也不肯承認。譬如說，攝政王要問到鐵良，就不敢承認。何以呢？承認以後，倘或追問一句，你既然聽得這個謠言，何以不早奏明？鐵良無話可答，所以只有賴得乾乾淨淨最省事。』

『照你所說，就讓這種荒唐的謠言，到處去流傳？』

『這當然有辦法。』

『你倒說給我聽聽。』

『鐵良不能說！同朝爲臣，若有人誤會鐵良中傷同官，這個名聲，鐵良擔不起。』

『不要緊，你說我聽，沒有第三個人知道！』

鐵良躊躇了好一會，從賜坐的矮凳上站起來，請個安說：『鐵良實在不能說！請攝政王鑒諒。鐵良在想，所謂「空穴來風」，如果用桑皮紙把板壁上那個洞糊沒了，風不就鑽不進來了嗎？』

載灃將他這個譬喻想了一會才明白；點點頭說：『好！慢慢來，反正遲早得把那個洞補起來。』

爲了清理財政章程，張之洞跟袁世凱的情緒都很壞。照度支部所擬的原案，各省設清理財政局，由藩司或新設的度支司爲總辦，部派監理官二員，監督清理；將預算決算分爲三案，光緒三十三年底以前爲舊案，宣統三年起爲新案，光緒三十四年至宣統二年爲現行案。新案、現行案照新章辦理，張袁二人皆表同意；反對的是這麼一個規定：『各省舊案歷年來未經報部者，分年開列清單，併案銷結。』

這就是要算各省的老帳。張之洞在湖北二十年，用錢如泥沙，當時督撫中有『屠錢』之號，與岑春煊的『屠官』並稱。其中擅自截留，移挪的公款，不知凡幾；這個老帳算不得。

至於袁世凱的老帳，如果要算，更是不得了！原來北洋的收支帳目，猶如以前戶部『北檔房』經管國家收支的帳目，無從清算，唯有深諱。早自李鴻章接任直督兼北洋大臣，設立淮軍銀錢收支所開始，便是一筆爛帳；據說李鴻章交卸時，收支所積款數百萬兩之多，袁世凱接手以後，即利用這筆庫存，結交宮闈、朝貴、名士；又據說，接收天津時，洋人亦有上百萬的公款移交，亦爲袁世凱揮霍淨盡。楊士驤接袁世凱的手，部中有案的公款虧空到七八百萬之多，無案的更不知凡幾，如何能夠清理？

爲此，張、袁均反對清理舊案；奕劻因爲北洋的錢，他亦用了不少，當然站在袁世凱這面。載灃倒並無成見；只是載澤以此爲要挾，如果不是這麼辦，眼前，他無法籌得一千二百萬的陵工鉅款；將來，他亦不能保證練禁衛軍必有充足的糧餉。

無可奈何之下，載灃只好命載澤跟軍機大臣去商議。

載澤是有所恃而來的，昂然直入，除了向奕劻作個揖以外，以鎮國公的身分，高踞上座，開口便說：『清理財政，勢在必行！各省的收支，如果仍舊跟以前一樣，一筆糊塗帳，甚麼新政、立憲都是廢話！』

張之洞是見過恭忠親王與醇賢親王的，不折不扣的皇子，亦無此等倨傲的神色；當下正色問道：『澤公，本朝以武功定天下，乾隆十大武功，古之所無；當時軍務的制度，澤公自然深知？』

載澤何嘗了解？亦不知張之洞問這話的用意何在？不由得加了幾分小心：『朝章國故，當然是你們翰林出身的人，比誰都清楚。』他說。

『是！』張之洞說道：『道光以前，凡有大征伐，天子告廟，命將出師；人馬未動，糧草先行。雍乾年間，往往特派戶部尚書辦理糧台，一切軍需皆發帑銀備辦。到了咸豐以後，情形不同了；將帥自己籌餉之外，還要報解京餉，是故穆宗即位，年號定爲「同治」，示天下以上下同心，共臻郅治。其時兩宮垂簾，賢王當國，特頒上諭，寄曾文正以腹心之任，總綰五省軍務，朝廷不爲遙制；督撫受此委任，才能放手辦事。此爲戡平大亂的關鍵所在。』

載澤聽出因由來了，很沉著地答說：『朝廷雖不爲遙制，而督撫究不能不受節制。況且時世不同，如果有變亂，督撫當然可以權宜行事；變亂平息，辦事怎麼能不按規矩？』

『難就難在這裡了！有變亂，只求變亂平息，甚麼都可以將就；變亂一平，就要按規矩算老帳，那怎麼行？所以，』張之洞略略提高了聲音說：『洪楊既平，倭文端奏請，凡軍興以來軍費，一律免辦報銷。眞是老成謀國！倘非如此，勢必四海騷動，不會有後來多少年安靜的局面。』

『此一時也，彼一時也！』載澤看著袁世凱說：『倭艮峰是讀書講道的理學家，我是實際辦事的。』

這話是對袁世凱的諷刺，也是挑撥；因爲袁世凱說過：『張中堂是講學問的，我是辦事的。』而張之洞自以爲『八表經營』，經天緯地之才，最恨人家說他是『書生』。袁世凱覺得諷刺易忍，挑撥難容；載澤當著張之洞說這話，居心惡毒，不由得氣往上衝，決定回敬他幾句。

『不錯！此一時也，彼一時也！』他脫口答說：『想庚子那年，袞袞諸公，隨扈行在；慶王跟李爵相偏處危城，跟洋人苦心周旋；張中堂跟劉忠誠公合力維持長江上下游，力保東南；不才在山東，一面力防拳匪，一面支應京畿。當此時也，夷情不測，時機瞬息萬變，但求有人有錢可用，哪裡還顧得到先報部；就想報部，亦不知戶部在哪裡？如今要說清理舊案，不如先請攝政王宣旨，拿當時的督撫，統統解職聽勘！』

『這也怪了！』載澤沉下臉來說：『袁慰庭，你何必如此氣急敗壞？莫非你在北洋用了多少錢，朝廷問都問不得一聲？』

『是的，最好不問！』袁世凱冷冷地答說：『北洋的錢，澤公也用了的！』

一句話將載澤堵得臉上青一陣、白一陣。載澤出洋考察，往來經過天津，袁世凱都送了豐厚的程儀；逢年過節的孝敬，亦都論千上萬計。『拿人的手軟，吃人的口軟』，載澤可也硬不起來了。

『好了，好了，何必？』世續趕緊出來打圓場：『都是爲公事，何需如此？請從長計議！』

『哼！』載澤冷笑：『這個公事議不下去了！』說罷，起身就走，連奕劻都不理。

『澤公，澤公！』世續追出去想勸，載澤大步往前，直到內右門口方始停步。

『你告訴袁慰庭，』他咬牙切齒地說：『有他沒有我！』

載澤確已下了與袁世凱勢不兩立的決心。一回家便約見載洵、載濤與鐵良，商議怎麼樣才能把袁世凱殺掉。

知兄莫若弟，載濤首先說道：『這不能指望四哥，他拿不了這麼大的主意！』

誰能拿這個大主意呢？自然是隆裕太后。於是定計，由載澤福晉進宮去活動。

隆裕太后姐妹之間的感情很好，加以她也仗著有載澤這個妹夫幫她，才有制服載灃的把握，所以載澤福晉提到先帝不能暢行其志，抱恨以終，全出於袁世凱的不忠時，隆裕太后的舊恨新仇，全被激起！舊恨是戊戌八月的往事；新仇則是鐵良透過小德張進讒，說他本贊成隆裕太后仿照慈禧的成例，垂簾聽政；只為袁世凱怕她一掌了權會殺他，所以極力主張攝政王監國。

『袁世凱眞是門縫裡張眼，把人都瞧扁了！』載澤福晉說道：『莫非太后不垂簾，就不能殺他為大行皇帝報仇了？』

這一激，更如火上澆油；隆裕太后的怒氣怨氣，益發遏制不住，當時便傳話，召見攝政王。

『太后預備怎麼說？』

『叫他找軍機擬旨，定袁世凱大逆不道的罪名。』

『只怕老五不幹。』載澤福晉口中的『老五』，是指載灃。

『為甚麼？』

『太后不想想他老丈人？』

載灃的老丈人榮祿，可說是大行皇帝除了袁世凱以外，另一個最痛恨的人；事實上當時若非有榮祿主持，袁世凱亦不敢告密，慈禧太后更無法順利收權。如說袁世凱該殺，榮祿至少也該褫奪一切恤典。載灃顧慮及此，則維護袁世凱便是理所必至，勢所必然了。

『太后不妨把話說在前面，讓老五不必顧忌。』

等她教了隆裕太后一套話，載灃已奉召而至。載澤福晉悄然躲在屏風後面窺探，只聽隆裕太后說道：『先帝是你的胞兄，你總記得吧？』

『自然要報。』

載灃一聽這話便楞住了，『皇太后何以提到這話？』他說：『載灃沒有做甚麼對不起先帝的事。』

『很好！我也知道你絕不會！』隆裕太后接著又問：『先皇有仇，你替他報不報？』

『我再問你，你知道不知道先皇的仇人是誰？』

這一下，載灃才發覺語言中已中了圈套，怕隆裕太后會有甚麼不利榮祿之處，不免驚惶失措，期期艾艾地一句整話都不會說了。

『你放心！跟你岳父無關，我是說袁世凱。』

是啊！載灃心想，先皇的第一個仇人，應該是袁世凱；當即答應一聲：『是！』

『袁世凱罪大惡極，跋扈不臣，這個人留在那裡，終歸是大清朝的一大禍害！我今天找你來，就是要告訴你，這件事馬上得辦。你回去馬上寫旨來看！』

一聽這話，載灃急出一身汗；『回皇太后的話，』他說：『殺袁世凱怕不行！』

『怎麼？』隆裕太后不由得發怒：『爲甚麼不行？莫非他敢造反？』

『時候不對！』載灃答說：『國有大喪，殺重臣怕會激出亂子來！』

『甚麼亂子?』

『怕引起謠言。』

『甚麼謠言?』

隆裕太后咄咄逼人地，只要載灃一開口，便迎頭一個釘子碰過去，讓人招架不住；無可奈何之下，唯有答應照辦。

回到養心殿，載灃定定神只召慶王奕劻與張之洞，據實相告：『剛才太后找我去，說袁世凱罪大惡極，跋扈不臣，留在那裡有後患，要定他死罪。你們兩位看，上諭上該怎麼說?』

話猶未畢，奕劻神色大變，張之洞亦將一雙眼睛睜得好大，兩個人都傻了。

『太后的意思堅決得很，等著看上諭。』

『要請太后收回成命!這件事怎麼能做?』奕劻氣急敗壞地說：『袁世凱人雖不在北洋，段祺瑞、馮國璋、還有江北提督王士珍，都聽他的。如果他們提兵問罪，說爲甚麼殺袁世凱，攝政王請想想，鐵良能擋得住他們嗎?如果擋得住，可以殺；擋不住，不能殺!請太后趁早別起這個心。』

『國家連遭大喪，又無故誅戮大臣，戾氣忒重，之洞不以可行!』

『照太后的說法，倒也不是無故。袁世凱當年告密，大行皇帝很吃了點虧，如今是要爲大行報仇。』

『說到這一層，』奕劻很快地接口：『對不起大行皇帝的，恐怕不止袁世凱一個人。』

意在言外，自能默喻；載灃低聲說了句：『我也教沒法子。』

『不然!』張之洞說：『攝政王應該據理力爭。提到戊戌之變，在事諸臣，無不痛心；不過此案是非，只有付諸千秋史評，此時千萬不宜再提。太后似乎該想一想，告密者當誅，則受此密告者又當如何？殺了袁世凱，請問置大行太皇太后於何地？』

『所以上諭要斟酌，這一層不能提。』

『不提這一層，袁世凱何來死罪？皇上方在沖齡，而誅大臣不以其罪，只怕人心盡去，其後果有之洞所不忍言者！』

『豈但人心盡去，只怕立刻便有大禍！攝政王監國，應該拿定主意；如果，如果……』奕劻本想說，如果再聽隆裕太后的話，只怕會應了恭忠親王在世時說的一句話：咱們大清朝的天下，斷送在方家園。不過這話到底不便出口，但因此想起慈禧太后在日，專斷狠毒，凌虐愛新覺羅子孫的種種慘劇；甚至庚子年秋天，自己都遭猜忌，幾乎性命不保。撫今追昔，不覺悲從中來，痛哭失聲。

『何必如此，何必如此！』載灃勸道：『好好商量。』

商量結果，決定讓袁世凱走路。由張之洞擬旨。載灃意猶遲疑，怕在隆裕太后面前不好交代。無奈奕劻與張之洞鵠立待命，只好硬著頭皮將上諭交了下來。

奕劻在養心殿痛哭失聲，已有人報到軍機處。袁世凱知道，怕有大風波了！

因而使得他想起昨天方始得知的一件事。唐紹怡奏請以中美兩國公使，升格為大使的電報，載灃交陸軍部查覆大使與公使的不同；陸軍部已經奏覆：大使在駐在國，如與其外務部交涉不獲結果，可請求覲見駐在國元首，當面陳訴。載灃認為這個辦法很不妥；當即向人表示，不知唐紹怡奏請改為大使的用意何在？本來交陸軍部查覆外交事務，已有不信任外務部之意；如今是進一步證實了！不止於不信任外務部，而且也不信任袁世凱。

還有個消息，說盛宣懷在載澤面前，攻擊袁世凱聯美爲失策。聯美所以制日，而日本如出兵相攻，三天之內，可到中國；美國出兵相援，則需二十天才能到中國。不憂三日之禍，而恃廿日之援，愚不可及。何況升格爲大使，館員要增加，交際亦更繁，經費自然也要寬撥；歲費巨萬，僅得虛名，豈得謂之爲上策？

照此看來，自己這個外務部尚書，可能幹不久了。但又何至於惹得慶王悲痛如此？正在疑懼莫釋之際，只見奕劻與張之洞由蘇拉攙扶著，蹣跚而來。一看他們的臉色，便知出了大事。

『慰庭！』奕劻說道：『我給你看樣東西。』他將上諭遞了過去。

袁世凱接到手中，看上面寫的是：

內閣軍機大臣外務部尚書袁世凱，夙承先朝，屢加擢用；朕御極復予懋賞，正以其才可用，俾效馳驅，不意袁世凱現患足疾，步履維艱，難勝職任。袁世凱著即開缺，回籍養痾，以示體恤之至意。

不曾看完，袁世凱已經心氣浮動，臉色一直紅到耳朵後面，非常困難地強笑道：『天恩浩蕩，感激不盡。』他忽然想到：『不過今天是輪到我在觀德殿宿夜，怎麼辦呢？』

問到這種無關緊要，而且不必他再管的事，可知方寸已亂。世續隨即接口說道：『不要緊，我替你好了！』

『是！多謝世中堂！』

袁世凱請個安道謝，站起身來往外就走；根本沒有想到，還應該向同官道別。

其時他家已有接二連三的警報，都道：『宮保出了事。』不知出的甚麼事。直到他坐車將到家時，軍機章京抄送上諭全文，才知道跟瞿鴻機一樣，被逐回籍。

但細想一想，便可發覺，袁世凱的情形與瞿鴻機大不相同。瞿鴻機的被逐，才眞是意外；而雖獲嚴譴，僅此而止。袁世凱被逐則可能只是被禍的開始，料想還有不測的後命。

『要趕緊想法子出國。』官拜農工商部左丞的袁克定說：『越快越好。』

袁世凱的次子克文，事事與長兄的意見相左，唯有這一點完全贊成：『是的，越快越好。預備到哪一國，趕緊找哪一國的公使去商量。』

『非英即美，不然德國也可以；日本絕不能去。』袁克定說：『還是英國吧！朱爾典跟老爺子的交情夠了。』

正在商量請甚麼人跟英國公使朱爾典去接頭時，袁世凱已經到家。神氣自然好得多了；一言不發地進了上房，開口問道：『太太呢？』

『娘到東交民巷洋行裡看首飾去了，已經派了人去接，也快到了！爸爸，』袁克定說：『禍起不測，非遠避不可。兒子們商量，不如到英國。』

『不！我不出國。』袁世凱回答得非常堅決。

於是袁克文使個眼色，跟袁克定跪了下來，其餘諸弟，亦都隨兄行動，黑壓壓跪了一地。

『嗐……』袁世凱是大不以爲然的神態：『你們懂甚麼？跟我爲難的人，都巴不得我出此下策。我一走，不就正好授人以柄嗎？再說，逃得了和尚逃不了廟，你們又怎麼辦？有我在，沒有人敢欺侮你們；我一走了，誰能替你們擔當？』

這一說，袁克定兄弟恍然大悟，『可是，』袁克文說：『總也不能不早早籌畫啊！』

『當然！』袁世凱說：『打電話到天津，把你們表叔請來。』

這是指的張鎮芳，現任長蘆鹽運使；袁世凱的私產都交給他經管，所以首先要找他來商量。其次要找的是民政部侍郎趙秉鈞。剛要開口吩咐，心中轉念；趙秉鈞得到消息，自然會來。此刻他必是多方設法在探聽何以有此突變的內幕，不宜佔他的工夫。因而決定甚麼人都不找，自己靜下來好好作個打算。

事實靜不下來的，那麼多姨太太，一個個泫然欲涕，需要他去慰撫；更要抽出工夫來，跟于夫人商量家務。他決定隻身出京，先應付了『奉旨即行』的規矩；至於眷口暫時不動，好在袁克定是現任的京官，再有慶王照應，可以放心。

這樣談到了下午，袁世凱忽然想起：『有哪些客來過？』他問長子。

『我拿門簿來請爸爸過目。』

於是叫門上將門簿取來；袁世凱翻開一看，倒有七八個名字，但都陌生得很；細看小註，才知是進京引見的府道之流，大概還不知道『袁大軍機』已經出事，循例來拜，都讓門上擋駕了。

唯一的一個熟客是『楊侍郎——楊士琦』；袁世凱便問：『楊大人甚麼時候來的？怎麼不進來通報。』

『楊大人沒有下車，投了帖就走了；說家裡有遠客，忙著要回去接待。』

袁世凱黯然無言，將門簿發回，揮揮手打發門上走了，才淒涼地說了一句：『人情冷暖。』

『連趙智庵都不來，亦未免太勢利了一點兒。』

『他會來的。』袁世凱說：『如果連他都不來，可眞是人心大變了。』

趙秉鈞果然來了，是黃昏時分，穿一身家常衣服，悄悄兒來的。袁世凱猜得不錯，他是去打聽內幕去了；載澤與鐵良合力相傾，才會有此突變。

『鐵寶臣的用意是想進軍機。』趙秉鈞說：『這可千萬不能讓他如願，否則氣燄更甚。王聘卿、段芝泉，他們都會讓他壓得抬不起頭。』

袁世凱點點頭，想了一下說道：『你悄悄兒去見慶王，請他密保那琴軒頂我的位子。』

『是！』趙秉鈞又問：『宮保預備甚麼時候出京？』

『你看呢？』

『越快越好！到了天津租界上就不要緊了。』

弦外有音，似乎還不容易自京城脫身；袁世凱表面不動聲色，暗中卻已定了主意。

等張鎮芳一到，閉門密談；決定到天津暫住，找楊士驤要幾萬現銀子，籌足了盤纏再作道理。談到深夜，張鎮芳回客房上床，袁世凱只找了袁克定來，告訴他說：『我明天一早，跟你表叔上天津，到了我會打電話回來；你等我走了，再把我的行蹤告訴你娘，跟你姨娘。』

袁克定知道事態嚴重了，便即問道：『要預備甚麼？』

『找一件舊棉袍。』袁世凱說：『一早去買一張三等票。』

『三等票？』袁克定怕是弄錯了，『一張？』

『不錯！一張三等票，我甚麼人都不帶。』

『這怕不妥吧？』

『沒有甚麼不妥。』袁世凱想了一下：『也罷，你找個穩當的人陪了我去。』

袁克定遵父命佈置，挑了個很老實的聽差，關照他一路小心：『別把老爺的身分露出來！也不必太恭敬，只當結的一個伴兒好了！』他叮囑又叮囑：『總之，千萬別胡說話！』

這夜袁世凱在書房裡檢點文件，通宵未眠；到得天色微明，飽餐一頓，照往常的規矩，十個白煮雞蛋，兩籠蛋糕，一大碗牛奶。吃完換上青布舊棉袍，戴上一頂黑氈帽，用一條舊圍巾，繞著脖子遮了半個臉，雙手往袖筒裡一縮，是個鄉下土老兒的樣子，誰也認不出來是曾煊赫一時的袁宮保。

於是悄悄出後門直赴車站，搭的是京奉路車。張鎮芳也在這列車上，不過他坐的是頭等；事先打了電話給北洋的老同事，郵傳部鐵路總局長梁士詒，交代京奉路局妥為招待，所以到了站由站長陪著上車，頗為招搖；目的是要吸引步軍統領衙門，及民政部的偵探的注意力，好讓袁世凱暗渡陳倉。

車到天津，張鎮芳在總站下車，袁世凱卻在老龍頭下車，帶著聽差出了車站，他指著一輛車廂上漆著英文的馬車說：『那是「利順德」的車子，你去招呼他過來！』

『利順德』是天津最大的一家西式旅館，專做洋人的買賣，偶爾也有中國的達官巨賈光顧；自備有接客的馬車。招待員一看聽差一身土氣，便問：『貴上是哪位？』

那聽差人雖老實，到底見過世面，說話很老練：『花錢住店，你就別問了！』他說：『你們那裡最好的套房，不是十六塊大洋一天嗎？你要怕我們住不起，先給一百兩銀子，存在你們櫃上，慢慢來再算好了。』

那招待員看他居然知道利順德套房十六元一天；又聽他是東北口音，心想關外的土財主很多，侍候得他滿意了，大把銀子賞人，慷慨得很。這樣的客人，得罪不得。

於是，趕緊陪笑說道：『你老哥在罵人了！請上來！請上來。』

把馬車圈了過來，聽差與招待員跳下來侍候袁世凱上車，然後一個坐車後的側座，一個跨轅，馬車直駛英租界利順德飯店。

等袁世凱一下車進了大廳，滿座側目；在櫃台裡面的經理，是個會說中國話的英國人，眼睛很尖，一下子就認出來了，急忙出來招呼。

『袁大人！』他深深一鞠躬；還待再說話時，袁世凱以手勢示意，攔住了他。

『有清靜的房間，替我找一個。』

『有，有！』

經理親自引路，將三樓面對公園那最好的一間套房給了袁世凱。安頓稍定，命聽差打電話到張家；得到的答覆是：『鹽運使已經到家；換了衣服，又上院見楊大人去了。』

『甚麼？』楊士驤大出意外，而且亦頗爲驚惶：『項城到天津來了！』

『是的。』張鎮芳答說：『跟我一班車，此刻住在利順德。』

『他是奉旨回籍的，怎麼可以溜到天津來？這件事，我擔不起責任，只有據實出奏。』

張鎮芳此刻的意外之感，亦不下於楊士驤之乍聞袁世凱到津。不過，他人很深沉，點點頭說：『我回去轉告項城就是。』說完，不等楊士驤端茶碗送客，先就作個揖，揚長而去。

到了利順德跟袁世凱見了面，自然將楊士驤的那幾句話，和盤托出。袁世凱一聽楞住了，頹然倒在椅上，好半天作聲不得。

『哼！』張鎮芳冷笑著說：『庚子年他還不過是通永台，升臬司，升贛藩，調直隸，升山東巡撫，再接北洋，哪一次不是你的力保？想不到今天是這副面目！』

『算了！』袁世凱又變得很深沉了：『不必跟他一般見識。』

『你是「宰相肚裡好撐船」，旁人可實在看不過去！』張鎮芳憤憤地說：『趕明兒個，我讓雲台把你五十賜壽，他送的那一堂壽序揀出來，送還給他，看他怎麼說？』

原來袁世凱這年八月裡五十整生日，奉懿旨賜壽；翰林出身的楊士驤，致送的壽序中，自稱『受業』，竟是拜門了。本來執贄宰相之門，原是唐宋舊制，但年輩上大致亦要去實際不遠；而況袁世凱雖爲軍機，究未入閣拜相。所以楊士驤此舉，頗致譏評；哪知當初稱『受業』，如今摒師而不納，炎涼之間，未免令人不寒而慄，所以張鎮芳如此憤慨。

『不必再提他了。』袁世凱說：『且說眼前，大有進退失據之勢；你看怎麼辦？』

『且住兩天再說。我找王竹林去想法子，總要弄個幾十吊銀子，才能回得了河南。』

一語未完，電話鈴響；張鎮芳一拿起話筒，只聽接線生說：『京裡趙侍郎，要請袁大人說話。』

『你等等！』張鎮芳拿手掩住話筒，對袁世凱說：『趙智庵！』

『我接。』

接話通名；只聽趙秉鈞說：『張中堂找了我去，說應該進宮謝恩……』

『啊！』袁世凱被提醒了，不由得失聲而呼。

對方停了一下又說：『今天回京，明天一早遞摺子，還來得及。』

『好！』袁世凱答說：『你先請張仲仁替我預備謝恩的摺子，回頭我再給你電話。』

『趙智庵怎麼說？』張鎮芳問說。

『南皮的意思，我應該進宮謝恩。』袁世凱說，『我這麼一走，是顯得太匆促了一點。如今既是趙智庵這麼說，大概別無舉動，我可以放心回去了。』

『怎麼個去法？我看悄悄兒來，只有悄悄兒去，仍舊是我陪你回京吧！』

『也好！甚麼人都不必驚動了。』

於是張鎭芳託利順德的洋經理代定兩張京奉車頭等票；又打了電話給趙秉鈞，告知車次，請他派妥當的人來接，但他本人不必來，免得惹人注目。然後又通知了袁克定。諸事皆畢，張鎭芳陪袁世凱回家吃飯；正要出門，侍役叩門來報：有客來拜。

這位不速之客是楊士驤的長子，啣父之命，特來慰問。袁世凱是極善於作僞的人，心裡冷笑，臉上卻是一團春風，口口聲聲『世兄勞步』；周旋了好一會，送客出門，堅持送到樓梯口，方始殷殷作別。

越是如此，楊士驤越覺不安；到得這天末班京奉車過天津赴京，鐵路局電話報告：『袁大臣跟張鹽運使已同車回京。』更爲失悔。袁世凱獲譴，並不如想像中那麼嚴重，否則不敢已脫虎口，又投羅網。早知如此，何不敷衍一番？

到京已經十一點多鐘，趙秉鈞所派的人，跟袁克定都在車站迎接。正陽門還關著；袁世凱不准去叫城，在站長室休息了好一會，到得十二點開城門，『倒趕城』而入。

就這一天之別，妻兒相見，已有隔世之感。夜深人靜，袁家父子倆加上一個張鎭芳，重新商議善後。在這一天之中，袁克定已見了好些人，探聽到好些內幕，袁世凱比較能放心了。

『慶王總算很夠交情，特爲派了振貝子來，說已照你老人家的意思，保那相進軍機。下午已經有明發了……』

『那麼，』袁世凱打斷他長子的話問：『你去道賀了沒有？』

『去了。我帶著爸爸的名帖去的。金魚胡同，賀客盈門，我不便久留，請過安要走，那相把我拉到一邊說：「請你回去，跟你老人家說，放心！回河南玩個幾個月，我跟慶王一定有辦法。」又說：「鐵寶臣想攬權的心也太切了，遲早會栽跟斗。」』

『到底是不是鐵寶臣在搗鬼呢？』張鎮芳插進來問。

『是的！確鑿無疑。不過，關鍵是在澤公身上。有人說，澤公那裡最好疏通一下子。不知道爸爸的意思怎麼樣？』

『何必自取其辱？』袁世凱說：『盛杏蓀蓄心已久，如今將澤公包圍得水洩不通，怎麼疏通法？有這個錢塞狗洞，倒不如在北府下工夫。』

『是啊！』袁克定很興奮地說：『聽說攝政王回府，福晉很埋怨了他一頓，說袁某人是老爺子看重的人；老佛爺在世也常說，庚子年虧得還有像袁某人那種心地明白的人，否則大局不堪涉想。攝政王說，他亦不是存心要跟袁某人爲難，只爲隆裕太后話中帶著要挾，不能不遷就而已。』

『要挾？』張鎮芳不解地問：『要挾甚麼？』

『那還不容易明白？』袁世凱說：『大行皇帝恨的第一個是我；第二個就是榮文忠。如果不拿我犧牲，就得翻榮文忠的老帳。』

『這也沒有好翻的！她要翻老帳，人家還要翻她的新帳呢？』張鎮芳突然問道：『天津有個說法，不知道京裡聽到了沒有？』

『說哪件事？』

『皇上駕崩啊！據說皇上肚子疼得不得了，就是中了毒！一死下來，臉色難看得很；皇后平時不到瀛臺的，那會兒忽然鳳駕蒞止，讓瑾妃退了出去，一直守到皇上嚥氣入殮，連老太后病重都顧不得去侍候。爲的甚麼！爲的是有皇后在，甚麼人都不能走過去，揭開蓋在大行皇帝臉上的絲棉看一看遺容。』

『這話倒也有道理。』袁世凱問：『是誰說的？』

『聽說是肅王府裡的人傳出來的，大概假不了！』

這一打岔把話扯遠了。袁世凱想了一下說：『此刻也無法細細打算，唯有抓住幾個要點。』他看著袁克定叮囑：『你記好了！』

『是！』

『第一、務必保存實力，趙智庵我想是保不住，你告訴他，逆來順受，要能守得住。第二、慶王一定要能撐得住；四格格當年既能把慈禧太后敷衍得很好，如今何不也去敷衍、敷衍隆裕太后。』

『是的。』張鎮芳插嘴：『這一著棋很要緊；外面再敷衍好了小德張，就可以把澤公抵銷掉。』

『不錯！總以削弱澤公的勢力爲第一要著。還有，』袁世凱略略提高了聲音：『鐵寶臣一定會跟良賚臣爭權；良賚臣是濤貝勒所賞識的，這中間就大有利用的餘地了！你告訴振貝子，請慶王好好兒琢磨一下。』

袁世凱的意思是很明白的，鐵良跟良弼爭權，便等於跟載濤爭權。支持載濤，再利用載濤在攝政王面前進言，就不難打倒鐵良，削弱了載澤的勢力。

這父子中表的一夕之談，大致定下了交通宮闈、維持舊盟、孤立載澤、抵制鐵良，以及俟機打倒新仇舊怨，勢成不解的盛宣懷的策略。

謝恩應趨宮門，但當然是不會召見的。袁世凱這由天津去而復回的一段祕密，知道的人很不少，對他的『盛名』自然有損。一般的清議，多喜拿他這一次的遭遇，與翁同龢、瞿鴻禨的被逐，相提並論。翁瞿都是在最紅的當兒，一頭從九霄雲上栽下來，所予人的意外之感，以及身受者的打擊，都比他此番奉旨回籍養痾，要重得多；但無不寵辱不驚，從容以處，眞彷彿如孟子所說的，胸中有一團浩然之氣。相形之下，見得讀書人的尊貴；就算他們是矯情鎭物，也是涵養功深，遠非袁世凱所及。

不過，這一番張皇，亦有收穫；至少可以證明，大權在握的載灃不爲已甚，不但性命可保，甚至也不會像翁同龢那樣，已經被逐，復有交地方官編管的嚴譴。因此，見風使舵慣了的一班人，覺得稍稍親近，亦自不妨；錫拉胡同的袁宅，固不可復見臣門如市的盛況，卻不似奉嚴旨那天那樣的淒涼了。

計畫當然改變了，袁克定留京供職；袁克文奉父侍母，全眷回河南。來話別的人，絡繹不絕；最使得袁世凱感動的，自然是張之洞。

大開中門，迎到廳上，請張之洞升了匟，袁世凱命長子率領諸弟，一字排開，磕下頭去。口不言謝，而意在叩謝張之洞保全的深恩，是很顯然的。

『不敢當，不敢當！』張之洞欠身虛扶一扶，等袁家弟兄站起身來，他只跟袁克文說話：『豹岑近來看的甚麼書啊?』

袁克文絕頂聰明而學無專長，最近在看吳大澂、葉昌熾爲潘祖蔭捉刀的、有關碑帖的著作；知道張之洞很討厭這些玩藝，所以答說：『在讀杜詩！』

『你是第幾遍讀?』

『第三遍。』

『不夠，不夠!』

於是張之洞由杜詩談到『盛唐』、『晚唐』；再由唐詩談到宋詞，滔滔不絕，一談便是半個鐘頭，不容人張嘴。好不容易才讓袁世凱插進一句話去：『中堂就請在舍間便飯。』

『不，不!』張之洞說：『琴軒約了我談事，我該去了。』

『中堂這麼說，我可不敢再留。』袁世凱說：『如果是前幾天，我把那中堂請了來，也是一樣。』

『如果是前幾天，我就拉你一起去擾琴軒了。』張之洞面現悽惶：『慰庭，你這一走，就該輪到我了。』

『那是絕不會有的事。中堂四朝老臣，又蒙孝欽顯皇后特達之知，國家柱石，攝政王極敬重中堂的；聽說曾跟中堂虛心請教，如何批摺，足見是以師禮待中堂。』

『我請攝政王多看看「雍正硃批諭旨」。』張之洞欲言又止地，終於搖搖頭說：『「南人不相宋家傳」，南人亦可哀也已!』說完，踱著方步往外走。

袁世凱帶著他的兒子送到停在廳前的轎子邊，看他上轎抬走，方始轉回身來，一面走，一面問：『南皮剛才唸的那句詩，我沒有聽清楚。』

『「南人不相宋家傳」。』袁克文答說：『彷彿是南皮自己做的一首詩。』

『你倒找來我看看。』袁世凱說：『何以南人可哀。』

雖說全眷回籍，其實還是袁世凱先走，家眷隨後出京。因爲奉旨回籍，向例只比充軍稍微寬一點。充軍是旨下即行，出城找個地方暫住，再備行裝；奉旨回籍雖不必這樣急如星火，但亦未便多作逗留。

路局援瞿鴻禨之例，爲袁世凱掛了花車；可是送行的場面，卻不能相比。瞿鴻禨有一班翰林、御史的門生，捧老師的場；朝官亦知他的被逐回籍，只是一時不自檢點，驟失簾眷，被禍到此爲止，絕不會有何株連，且很可能還有復起之日，不妨留個將來京華重見的餘地，所以亦都衣冠送行。

而袁世凱不同。私宅致意，還不甚要緊；公然車站送行，顧慮甚多——亦因爲袁世凱的仇人太多。因此上車之時，情景淒涼，除了家人至戚之外，只得兩個僚友送行。

一個是學部侍郎嚴修。他在北洋爲袁世凱專管學務，由此而得循資晉升爲學部侍郎。就私誼而論，對袁世凱自不無知己之感，所以前幾天特爲袁世凱打抱不平，抗疏相爭，說『進退大臣，應請明示功罪，不宜輕加斥棄。』其功當然不必再談；其罪又何可明言？攝政王看得這個摺子，唯有把它『淹』了。而嚴修因其言不用，且有兔死狐悲之感，已在考慮告病辭官。

另一個是楊度，現在以四品京堂派在憲政編查館行走；九年立憲，細列按年應辦事項的『清單』，就出自他的手筆。此人如在戰國，早已肘懸斗大金印；無奈他得識袁世凱時，已無開府北洋的風光。不過以他策士的眼光來看，可成大事者，始終只有一個袁世凱。

這天特地來送行，一則有傾心結交之意，再則亦有自高聲價的作用，『世人皆欲殺，我意獨憐才。』他之來送袁世凱，若能予人以這樣的印象，便是絕大的收穫。

嚴修一上了花車就表示，要送到保定；楊度自然追陪。袁世凱卻大為不安，『兩位厚愛，我自然感激。不過流言甚多，連我都被中傷了。』他很懇切地說：『兩位請吧！』

『聚久別速，後會又不知在甚麼時候，趁此機會，多談一談！』

『別自有說，禍不足懼！』楊度接著嚴修的話說。

袁世凱知道他『別自有說』；由於梁啓超在善耆面前很下了工夫，所以立憲派的中堅分子，不管是到京請願，或者著書立說，都在暗中很得善耆的照應。所以他敢大言：『禍不足懼！』

然而自己不也是立憲派嗎？襄贊其事，很出了些力，也發生了很重要的作用；而善耆受了康梁的影響，處處跟自己作對。同樣是立憲派，何可有兩種絕然不同的待遇？

袁世凱由這一點聯想到大行皇帝的哀詔初頒時，康有為竟發通電，指他『弒君』，益覺不平。於是徐徐說道：『立憲的呼聲，高唱入雲，這是千秋萬世的一件大事，我袁某人幸參末議，對歷史是交代得過的。我之被禍，未嘗不由改革官制，設憲政編查館而來；不過清夜捫心，也有值得安慰的地方。張四先生跟我交誼不終，通國皆知；而自朝廷宣佈立憲，他寫信給我，說「昔日之窺公，固不足盡公之量」。二十年不解的誤會，一旦渙然，實在是我平生的快事！』

這是指張謇與他絕交廿年而復交一事；袁世凱得意之情，溢於詞色。臨歧話別，而有此豪情快語，自然使人高興；楊度不由得從馬褂插袋中，掏出一扁瓶的白蘭地，以蓋作杯，快浮一白。

『不過，如今談立憲，亦猶如三十年前談洋務，太時髦了！是故立憲派亦有眞、有假。』袁世凱拍著楊度的手背說：『皙子是五大臣的幕後英雄，可稱憲政的保母，自然是眞立憲派。我看康梁就不見得了。』

『康梁師弟，似乎應有所區分。』嚴修說道：『如混爲一談，稍欠公道。』

『誠然，誠然！』袁世凱很快地說；然後轉臉問道：『有個叫胡衍鴻的革命黨，皙子，你熟不熟？』

『怎麼不熟？他是廣東人，一名漢民，字展堂。筆下很來得，我們在東京常有往還的。』

『好！』袁世凱略一躊躇又說：『我是開了缺的，不在其位，不妨談談。三年前有人拿了一份《民報》給我看，其中有一篇文章，我還記得題目叫作〈記戊戌庚子死事諸人紀念會中廣東某君之演記〉，這「廣東某君」據說就是胡衍鴻。其中記戊戌那年的內幕，頗得實情。』

這一說，嚴修跟楊度都大感興趣；因爲天下皆知，戊戌政變由袁世凱告密而起，如今由當事人親口道來，自非道聽途說可比，所以都凝神靜聽。

『這胡衍鴻，我很佩服他！他說康有爲一變再變，自欺欺人，一點不錯。康有爲前後有「五個退化」。』

所謂『五個退化』是胡衍鴻的批評：『康有爲初時，說要創一個大教。他見中國用孔子教，幾千年人心晦塞，民氣奄弱；他說弟子之不肖，未必因爲師傅之不良；孔子的教，非不大純，現時中國卻用不著，必得大加改良，兼取一切佛、老、耶、回諸教的精義，融造參合起來，做一新教。平心論之，康有爲此時志氣眞是不可及的。』

『他自號「長素」，爭長素王；話雖狂妄，志氣之高確不可及。』嚴修問：『「退化」何說？』

照胡衍鴻的說法，康有爲由監生中了舉人，『打動凡心』，不做教主要做政治家，在志氣上是退化了一級。不過他講民主，也講民族，說過『保中國不保大清』的話，亦未足爲非。及至由舉人中了進士，去民遠而去官近，大談立憲；這立憲自然是君主立憲，無形中變成『保大清』，志氣上又退化了一級。

到得上書言事，『屢蒙召見』，康有爲論調又一變，『竟反背前日的話，以爲實在連議院也可以不必開，憲法也可不定，有這般的好皇上，但求講變法夠了！』這樣，志氣上豈非又退一級？

戊戌政變後，康有爲自稱奉有衣帶詔，『命他起兵勤王；結果變作保皇。』胡衍鴻的詞鋒很銳利，他說：『勤王、保皇本應該沒有分別，然而解釋起來卻很可笑。勤王是要起兵保駕入清君側，皇上既然岌岌可危，說著勤王就該馬上去做，若是皇上沒有危險，也不必去勤他。』

接著，胡衍鴻又說：『保皇卻不然，不必興兵動眾，只需集些錢財，不論何時何地，皇上沒有危難，我也可以保他；皇上就有危難，我也是這樣保他；皇上坐在北京，我坐在這裡，天涯地角，兩不相謀，也是一樣保法。康有爲變到這個主義，要算他目前歸宿所在，卻比起說勤王的時節，又是第五級退化了！』

談到這裡，袁世凱停了下來，啜口茶閒閒地問楊度：『晳子，你在東京見過「康聖人」所奉的「衣帶詔」沒有？』

『多少人想見都見不到。我不相信有此一詔！』楊度答說：『康門高弟，亦頗不以此舉爲然。』

『康門高弟』自是指梁啓超。袁世凱不知道楊度所說的『此舉』，包括康有爲藉『衣帶詔』斂財在內；只以爲楊度是替梁啓超辯白，不以康有爲自稱奉有衣帶詔爲然。這一來，話就有點接不下去了。

到這時，賓主三人才覺得輪聲震耳，不由得都轉眼外望，風捲黃沙，昏濛蕭瑟，令人有一種鬱悶難舒的感覺，不如不看。

於是不約而同地收攏了視線，仍舊由袁世凱接著楊度的話說：『康有爲這「五個退化」之中，變法一說，倒是無意中搔著了癢處，連張南皮在內，都忍不住動心。翁師傅器量狹一點，不過想致君於堯舜之忱的忠愛之心，是萬無可疑的；大概他對康有爲的論調，也覺得不失爲救時的良策。不過，翁張兩公，都是讀通了書而不免天眞的人；以爲王安石的變法不錯，錯在用非其人；鑒往知今，康有爲之言可用，康有爲其人不可用！所以，說翁張兩公曾薦過康有爲，是康梁一黨造作出來，自抬身價的話，其實是不會有的事，不過，既賞其言，不免要談到其人；大行皇帝自然不會了解「師傅」的苦心，貿然傳旨召見康有爲，翁師傅總不能說：康某心術不正，不宜召見。只好支吾其詞，以致惹得大行皇帝對師傅有了意見。否則，以大行對翁師傅之親密，當時只要出死力爭一爭，孝欽顯皇后難道就不念兩朝帝師的舊情？』

嚴修一面聽，一面不斷點頭；聽完說道：『宮保此論，精闢之至。說翁師傅曾舉薦康有爲，我亦不信；翁師傅很想有魄力，實無魄力，就算眞的賞識康有爲，亦沒有膽量去薦他。』

『再說，』楊度接口：『翁師傅豈不知康有爲有野心；就不忌他？』

『康有爲如果得志，自然要爬到翁師傅頭上。此人名心甚熾，利心亦不淡，只要看他用「衣帶詔」行騙就可知道。』袁世凱緊接著說：『不但衣帶詔無其事，就是所謂「兩奉密詔」亦不盡不實；第一道硃諭是給四京卿的，與康有爲無干。而且到底有沒有這道硃諭，亦是疑問。』

談到這裡，是個叩問戊戌政變眞相的好時機；楊度不肯錯過機會，且乘勢問道：『怎麼，不是說譚復生去訪宮保時，曾經出示硃諭嗎？』

『不是！』袁世凱想了一下說：『這一重公案，我受謗已久，不妨談一談當時的眞相。』

據袁世凱說，戊戌年七月底，他奉召進京後，八月初一召見，即有上諭以侍郎候補，專責練兵；八月初三晚上，譚嗣同訪袁世凱於海淀旅寓，要求他殺榮祿並派兵包圍頤和園。出示的硃諭，乃是墨筆所書，大意是說：『朕銳意變法，諸老臣均不甚順手，如操之太急，又恐慈聖不悅，飭楊銳等另議良法。』

於是袁世凱表示，既非硃諭，亦無圍頤和園、殺榮祿之說。譚嗣同說：『硃諭在林旭手中，此爲楊銳所過錄。』袁世凱認爲變法宜順輿情，未可操切。而譚嗣同則頗爲激動，以爲自古非流血不能變法，需殺盡老朽，方可辦事。當夜無結果而散。

八月初五，再次召見，袁世凱陳奏，變法尤在得人，需老成持重者襄贊主持，並曾推薦張之洞。皇帝頗爲動容。

『兩位請想：康有爲叫譚嗣同來勸我造反，而且這樣子造反，絕無成功的可能，只會害死皇上，我能聽他的嗎？所以一回天津，我就跟榮文忠密談，榮文忠從座位上站起來說：「我已奉懿旨進京，這個位子就歸你了。」原來楊莘伯早我先到天津，已經跟榮文忠都商量好了。我想，照此光景，皇上是已經讓康有爲害了，無端拿我去蹚了一趟渾水，眞是從何說起？事到如今，我只有表明心跡，我說：「今日之事，皇上的處境很危險。如果皇上有甚麼，我難逃嫌疑，唯有一死而已！」榮文忠拍拍胸說：「皇上決計無他。其餘臣子，可就保不定了。」這幾年頗有人不諒於我；兩位請爲我設身處地想一想，這件事我除了告訴榮文忠以外，還有第二個辦法沒有？』

照他的說法，自然無瑕疵可摘。不過傳說當八月初五召見袁世凱時，皇上曾寫給他一道硃諭；這一點他略而不提，即成疑問。只是嚴、楊二人都不便追問下去了。

『我這次禍起不測，看透了炎涼世態，回到河南，很想在蘇門山中，築室歸隱。不過，世味雖淡，到底也有忘不了的事，亦可說是一種極大安慰；即如兩公的高誼，就刻骨銘心，沒齒不忘的。』

『言重，言重！』嚴修跟楊度不約而同地說。

『還有南皮，我受了他的大德，不知何以爲報。自兩宮升遐以來，不過短短五十天工夫，南皮已經傷透心了！我眞擔心，不知此別還能重見與否？』說著，袁世凱的眼圈發紅，眞的動了生離死別的哀感。

楊度卻很注意他『傷透了心』這句話，便即問道：『莫非南皮亦大受排擠？』

『排擠雖不見得，但其言不用，而且處處走絕路的樣子，南皮如何不傷心？』袁世凱探手入懷，取出一張紙攤開來，放在桌上，『兩位看，有詩爲證。』

詩是一首七絕，題目叫作〈讀宋史〉；『南人不相宋家傳，自詡津橋驚杜鵑；辛苦李虞文陸輩，追隨寒日到虞淵。』第三句四個姓下面有小字註明名字：李綱、虞允文、文天祥、陸秀夫。

『好詩！』楊度讚歎著：『由宋太祖貫穿到祥興帝，還提到南渡；二十八字，一部宋史。南皮眞是一大作手，七絕更是唯我獨尊。』

嚴修卻不作聲端然肅坐，面色凝重異常——張之洞已經預見到大清朝的氣數將終；嚴修的感覺中，不由得浮起亡國之哀。

『南人不相，而李虞文陸，皆爲南人；辛苦追隨，所爲何來？』楊度又發議論：『若謂借他人杯酒，澆自家塊壘，南皮牢騷滿腹，固是就詩論詩的看法；然而與其謂之爲牢騷，倒不如說他有深憂，唯恐爲文陸。以南皮的生平而言，自然是想做虞允文，無奈處今之勢，大清朝欲爲南宋而不可得；果然日暮途窮，恐怕亦只能做文天祥、陸秀夫，而實爲南皮所萬不甘心者！』

袁世凱只知道虞允文是四川人，曾在采石磯大破金兵；卻不知道虞允文出將入相二十年，又曾持節開府，置『翹材館』延四方賢士，平生汲引的人材甚多，恰與張之洞的志趣相類。

嚴修當然深知，覺得楊度說張之洞不甘爲文陸，想做虞允文，頗能道著張之洞的心事，不由得深深點頭：『晳子此論極精！』

楊度自不免得意，又喝了一大口酒；看著嚴修問道：『範公如果生在宋朝末年，到得日落虞淵，何以自處？』

雖是假設，嚴修卻很認眞；面容莊肅地想了一會答說：『我自知弗能爲文陸。能如王伯厚，於願足矣！』

因爲這是『言志』，袁世凱當然也很注意，便即問道：『王伯厚何許人？』

『就是作《困學紀聞》的王應麟。』楊度答說。

『淳祐元年策士集英殿，理宗想拿第七卷拔置第一，問應麟的意見；應麟讀了卷子說：「此卷古誼如龜鑒，忠肝如鐵石，臣敢爲得士賀。」及至拆彌封，正是文文山。度宗朝王應麟當禮部尙書，上疏不報，辭官回鄉，很著了些書。大概死在元成宗的時候。』

明瞭了王應麟的生平，也就知道了嚴修的想法，清朝如亡，他不想做殉節的忠臣；但也不會出山做官，歸隱故里，著述爲業。以嚴修的學行看，能如王應麟也正是他的最好安排。其言篤實，袁世凱不由得讚一句：『範孫眞是君子人！』

這時楊度已有幾分酒意，談興益豪，便向袁世凱說道：『宮保如何？其實宮保很夠虞允文的資格；將來也許還有用武之地。』

袁世凱想了一下，很謹愼地回答：『我不指望有那一天！如果要我做虞允文，必是只剩下半壁江山了！』

『我看落日虞淵是近了！照目前親貴排滿、滿人排漢的情形看來，能不能拖到九年憲政實現之日，大成疑問。萬一不幸而言中，宮保，恐怕不容你嘯傲蘇門。請問，那時不做虞允文又做甚麼人？』

被酒的楊度，頗有咄咄逼人的意味；袁世凱史事不熟，不知道有甚麼人可以自況，只好微笑不答。

『其實，宮保，我在想，如果把宋朝倒過頭來，倒有個人很可以取法。』

『誰啊？』

『趙匡胤！』

此言一出，袁世凱大吃一驚，急忙搖著手說：『晳子醉了，晳子醉了！』

嚴修冷眼旁觀，心裡爲那班少年親貴在悲哀！楊度已在想做趙普，要奪他『孤兒寡婦』的江山了；『載』字輩的那些王公，還當自己是生在雍正、乾隆年間。豈非天下至愚之人？

『開飯吧！』袁世凱生怕楊度再發狂言，落入嚴修耳中，諸多不便，所以設法打岔，沒話找話地說：『旅途之中，簡慢之至。』

『不必客氣。』嚴修說了這一句，告個方便，由聽差領著到車廂一端去如廁。

『晳子，你沒有醉吧？』袁世凱惴惴然地問。

『宮保怕我喝醉，我就不喝。』楊度將瓶塞使勁一拍，藏酒入懷。

這證明他神智非常清楚；袁世凱便即低聲說道：『晳子，我很失悔，在京裡的時候，應該常常向你請教。從今以後，務請勿棄；我打算讓大小兒給老兄遞個門生帖子。』

『萬萬不可！』楊度受寵若驚，亂搖著雙手，『萬萬當不起！』

袁世凱很想逼楊度說一句，跟袁克定換帖稱兄道弟的話；只是楊度不喜歡這一套，根本沒有想到。袁世凱無奈，只好拱拱手說：『我總覺得大小兒該跟老兄學習的地方，太多太多。回京以後，務必多指點指點大小兒！』說著，從腰間解下一方漢玉剛卯，遞給楊度：『臨歧無以爲贈，聊且將意。晳子，交同金玉之堅！』

『宮保這麼說，楊度不敢不領；亦不敢言謝！』他用雙手將那方漢玉接了過來，隨即繫在腰帶上。

袁世凱離京不久，民政部侍郎趙秉鈞免職，這是意料中事；封印以後，監察御史謝遠涵參劾郵傳部尚書陳璧，也是意料中事。

這個摺子參得很兇。案由是『虛糜國帑，徇私納賄』，文內條舉劣跡，有訂借洋款，祕密分潤；開設糧行，公行賄賂等等。當然也牽涉到已有『五路財神』之稱的梁士詒。不過，他不甚擔心；因爲要講辦鐵路設營私舞弊，盛宣懷的把柄都在他手裡。同時，他全力交涉，從比國收回京漢路的路權，朝廷雖無一字之褒，可是連載澤亦不能不承認他此舉有功於國；盛宣懷想借此機會攻掉他，在他看來，未必能夠如願。

類此參案，自然是派大員查辦；一個是德高望重的孫家鼐，再一個是那桐。孫家鼐已經不大管事，主持查案的是那桐，而那桐只要有人送錢上門，不管來路如何，他都敢收，自喻爲『失節的寡婦』，『偷漢子』已經不在乎了。因此，梁士詒益發不愁；把他手下的大將關冕鈞、關賡麟、葉恭綽找了來，有一番話交代。

『兩宮升遐，八音遏密，年下沒有甚麼好玩兒的地方；不如請同事們加加班，額外另送津貼。一方面幫了公家的忙，一方面既省了年下的花費，另外又有收入，是個難得積錢的機會，勸大家不妨買點鐵路股票。』

兩關一葉，如言照辦；所以郵傳部鐵路這一部門的收支帳目，不待欽差派員來查，就已經整理得清清楚楚了。

到了除夕那天，由於國喪未滿百日，梓宮暫安在宮內，因而平時肩摩轂擊的大柵欄、笙歌嗷嘈的八大胡同，清靜異常。至於貼春聯、放爆竹，最能渲染年味的那些花樣，自亦一概不許。九城寂寂，近乎淒涼了。

然而關起門來，闔家團聚，又是一番景象。金魚胡同那宅，來辭歲的絡繹不絕；到得黃昏，關照門上，再有來客，一律擋駕——那桐另有一班客要請。

這班客在名士筆下，稱爲『小友』，全是戲班子裡的名伶，又以旦角居多。那桐把他們邀了來，不是爲了串戲或者清唱，只以一遇國喪，戲班子立刻就得輟演，伶人生計，大受威脅。那桐借吃年飯爲名，請來相熟的一班『小友』，大散壓歲錢。當然，名氣有高下，交情有深淺，紅包也就有大小，從四百兩到四十兩不等；跟包一律四兩銀子一個。

到得十點多鐘，這班『小友』散了一大半，但留下來的還有七八個；正在客廳中纏著那桐，要他以維持市面爲名，設法破例開禁，准戲班子提早開鑼時，門上來報：『郵傳部梁大人來了！』

已關照了有客一律擋駕，門下居然敢違命通報，自然是已得了一個大大的門包之故。那桐在這上面最精明不過，也最厚道不過，爲了讓門上能心安理得地受那個門包，便點點頭說：『請進來！』

『大年三十，財神駕到！』王瑤卿笑道：『中堂明年的流年，一定是好的。』

『對了！』那桐被提醒了似地，『財神來了，你們可別錯過機會！回頭好好放眼光出來。』

在一旁侍候的聽差，聽這一說，隨即悄悄地去準備。這樣的場合，自然不是推牌九，就是搖攤；便搭好桌子，增添燈火，備好兩副賭具待命。

這時梁士詒已經到了廳上，布袍布鞋，手上拿個木盒；一見有這些名伶在座，似乎頗感意外，但仍從容不迫地向主人致了禮，也跟大家都招呼過了，方始將那個木盒子揚一揚說道：『得了一盒德皇御用的雪茄，特地給中堂帶了來，留著待客。』

他既不說打開來嘗嘗，也未親手奉上主人，卻將這盒封緘甚固的名貴雪茄，順手遞了給那宅的聽差；這一來，那桐當然懂了。

『我不抽這玩意兒，洵貝勒最愛好雪茄。』那桐吩咐聽差，『你好好收在我書房裡，我要送人的。』

『是！』聽差奉命唯謹地，捧著那盒雪茄，往裡而去。

『今年這個年，可是省事多了。』那桐指著那班伶人說：『就苦了他們。』

『這可是沒法子的事，不過有中堂在，他們也苦不到哪裡去。』

『中堂不如財神！燕孫，』那桐笑道：『你來放賑吧！』

『這，』梁士詒做出稍有畏縮的樣子，『不要緊吧？』

『在那中堂府上，怕甚麼？』說著，王瑤卿便來拉梁士詒。

那桐與梁士詒都到了小客廳裡，就一張紅木桌子面對面坐下；做主人的說：『自然財神做上風，玩甚麼？』

『請中堂吩咐。反正不能打麻雀。』

『你們看呢？』那桐看著左右問：『要不要梁大人作番攤給你們打？』

『搖攤得要有人開配。』唱小生的程繼先說：『番攤數棋子兒更麻煩，倒還不如一翻兩瞪眼的牌九爲妙。』

『好吧！就是牌九。』梁士詒說：『請把籌碼遞給我。』

那宅的籌碼很講究。他處的籌碼，都是長條的牙籌，唯獨他家的象牙籌碼，圓如洋錢，中間打個洞，可以貫穿在銅籤子上；邊緣鏤出迴文的壽字，填以彩色，金色的最貴，五百兩一個，依次是紅色一百，黃色五十，綠色十兩。梁士詒理齊了四疊籌碼在桌上，餘下的交給主人保管。

『來！每位一個。』他拿起八個金色籌碼，往外一撇。

『來吧！別客氣。』那桐做『散財童子』，將籌碼一個一個塞到『小友』手裡。

『還有六千銀子，』梁士詒指著籌碼說：『讓你們贏淨了爲止。』

『聽見了沒有？』那桐將籌碼交給王瑤卿：『歸你管庫，你可仔細，兒啊、找啊的，別弄錯了。』

於是梁士詒捲起衣袖推莊，手氣平穩；玩了有個把鐘頭，突然手氣轉壞，連賠了三把，只剩下兩千銀子。而下風卻越賭越潑，金色籌碼都出現在賭注上了。

『慢點！莊家只有兩千銀子。』那桐說道：『我看是多了，而且多得還不少。』

『中堂何不在我身上賭一注？』梁士詒看著那桐說：『風險有限！』

『好！我在你身上賭一注。』那桐將自己的賭注收回；成了莊家的臨時股東。

打骰子分牌，上門兩點，天門八點，下門么四配人牌，紅通通一片，卻只得三點；有人就說：『「單雙」的牌，凶多吉少了！』

梁士詒將兩張牌扣著用中指一摸，大聲說道：『統配！』

說著將牌移向那桐；他也摸了一下，一張地牌，一張么丁，果然是『單雙』吃上下門的牌。這兩張牌當然不必給人看，隨手一攪糊，結帳賠了一千多銀子。

『中堂在我身上賭輸了一記！』說著，梁士詒取了一張一萬銀子的銀票，遞給王瑤卿。

『風險有限。』那桐答說。

等客人辭去，那桐親自到書房去打開那盒『德皇御用』的雪茄，裡面有張『存條』——梁士詒已在那桐匯豐銀行的戶頭中，存入五萬銀子了。

宣統元年正月十六，孫家鼐、那桐奏覆謝遠涵參劾陳璧一案，洋洋五千言之多，結論是：『該尚書陳璧才氣素優，勇於任事，甚有能名；惟德不勝才，往往失之操切，輿情不洽，聲名頓減，遂致謗議叢生。此次所參贓私各節，或未免人言之過，然濫費公帑，濫用私人，檢查該署官冊，皆所難免。徇情見好，殊愧公忠；職守有虧，實難辭咎。』奉旨交部嚴加議處，終於革職。而謝遠涵所指責的梁士詒、葉恭綽、關冕鈞、關賡麟，盡皆安然無事。

其時東三省總督徐世昌，自知『袁黨』的色彩太重，而又以奏摺繕寫有瑕疵的細故，傳旨申飭；見微知著，託病奏請開缺。奕劻知道他不能安於外任，而少年親貴也不放心他膺邊疆重寄；正好郵傳部尚書出缺，便保他繼任，調雲貴總督錫良爲東三省總督。

這一來，另一個『袁黨』楊士驤，更爲恐慌；喝酒打牌時，常會突如其來地說：『我楊老四可不是袁黨！』但旁人不是這麼看法；覺得楊士驤恃袁世凱爲奧援，冰山既倒，怕他何來？直隸有看不下去的事，儘不妨攻擊。

於是有個給事中高潤生，對直隸百姓無不痛恨的津浦路北段總辦李德順發難，狠狠參了一本。當然牽涉到津浦路的督辦大臣呂海寰，而暗中所攻的卻是楊士驤。因爲李德順的差使，是出於楊士驤所保薦，兩人的關係非常密切，楊士驤之有今日，可說一半是靠袁世凱，一半靠李德順。

李德順是廣東人，出身微賤，卻娶了個德國女人爲妻，一向在青島一帶廝混。庚子以後，楊士驤飛黃騰達，兩年工夫由直隸候補道做到署理山東巡撫，自分『官居極品』，不但難望更上層樓，巡撫能夠眞除，已非易事，哪知官符如火，由於李德順的投效，竟又開了一番新的局面。

原來其時朝廷很注重對德的外交，而山東是德國的勢力範圍，所以楊士驤做山東巡撫，第一件大事即是將德國人敷衍好。李德順便替楊士驤策畫，暗中以光緒廿四年爲膠州灣事件所訂條約中，許予德國而未履行的利益，如採礦權等等，確定讓予德國；而表面談判撤兵的條件，只是以二十八萬銀元買回德軍所蓋的營房。朝廷認爲楊士驤善辦外交，大爲激賞。

同時，李德順又常陪著楊士驤到青島，跟德國駐華的官員敦睦友誼。此外，凡可以取悅德國的花樣，無不想到做到。因此德國的報紙，常常恭維楊士驤；而德國的公使、領事，只要有機會，亦無不大讚楊士驤。由是之故，袁世凱內召，保楊繼任，才得一奏即准。

李德順本來是北洋洋務局的翻譯，久住天津，此時當然隨著楊士驤捲土重來。其時津浦路的督辦大臣呂海寰，雖當過駐德公使，但不諳德文，而津浦路借英、德兩國的款子建造，合約內規定南北兩段分聘英、德總工程司；呂海寰以語言隔閡，無法與北段的德國總工程司直接打交道，譯員又不甚得力，深以為苦。於是楊士驤正好推薦李德順，經過呂海寰同意後，奏請派為津浦路北段總辦。

於是，李德順上恃直督，外結客卿，盡奪呂海寰的權柄，不但經費收支，一手把持；甚至呂海寰下條子派的人，亦未必能為李德順接受。至於工程，則自徵收民地到購料雇工，營私舞弊，無所不用其極；而最令人不能忍受的是，蓄意媚外，幾不知有國家二字。本來在盛宣懷當鐵路總公司督辦大臣時，只要借款到手，不惜以路權拱手讓人；梁士詒代之而起，全力相爭，大為改觀。所以津浦路借款，除了南北兩段各用英德總工程司各一人以外，別無束縛，而李德順則不但公款存在德華銀行，巧立名目如副工程司、書記、醫官之類，用了六十幾名無事可做、坐領乾薪的德國人；最後，打算將津浦路天津總站設在城南南關地方，可把『天津衛的哥們』惹火了！

天津華商的市面，都在城東城北，鐵路總站既對繁榮地方有極大的作用，理應設在水陸均便的河北。而南關地方，窪下不毛，且距運河不近；同時津浦路接京奉路入京，而新車站在河北，如由北繞西而南，轉車亦不方便。所以勘定在新車站迤西辛莊地方，設置總站，且已破土。此為袁世凱在外務部尚書任內，力拒德國的要求，一手主持的結果。及至袁世凱被逐，李德順推翻原議，棄北就南；說穿了，無非既以媚外，亦以營私而已。

原來南關以東，便是各國租界；德國且已提出要求，在德租界傍海河另設一站，果然如此，德租界立刻就會成爲水陸要衝，盡奪華商之利。

至於李德順的營私，手段甚巧亦甚拙；他是跟一個姓曹的，合設了一家公司，在南關預定建作總站之處，以極賤的價錢，收買了大批土地，但呈報農工商部註冊，報的是每畝六百五十兩，將來徵購，自然照此給價。一轉手之間，估計可以有五十萬銀子的暴利；但所謀如果不成，則此一大片鬧水的窪地，就更難脫手了。

這一來，天津與直隸的士紳大譁。及至高潤生發難，朝旨派直督徹查；楊士驤正在設法爲他洗刷之際，直隸全省士紳，大動公憤，在天津集會，認爲津浦路的工款，雖借英德外債，但一部分是直隸、山東、安徽、江蘇四省在食鹽上加價而來，所以津浦路是國家的鐵路，但亦是四省百姓的鐵路，不容李德順隨便盜賣主權、侵呑肥己，決定調查他的弊端，預備『京控』。

楊士驤看眾怒難犯，答應將總站仍舊移回辛莊。但公憤未平，加以新派的津浦路幫辦大臣孫寶琦，亦主張嚴辦；而所有的報紙，一致抨擊，使得楊士驤又急又氣。四月廿八那天，將李德順找了來，痛罵一頓，餘怒未息，隨即趕到新車站去迎接欽差。

欽差是法部尚書戴鴻慈，奉派爲答謝俄國遣使來弔國喪的專使，由京出國，經過天津。照規制，凡欽差過境，督撫要『請聖安』；儀制是在欽差入境的接官亭中，陳設香案，等欽差在香案後面東首站定，督撫便率省城文武，朝香案行三跪九叩的大禮，稱名請安；欽差代皇帝答一句：『朕安！』如果是朝廷倚爲柱石的督撫，恩禮特優，便再加一句：『卿安？』不待回答，儀式便算結束。

有了火車，請聖安當然是在車站。列車開到，司機的技術很高明，車停穩了，欽差花車的出入口，恰好對正鋪在月台上的紅地氈。戴鴻慈神情肅穆地下車站好，楊士驤便領頭行禮，口中說道：

『北洋大臣直隸總督臣楊士驤，率領屬下，恭請聖安！』

『安』字還不曾出口，人不對了，但見手足牽動，口眼喎斜，一頭栽在紅地氈上。當即有人驚惶地喊道：『不好了！大帥中風了！』

於是一陣大亂，欽差亦就無人招呼；趕緊將楊士驤送回衙門，由衛生局總辦屈庭桂，延請德、法醫生各一會診，性命暫時保住了，但身子癱瘓，神智不清，而且哭笑無常。於是駐保定的藩司崔永安，連夜趕到天津來照料；楊士琦亦由京裡趕來探望，同行的還有袁克定，是來『觀變』的。

楊士驤的病不好亦不壞，但縱能保得住命，亦是帶病延年，直督非開缺不可；因而自問資格夠直督之任的，無不大肆活動，尤其是山東巡撫袁樹勛；據說派他的兒子帶了四十萬銀子進京在鑽門路。

到得五月初九晚上，楊士驤病勢突變，終於不治。喪事由楊士琦主持，靈前懸一副楊士驤自輓的對聯：『平生喜讀游俠傳，到死不知綺羅香。』弔客無不詫爲奇談——楊夫人奇妒，楊士驤生平僅納一妾，而且是楊太太陪嫁的丫頭，亦竟不容。楊士驤一談起來神情抑鬱，道是自作輓聯，就是靈前所掛的這一副。有人以爲堂堂封疆，作此不莊之語，殊屬『不成事體』；楊士琦卻有辯解，說是『如兄之志』。

楊士驤一死，直督出缺；上諭調兩江總督端方繼任，頗令人困惑，因爲就在幾天以前，御史胡思敬參劾端方十罪二十二款，特命兩廣總督張人駿查覆，不想反倒調爲疆臣首領的直督！

這一來自然有一番大調動，張人駿調兩江；而袁樹勛終得升官，補了張人駿空下來的缺；山東巡撫則由慶王奕劻的兒女親家孫寶琦接充。

新任直督端方在未到任以前，本可派藩司暫爲署理，但因直隸內部的情勢甚爲嚴重，除了李德順一案以外，前兩任還有絕大的虧空。袁世凱離任時虧欠公款六七百萬，要求楊士驤彌補，爲保他由東撫調升的主要條件之一。無奈楊士驤無此手段，兼以資望不足，京中大老一個不敢得罪，所以凡有八行書來求差的，無不應酬，以致冗員充斥；加以迎來送往，應酬浩繁，所以不但不能爲袁世凱補漏，反倒又虧了三四百萬下去，總計不下千萬之多，非派大員，無法清理，因而特命那桐署理直督；陛辭出京時，攝政王載灃即以查辦李德順及清查袁、楊虧空兩事，定爲那桐此去的主要任務。

查辦李德順一案，比較易於措手。因爲直隸的紳士有絕硬的後台，南皮張、定興鹿，有此兩位做大軍機的小同鄉，態度不妨強硬；那桐只需順應輿情，張、鹿二人自然會在朝中呼應支持，不會有何難處。

在李德順來說，楊士驤一死，倒是個機會。原來他跟人表示，營私所得，楊士驤得十分之四，他跟呂海寰各得十分之三；此時大放空氣，一股腦兒都推在楊士驤身上，又說買南關的地皮，亦是楊士驤所授意，希望一建總站，那裡的地皮漲價，便好用來彌補前後兩任的虧空。

這是死無對證的說法，設詞頗爲巧妙，只是沒有人肯信。而且同情楊士驤的人很多，說他死在兩個人手裡；清理財政的監理官一到，袁世凱的巨額虧空勢必揭露，不能不急；李德順無法彌補，大負委任，不能不氣。所以，他是爲袁世凱急死；爲李德順氣死的，後者更是罪魁禍首。因而有人戲擬了一通訃聞，登在報上：『不肖李德順罪孽深重，不自祕密，禍延顯者連呼府君，痛於宣統元年五月初九日未時，凶終外寢。』楊士驤字蓮甫，爲他以所加的官銜，極盡諷刺之能事；是『誥授庸碌大夫，晉授光落大夫，歷任通融、蝕利布政使、三懂巡撫、蝕地總督、賠洋大臣』；此爲『誥授榮祿大夫、晉授光祿大夫、歷任通永道、直隸布政使、山東巡撫、直隸總督、北洋大臣』的諧音。此外還有『氣煞將軍、一等京調子、運動巴圖魯、督帶新鑽營、麻將場跑馬、御賜福壽膏、醉八仙、歡樂如意』等等銜頭，拿他的做官爲人，以及唱京戲、抽大煙、打麻將等等嗜好，嘲笑了一番。

儘管輿論對李德順十分不利；張之洞與鹿傳霖所支持的直隸士紳，態度十分激烈，但那桐卻不能如端方處置楊崇伊那樣，採取可以大快人心的嚴峻措施。這因爲一方面牽涉到呂海寰，另一方面又以李德順的活動，德國公使跟貝勒載洵，都對那桐有所關說，使他不能不放鬆一步。

就在這時候，從天津到北京有個甚囂塵上的傳說，那桐會在北洋大臣行轅中一直住下去，而端方則將內調入軍機。這個傳說是有根據的，但只是有此一議而已。想援引端方入軍機是張之洞的希望；原來他在湖北亦頗有虧空，保陳夔龍當鄂督，用意與袁世凱保楊士驤當直督相同。清理財政的上諭一頒，陳夔龍的處境比楊士驤亦好不了多少；但張之洞卻不能如袁世凱那樣輕鬆，因爲一個在台上，一個在台下；下了台的，反正事已如此，急也無用，索性不管，看慶王奕劻如何去鋪排。倘或逼得急了，將用了北洋大把銀子的親貴重臣，列一張名單出來，說要送報館發佈，自有人出來替他料理其事。

現任大學士軍機大臣的張之洞可就不同了。萬一紙包不住火，言官參劾，報紙攻擊，四十年清譽，付之流水，何能心甘？所以張之洞在上年十一月一奉督辦粵漢鐵路兼鄂境川漢鐵路之命，立即奏調湖北提學使高凌霨到京，專辦借洋債之事；到得這年四月，方始定議，由英、法、德三國銀行，合借五百五十萬鎊，年息五釐，九五折扣，二十五年爲期；而預計鐵路完成後，十年即可還清。

這一來，張之洞可以鬆一口氣了。借到這筆鉅款，好歹先還了虧空，等開工以後，由陳夔龍再在別項公款中移東補西，陸續彌補，可保無事。哪知合同已經初簽，送到外務部覆核，並已定期簽約撥款時，忽然出了岔子；美國公使提出一件照會，說外務部曾經許諾，川漢築路可借美款，請求通融加入。這是一個誤會，據理而駁，本可無事；誰知美國銀行家在倫敦已經跟英、法、德三國合組的此一財團，取得協議，川漢路借款，改為四國同借；要求粵漢鐵路的借款，亦比照辦理；正在磋商之際，俄國又藉口漢口的茶務，跟俄國的利益有關，要求分認借款。

枝節橫生，不知甚麼時候始可定議。張之洞又氣又急，右脇起了個痞塊，而且作痛，醫生說是肝病，不理它將會蔓延入胃。

雖在病中，張之洞仍舊掙扎著入值；端、那互調之說，即起於此時。張之洞與端方的交情很深，也知道端方在兩江的虧空亦不少；心裡打算著能將他引入軍機，就可彼此遮蓋，兩俱無事。可是奕劻不同意調動直督；因為楊士琦與袁克定一再要求，如果端方督直，他跟袁世凱是換帖兄弟，必得設法將大事化小，小事化無。倘或換了那桐就很難說了。

這一來，張之洞更難安心養病。而不如意事又紛至沓來，第一件是陝甘總督升允，反對憲政，奏請進京面陳；攝政王不許，說是有意見儘可電奏，於是升允奏請開缺，電文說：『臣中西學問，非全無知，惟近患心疾，五官均失其用。新政方興，舊疾日增。』似嘲似諷，惹得攝政王大動肝火；說他『出語不遜，幾近負氣。』准予開缺。張之洞便勸攝政王，說他出語雖過當，到底是滿員中的正派人，所請宜乎不准。但以奕劻素來不滿升允，結果還是開了缺，張之洞自然不高興。

再有件事是親貴典兵，亦久為張之洞所不滿，先是成立警衛軍，命郡王銜貝勒載濤，貝勒毓朗專司訓練；繼而要重辦海軍，以郡王銜貝勒載洵及廣東水師提督薩鎮冰為籌辦海軍大臣。最後準備成立軍諮府，作為陸海軍大元帥的幕僚機構；先設軍諮處，改派載濤管理，而以奕劻的次子、八大胡同的豪客鎮國將軍載掞，辦理禁警軍訓練事宜。

這一下，張之洞覺得不能不盡其三朝老臣的直諫之忱了。拿著軍諮處所擬的一道上諭，去見攝政王載灃。

『攝政王，這道上諭，之洞以為不妥。』

載灃將上諭看了一遍，困惑地問：『沒有甚麼不妥啊！你說，哪裡不妥？』

『從頭到尾皆不妥。』張之洞捧著上諭，一面看，一面說：『「憲法大綱內載，統率陸海軍之權，操之自上」，是故皇上為「大清國統率陸海軍大元帥」；這個說法，似是而非，皇上為君，元帥為臣，胡可混為一談？前朝武宗自稱「鎮國公總兵」，貽笑後世，可為殷鑒。』

『這是君主立憲的規矩，日本就是這樣的。』

『國情不同，何必全抄他人成規？即如李鴻章在日本遇刺，日后親製繃帶以賜，這在中國就是件越禮而不可行之事。』

載灃語塞，姑且宕開一筆：『你再說，還有甚麼不妥？』

『九年實行憲政，應辦的大政甚多。立憲的本意既在收拾民心，自然應該急民之急；如今亟亟乎伸張君權，無異授人以柄，革命黨作亂，更有藉口。而況新練陸軍三十六鎮，成軍的不足四分之一；籌辦海軍，更是遙遙無期，實不必於此時宣示軍權操之於上，徒然引起百姓猜疑！』

『你說，百姓會有甚麼猜疑？』

『猜疑朝廷練兵，不是對外，而是對內。』

『這話，』載澧有些著惱了：『毫無根據的胡猜。』

『之洞亦知朝廷絕無此意，可是闤闠小民，難窺廟堂；以爲練兵如果是對外，便應重用將材。如今陸海軍的統制權，何以都握在親貴手中，令人百思不解。』張之洞說到這裡，有些激動了：『洵濤兩貝勒，智慧過人，然而世無生而知之之事！之洞自當翰林時起，就講求練兵、籌餉、器械等等，及至受命督粵，中法戰爭，乃是親歷；後來移調江漢，無一日不講求堅甲利兵之道，躬率而行三十年，於軍事一道尚不敢謂有心得，如今洵濤兩貝勒還是應該在上書房讀書的年紀，鎮國將軍載擭識字無多，亦竟能總領師干；所憑藉者何？之洞竊所未喻！』

這一番侃侃而談，將個攝政王載澧說得臉上青一陣、紅一陣，不得下台。想狠狠的駁他一兩句，卻實在想不出話。這樣僵持了一會，越想越惱，越想越羞，終於成怒了。

『這是我們家事！你最好少管。』

張之洞楞住了，他有些不相信自己的耳朵；堂堂攝政王，竟說出這等幼稚無知的話來，夫復何言？

事實上也無法作何言語了！因爲右脇突然作痛，痛得額上流黃豆大的汗珠。載澧倒有些不忍，命太監將他扶了出去，用軟椅抬到隆宗門外，坐轎回家就躺下了。

一連兩天未曾入値，他的姐夫鹿傳霖來看他，帶來一個消息；說直隸的士紳認爲呂海寰非去不可，而慶王奕劻打算保徐世昌兼辦，攝政王已經同意了。

這話不知道還好，一知道他又忍不住要爭了。因爲徐世昌雖是天津人，但地方上的感情並不好，而且，一則，徐世昌自奉甚儉，而揮霍公款是有名的。當東三省總督，帶了兩千萬銀子去，連同原有的庫存，不下三千萬之多，在瀋陽大興土木，踵事增華，不上幾年工夫，花得光光。如今兼了津浦路的督辦，作風不改，路成無日。再則，徐世昌跟袁世凱的關係太深，定會藉津浦路工款不敷的說法，與張鎭芳商量著在鹽斤上加價，爲袁世凱彌補虧空。這一來豈非要激起民變？

因此，下一天力疾入宮；一到便請攝政王召見，直言相詢，有無其事。

『有的。慶親王保他「才堪繼任」。』

『雖然才堪繼任，無奈輿情不屬。』

『輿情不屬？』載灃笑笑：『是直隸紳士的意思。』

紳士跟小民的利害是不同的；張之洞不便細陳，只說：『不然！輿情不屬，而且會激出變故。』

『怕甚麼！』載灃淡淡地說：『有兵在！』

張之洞像是胸前被搗了一拳，頓覺喉間有甚麼東西上湧，而且自己微微聞見腥氣；口一張，一口鮮血吐在攝政王載灃面前。

『不得了，不得了！』載灃大驚：『快傳御醫！快，快，把張中堂抬到軍機處！』

於是太監七手八腳地將張之洞弄到軍機處，躺在籐椅上，面如金紙，氣息奄奄；右脇連胃脘痛不可當，要用燙滾的熱毛巾敷覆，才比較好過些。

這天是六月初四，張之洞就此病倒了。第一次請假五天；到了初九，續假五天；以後又續假兩次，每次十天。轉眼匝月，病情仍無起色，再奏請續假時，奉到上諭：張之洞因病續假，朝廷實深廑念，著再賞假二十日，假滿即行銷假，照常入值。

病中的張之洞，牢騷特多；自道嘔血之因，是攝政王那句『有兵在』乃是『亡國之言』。從來施政未愜民心或官吏措施失當，以致激起民變，總是以安撫爲先；而事後追究責任，亦一定申復申誡，務需防患未然。

再深一層看，即令是稱兵造反，亦必先剿後撫，或者剿撫兼施；從無明見民變將起，悍然不顧，竟打算著勒兵觀變，這是自絕於民，不亡何待？

這話傳到攝政王耳中，自己也覺得失言了。但不想這一句話，竟會將七十三歲的三朝老臣，氣得吐血，未免內疚。所以一再派人去探望張之洞，送人參、送西洋補藥，情意殷厚。這對張之洞自是安慰，但不能治他的心病，亦就無補於他的沉痾。

他的第一樁心病，即是在湖北的虧空。三國大借款由於美國的插手，『功敗垂成』；而夜長畢竟夢多，輿論無不反對借洋債以修路，即使美國退出，三國借款一時亦無法訂約。看來只好聽天由命了。

再一樁他不甘心的是，嘔血相爭，仍不能挽回攝政王的意志，津浦路督辦，仍由徐世昌兼領。呂海寰丟了差使，李德順革職永不敘用；他的女婿永祺除革職外，還要充軍。『禍延顯者』，楊士驤既失知人之明，難辭濫保之咎，『著撤銷太子少保銜。』

有楊士驤這樣的大官，自然而然會令人想到袁世凱、岑春煊這些能駕馭屬吏的督撫。載濤就一再在攝政王面前進言，鼓吹袁、岑復起。載灃知道，起用袁世凱，阻力甚多，首先隆裕太后的那一關就通不過；復召岑春煊，卻可以考慮。

因而有個傳說，攝政王打算讓岑春煊重回郵傳部，將徐世昌調爲湖廣總督。此訊一傳，郵傳部奔走相告，宛如大禍臨頭；尤其鐵路總局從梁士詒以次，無不大起恐慌。岑春煊未到任就攆走了朱寶奎的記憶，令人不寒而慄！最糟糕的是岑春煊全不念兩廣大同鄉之誼，對廣東紳士的成見特深；這個傳說，如果成爲事實，鐵路總局的那班廣東人，都覺得非捲舖蓋不可了。

幸好活動的路子多得很。攝政王的太福晉，近來受北府總管的慫恿，很招攬閒事；所以通過載洵的關係，送上交通銀行一扣十萬銀子的存摺，岑春煊復起的傳說，很快地就平息了。

端方是在張之洞病假不久到京的，此行滿載而歸；爲他運碑版古董的專車，有六個車廂之多。六朝古蹟，他都走到了；有一對陳後主還是李後主的刻花石井欄，據說亦在他的專車中。

宮門請安，謁見攝政，拜訪軍機之餘，端方特爲抽了大半天的工夫，去探張之洞的病，一半是要談一件得意之事；當然，這件得意之事也是張之洞所樂聞，而且志同道合在協力進行的——收購私人藏書，設置官立圖書館。

光緒三十三年四月『丁未政潮』正在醞釀時，中國損失了一批價值無可估計的古書。自洪楊以後，海內藏書，盛稱四大家：聊城楊氏海源閣；常熟瞿氏鐵琴銅劍；杭州丁氏八千卷樓；歸安陸氏皕宋樓。陸氏後起，但有居上之勢。

皕宋樓主名叫陸心源，字剛父，很會做官，也很會經營；當廣東南韶兵備道時，便已開始藏書，積得有一百箱；居鄉六年復起當福建鹽運使，被參革職，而宦囊已頗豐盈，因而大收古書，以上海郁氏宜稼堂的精槧爲基本，數年之間，蔚然成家。在洪楊以前，收藏宋版書的巨擘是蘇州黃丕烈，字蕘圃，他的藏書齋名甚多：士禮居、讀未見書齋、陶陶居、百宋一廛。陸心源題名皕宋樓，即表示所藏宋刻，多於『百宋一廛』一倍。其實不然！陸心源的藏書，多少有沽名積財的意味在內，在藏書家之中品格不高；所玩的花樣，亦不免讓通人齒冷。

陸心源一死，他的兒子陸樹藩不能世守其業，同時亦不知道他父親藏書的內容，動輒跟人誇耀：『守先閣中宋元舊刻甚多』。其實不是這麼一回事。

陸氏的藏書分爲兩部分，一部分藏於守先閣；一部分藏於皕宋樓及十萬卷樓。守先閣的藏書曾經陳明浙江巡撫，轉奏朝廷，歸之於公；而所藏之書，都是明朝以後的刻本及普通的鈔本。他所以這樣做，是用來掩護他的皕宋樓的舊刻精鈔；至於所謂十萬卷樓，有其樓無其書；在皕宋樓的藏書上加鈐印記而已。

大概在光緒三十一、二年之間，有個日本人叫島田翰，是個漢學家，精通版本目錄之學，撰有《古文舊書考》、《群書點勘》、《訪餘錄》等書，對中國藏書聚散的源流，瞭如指掌。此時看中了陸氏藏書，幾次登皕宋樓去細心檢讀；認爲如果能購得這批書籍，足補日本藏書之闕；因爲日本的藏書，群經諸子，大致齊備；史、集兩部，則嫌缺略，而皕宋樓所藏，卻好以此兩部爲多。

於是島田翰便找陸樹藩談判。此人捐班出身，由於國子監徵書，陸心源送了舊鈔舊刻一百五十種，總計兩千四百餘卷；因而陸樹藩得以蒙賞國子監學正的銜頭。是這樣一個人，當然不會守先世之書；更不會知道爲國家保存典籍。他只知道宋版書値錢，當時索價五十萬圓，後來自動減爲三十五萬，再減爲二十五萬。島田翰接頭好了賣主，趕回日本去找買主。

有個日本的男爵岩崎彌之助，是三菱系的財閥，亦是日本有名的藏書家，島田翰找買主自然找他。於是岩崎委託日本史學會會長重野成齋，在上海跟陸樹藩談判，終以十萬銀圓成交。這是四月裡的事；半年以後，皕宋樓、十萬卷樓，連守先閣的藏書，由日本郵船運到東京，歸入岩崎的『靜嘉堂文庫』。

消息傳出，士林大譁，篤學好古之士，爲之痛哭流涕的，大有人在。端方向來以保存國粹自命，更爲難過。因此在風聞杭州丁氏八千卷樓的藏書，亦有出售之說以後，立即請在南京作客的編修繆荃孫，接洽歸公；同時就龍蟠里惜陰書院原址，改設爲江南圖書館，所藏除八千卷樓藏書以外，還有寧波范氏天一閣，流落在外的一部分善本。當然，端方私人也收藏了好些精槧；加以江南士林的稱頌，眞是做了件名利雙收的好事。

這件好事，張之洞也早就想做了。他在光緒廿九年進京修學制時，便有創設京師圖書館之議；後來因爲回任鄂督而終止。內調入京，以大學士管學部，舊事重提，一直在規畫，首先看中了熱河文津閣所藏，唯一完整的一部四庫全書；此外避暑山莊各殿所置的書籍亦不少；加上內閣大庫的藏書，亦可以粗具規模了。但總覺得以首善之區的圖書館，應該是繫四海觀聽的學術淵藪，如果庋藏不如民間私人之精且富，未免說不過去。及至陸氏藏書，舶載而東，張之洞的想法與端方不約而同，正宜趁此時機將私家藏書，價購歸公。端方近水樓台，先取得了八千卷樓所藏；張之洞能打主意的，就只剩下三處了。

一處是山東聊城楊氏的海源閣。一提到此，有人拿了本《老殘遊記》給他看，上面有作者劉鶚寫的一首詩：『滄葦遵王士禮居，藝芸精舍四家書；一齊歸入東昌府，深鎖嫏嬛飽蠹魚。』再看『遊記』中的描寫，心便冷了。

老殘遊記中有一段，記他在東昌府向書坊掌櫃打聽海源閣，書坊掌櫃回答他說：『柳家是俺們這兒第一個大人家，怎麼不知道呢？只是這柳小惠柳大人早已去世，他們少爺叫柳鳳儀。聽說他家書多得很，都是用大板箱裝著，只怕有好幾百箱子呢，堆在個大樓上，永遠沒有人去問它。』老殘『又住了兩天，方知道柳家書確係關鎖在大箱子裡，不但外人見不著，就是他族中人亦不能得見。』悶悶不樂，所以題了上面那一首詩。

所說的柳家就是楊家，柳小惠實爲楊紹和，而柳鳳儀則爲楊鳳阿。楊紹和之父以增，亦非漕運總督，而是南河總督；宦囊所入，大部分用來買書。清初季滄葦、錢遵王，以及道光年間黃丕烈『士禮居』、汪士鐘『藝芸精舍』四家藏書，大都歸於楊以增，特建『海源閣』庋藏。

楊紹和能繼父業，機會亦很好；辛酉政變怡親王載垣賜自盡，府中流出來的書很多，潘祖寅、翁同龢與張佩綸的岳父朱學勤，幾乎無日不在琉璃廠搜覓，但精祕之本，卻多爲楊紹和所得。

張之洞也聽說過，楊氏父子對藏書頗爲珍祕；當今名士中只有膠州柯紹忞、蘇州江標曾經登閣涉獵；但楊紹和已經下世，或者楊鳳阿願意出讓藏書亦未可知。再一打聽，方知無望。原來楊鳳阿是個任性而乖僻的紈袴，他的笑話很多。譬如不會騎馬而愛駿馬，曾花二百兩銀子，買一匹名駒，看善騎的僕人得意馳騁以爲樂。他是舉人，捐了內閣中書在京當差，日常無事，喜歡請客；有一次買到四只官窯瓷碗，自更要請客鑒賞。及至入席，便用這些名碟供饌；周而復始，不下十餘次之多，他有個同鄉便開玩笑，說『此碗未免偏勞』。因此京城裡遇到偏勞之事，稱爲『楊鳳阿的碗』。又有一次，年下手頭緊又拿一串奇南香朝珠，命聽差去變賣，一時找不到買主，楊鳳阿一氣，說是『不要了！』將那串價值千金的朝珠，送了給聽差。是這樣毫不在乎的脾氣，除非等米下鍋，不會賣書。

再有個原因是，江標對海源閣的珍藏，由羨生妒，在一篇題跋中說：『昔之連車而北者，安知不綑載而南?』意思是如果他發了大財，一樣也能將楊以增從江南買去的書，再買回江南。楊鳳阿看到這篇文章，大為惱怒；從此重門深鎖，拒客更甚。是這樣一種寧飽蠹魚，勿失手澤的殉書態度，當然打不上甚麼主意了。

至於寧波天一閣的藏書，自明朝嘉靖年間，至今三百年，世守不失；由於范氏子孫自律的禁例甚嚴，閣門及書櫥的鑰匙，分房掌管，非各房子孫齊集不開鎖；閣中藏書不准下樓梯，亦不曬書，用芸葉、石英保持乾燥。子孫無故開門入閣，罰不與祭一次；私領親友入閣及擅開書櫥，罰不與祭一年；擅自將書借出，罰不與祭三年；如果盜賣書籍，逐出宗祠。

這樣，剩下來唯一可以商量的，只有常熟的鐵琴銅劍樓了。為此，張之洞親自寫信給端方，諄諄相託。這就不但是義不容辭，而且志在必得了!因為袁世凱被逐，奕劻勢力漸弱，端方頗有岌岌之感；張之洞即令與親貴不甚投機，畢竟是三朝元老，廟堂之上，頗受優禮。若說要保全一個人，只要肯出死力相爭，攝政王亦不能不作讓步。端方在想，能將這件事辦成了，不但可顯他做督撫的本事，而且必蒙張之洞激賞，結一個有力的奧援，正是他今天所最需要的。

端方為人似雅而俗，而且俗不可耐。雅事俗辦，無非威脅利誘；不過這趟他卻辦對了，主要是找對了一個人。

本來端方門下，專有一個替他經理金石碑版、書籍字畫的清客，名叫楊惺吾。此人眼力甚高，精通目錄學；端方的收藏，大部分有他的題跋。但物以類聚，有巧取豪奪的居停，便有詭譎奸詐的門客。楊惺吾的品行甚壞，作偽的本事亦很大。端方心想，如果請他到常熟去談判，人家一看他就怕了，敬鬼神而遠之，一定談不攏。

因此，端方找的是常熟的名士曾樸。此人字孟樸，是世家子弟，會試不第，進北京同文館讀書，專攻法文；但跟一般講洋務的人不同，不願以精通外文作爲獵取好差缺的手段，而迷上了法國文學。又寫過一部轟動一時的孽海花，所以在江南提到曾孟樸，知道的人極多。

這是個所謂『新派人物』，見解自不會囿於一隅之地，贊成將鐵琴銅劍樓的藏書公諸國人，認爲由京師圖書館典藏，比私人貯存，更能垂諸久遠，所以慨然接受了端方的委託。

鐵琴銅劍樓在常熟的菰里，主人姓瞿，傳書已歷四代，如今的樓主叫瞿啓甲，字良士，年紀很輕，但很能幹。他答覆曾樸說，此事必須先向葉昌熾請教。

葉昌熾的目錄學，不是數一，也是數二；又是翰林前輩，因此在蘇州對於保護鄉邦文物，說話很有力量。端方見此光景，先發制人，打了個密電給葉昌熾，託他代爲向瞿啓甲相勸；隨後又說，新正初七到蘇州，約他面晤。

不過，常熟的士紳，見解與曾樸不同，想維持『南瞿北楊』這一美名的亦大有人在。這種情勢自亦在端方估計之中，他略施『敲山震虎』小計，下個札子，說風聞東來書賈，垂涎瞿氏藏書，妄思鐵琴銅劍樓可爲皕宋樓之續，責成地方官加意保護。於是蘇州知府、常熟縣官，都派差役到菰里明查暗訪，甚至登門盤問；這一來，首先瞿家就起了恐慌，其餘持異議的士紳怕惹來『勾結東賈』的嫌疑，亦就不敢多事了。

不過，不反對並不表示贊成；就算瞿家肯出讓藏書，亦得有相當條件。所以居間的人，辛苦奔走，一時也還不能有成議。端方卻有些忍不住了，因爲德宗梓宮定於三月十二自觀德殿奉移西陵梁格莊，各國都派特使來華送殯，端方亦已奏准，到京恭送；成行在即，希望此事有個著落，到京見了管學部的大學士張之洞，得有圓滿的交代。因此，對於瞿啓甲及常熟的士紳，不斷催促，態度相當惡劣。曾樸不想端方行逕，近乎無賴，很懊悔多管了閒事，但已不容他抽身，只能打定這樣一個主意：瞿氏藏書歸公一事，仍需貫徹初意，不過不能讓瞿家吃虧，亦不能讓端方巧取豪奪。將來細節方面，要好好磋商。

瞿啓甲與常熟的士紳，都覺得這個宗旨不錯；於是打電報通知了已經到京的端方。

隔了兩天，端方回常熟士紳一個公電：『瞿氏藏書歸公，俟京師圖書館成立，當贊成。與學部諸君同閱來電，歡喜讚歎，莫可名言！圖書館在淨業湖上，月內即可入奏，先此電謝。』

這個電報，語意頗有曖昧之處；細心尋繹，才發現端方居心叵測。『當贊成』三字之中，大有文章；彷彿瞿氏自願以藏書歸公，而他以本省長官的資格，贊助瞿氏完成這樁好事。本來是公家向瞿氏徵求家藏，若肯割愛，已是很顧公家的面子；至於酬報，自然照市價計算，如今變成瞿氏自願報效，即不能索償；無非由端方具奏，請予獎勵，即令『給價』，亦不過實値的一兩成而已！這就是端方慣使的伎倆，既是巧取，亦是豪奪。

不過端方一回了任，卻一時沒有工夫來管此事。因爲江蘇在『大鬧家務』，巡撫、藩司、臬司、上海道吵作一團，最後則連端方自己亦不能不牽涉在內了。

糾紛先起於上海道蔡乃煌，欺侮江蘇巡撫陳啓泰。由於陳啓泰在公事上詰責得嚴厲了些，蔡乃煌的回信，語多不遜，『橫一榻之烏煙，叉八圈之痲雀』，竟成醜詆。陳啓泰大怒，嚴章參劾。向來督撫參司道，無有不准的，重則撤職，輕則查辦，視情節而定。這回出了新花樣，朝命江督端方查辦，既查蔡乃煌，亦查陳啓泰。老邁身弱的陳啓泰一氣成病。當端方進京時，已有奏請開缺，回湖南養病之說了。

及至端方回任，江蘇藩司瑞澂因病請假，由臬司左孝同兼署。藩司衙門有個顧師爺，是瑞澂的親信，而爲陳啓泰所惡。於是趁此機會逐顧而薦一姓韓的入藩幕。

瑞澂得知其事，大爲惱怒，他認爲自己是請假，並非開缺，巡撫何得擅易他的幕僚？於是上書江督，控訴陳啓泰『專制無理』；連帶也責備左孝同，指他『有意蔑視』。

這件事本來是陳啓泰做得魯莽，加以瑞澂的靠山甚硬，只等陳啓泰一開缺，『指日高升』，端方當然要買他的帳，下個札子給陳啓泰，要他『驅逐韓幕』。這一來，陳啓泰的病勢當然又重了。

哪知事情還沒有完，韓去而顧不至，閉門高臥，百事不管。名幕的架子向來是這樣大的，而事實上又非他不可，沒有他許多重要公事都不能辦。於是，首府、首縣再三勸駕，方將堅臥的顧師爺復起。

等這一場督撫藩臬糾纏不清的糾紛，告一段落，陳啓泰一病不起；端方得要派人奏報出缺，派人署理，查查陳啓泰任內有無虧空，以及重要的未了事項。這一陣忙下來，他自己奉調直隸，繼楊士驤的遺缺，忙著辦交代，『放起身炮』，一時顧不得瞿家的藏書，但卻始終未能忘情。這一次來看張之洞，是別有用心的。

『這一次交卸，別無經手未了的事件放不下心；唯獨瞿氏藏書，耿耿於懷。』端方的話鋒一轉：『圖書館的館址，不知道中堂定奪了沒有？』

『在我是早已定奪了！』張之洞答說：『就是內務府還有意見。』

京師圖書館的館址，是早在端方春天進京時，便已選定，在德勝門內的淨業湖，亦名積水潭。京師相傳有『四水鎭』，東南，崇文門西的泡子河；西南，宣武門西的太平湖；東北，地安門左的什刹後海；西北，德勝門右的積水潭。

積水潭上有一座鎭水觀音庵，乾隆年間改名匯通祠。祠據高阜，四周水木清曠，是個讀書的好地方。張之洞預備在淨業湖中央的洲渚上，興建四座樓閣，庋藏四庫全書，宋元精槧。學部早就將計畫擬好了，只是淨業湖、匯通祠是內務府管理的官產，竟還不肯放手，所以至今不曾出奏。

『以中堂的身分，莫非內務府還有異議？』

『這也很難說。陶齋，』張之洞不勝感慨地，拉長了聲調說：『今非昔比囉！』

『事情是如此，沒有地方就不能建館；不建館，常熟的書就來不了。』

『當然，當然！這件事我一定要辦的；明天我就讓部裡擬稿出奏。』

『中堂，奏摺上先別提瞿氏藏書，免得有人誤會，以爲有了瞿書才建館，豈不貶低了京師圖書館的身分？』

『不錯，不錯！不過四庫全書，天祿琳琅，那是一定要提到的。』

『當然！碩果僅存的一部，歸於典藏，自足增重。』端方緊接著說：『此館之設，移中祕之書，嘉惠士林，是千載創新的盛舉，非中堂之力不及此，竊願忝附驥尾。將來瞿氏之書北來，我自然勉效綿薄，始終其事。』

『此何待言？必要借重的。』

攬事即所以攬權，只要能夠經手，鐵琴銅劍樓的精槧，多少可以弄到幾部。端方此來目的既達，以『中堂多多靜攝』爲由，告辭而去。

一連五天，每天有上十個飯局；辭謝一半，也還有四五處的應酬。到了第六天，攝政王第二次召見，這就可以離京赴任了。端方如釋重負，回到寄寓的賢良寺，決定哪裡都不去，只找琉璃廠書坊的掌櫃，送字畫碑帖來看。

『這麼熱的天，別的應酬都可以辭掉，不過，』楊惺吾說：『有個人專請大帥，不可不到。』說著，他遞過一張帖子來。

端方接過來一看，大爲詫異。請客的張勳，是僅存的少數綠營將領之一。他的本職是甘肅提督，現充東三省行營翼長。西瓜大的字識不了幾擔，而且端方雖然認識他，卻素無淵源。何以他請客不可不到？端方所詫異的，不是張勳具柬相邀，而是楊惺吾的話。

『其中有甚麼講究嗎？』

『自然。』楊惺吾問道：『張少軒的生平，大帥總有所聞吧？』

『我只知道他是許仙屏家的廝養卒，別的就不甚了了。今天沒有事，不妨談談此人。』

『他是南昌府奉新人，出身微賤，不過是許仙屏的馬弁……』

許仙屏就是許振禕，做過河道總督。張勳好賭，幾次賭輸了公款，惹得許振禕忍無可忍，決定要重重辦他。許夫人念他平時能幹，又看他的相貌，似乎不是長爲貧賤之人，所以給了他一筆盤纏，私下放他走了。

於是張勳到了廣西，投在蘇元春部下；後來又到了關外，隸屬宋慶的毅軍。以偶然的機緣，轉入北洋。袁世凱在小站練兵時，他在王士珍所管的工程營中，充任『幫帶』。及至袁世凱繼李鴻章爲直督，部下水漲船高，都升了官。其時軍隊分爲兩個系統，受過新式軍事訓練的『新建陸軍』，算是國家的正規軍。

湘軍、淮軍、省軍，以及其他雜牌軍隊，如果無法選入軍事學堂受訓，成爲『新建陸軍』，則汰弱留強，編爲巡防營，以維持地方治安爲主。既無訓練，亦少補充，讓他們自生自滅，作爲建立新式陸軍期間的一個過渡辦法。張勳這時便統帶一個巡防營，駐紮直隸、河南交界之處。

及至兩宮回鑾，由開封渡黃河而北，到磁州入於直隸境界，恰好是張勳的防區。他手頭極鬆，慷慨喜結交，跟太監們混得很好；在『老佛爺』面前美言一二，竟得扈蹕到京，留充宿衛，特旨連升三級，一躍而爲建昌鎮總兵；接著又升雲南提督，成了一省的武官之長。行伍出身的老粗，到了爲人尊稱『軍門』，便算是『官居極品』了！

不久，張勳由雲南提督改調甘肅提督，銜頭雖有更改，人卻始終在京。其時老醇王所練的神機營，載漪所掌管的『虎神營』，早就風流雲散；榮祿的武衛軍，除了宋慶率領的毅軍，駐紮關外以外，聶士成、董福祥的舊部，成了散兵游勇；一部分改投他處，一部分編練爲巡警。所以張勳的這支軍隊，竟成了保衛宮禁的『護軍營』；兵甲鮮明，滿佈殿廷。有一次袁世凱入覲，一看這情形，大爲驚駭；張勳如有異謀，整個大內在他控制之下，如之奈何？

其時正當日俄戰爭以後，東三省眞所謂伏莽遍地；於是袁世凱向軍機建議，將張勳調爲奉天行營翼長，節制三省防軍。這是陽尊而陰抑，因爲『節制三省防軍』這個銜頭，有名無實，三省的新軍，聽命於北洋，張勳指揮不動；原有的省軍，總計四十多營，各有地盤，張作霖、馮德麟、吳俊陞等人，哪一個都不好惹。張勳亦很知趣，因而得以相安無事；也因而頗有人傳說，張勳跟一直橫行如故的『紅鬍子』，早通款曲。但事無佐證，歷任將軍、總督，唯有優容羈縻，加以安撫。張勳亦落得常在紅塵萬斛的京裡狂嫖濫賭，一年之中在奉天的日子，不過兩三個月。

他之常住京中，除了貪戀風月繁華之外，自然還有其他作用。首先，太監跟內務府的關係，是絕不肯疏遠的；而且看準了當時的皇后、現在的太后，有朝一日會得勢，所以跟小德張先交朋友後聯宗，成了兄弟。太監有個如此煊赫的『哥哥』，自然是闔門之榮；小德張的母親常跟兒子說：『你大哥的事，就是你自己的事！他說東，你不能說西。』小德張頗有私蓄，都歸他母親掌管；張勳每到輸得餉都關不出時，總是向小德張的母親通融，有求必應，從未碰過釘子。

除此以外，逢年過節，必定託楊士琦去找袁世凱求援。袁世凱很討厭他，但不能不買他的帳；加以有徐世昌從中疏通，所以袁世凱跟他保持一種敬而遠之的關係，並沒有想設法把他攆出去的打算。

但錫良就不同了。他由四川總督移調東三省，請求收回成命不許，唯有赴任實力整頓，首先想到的是張勳。他幾次聽人談起，此人如何通匪虐民，如何廢弛紀律；到底是怎樣一個人，得要看一看，談一談。果然所傳不虛，就從此人開刀，作爲整頓東三省吏治的開始。

張勳也知道他來意不善；所以錫良進京陛見時，他每天躲他。錫良幾次派人去請，不得要領，就更覺得非一晤其人不可。於是有一天清晨三點鐘，帶著從人，排闥直入，終於將張勳從床上喚了起來，見著了面。

見面是在『書房』裡。几案之間，陳列古玩無數，眞假不得而知，但裝潢無不精美絕倫。因此，錫良見了張勳的面，第一句話就讚書房：『這間屋子太漂亮了！』

『是兩宮賞的！』張勳答說。

『兩宮』是指慈禧太后及德宗，錫良便問：『照此說來，你這住處是先朝的賜第？』

『不是！從兩宮回鑾以後，我受欽賜的古董字畫很多很多，沒有一千，也有八百件。我很窮，不過欽賜的東西不能變賣。』張勳又說：『兩宮也知道我很窮，所以從前常賞現銀，最多一次是一萬五千兩；前後大概有六萬兩，都花得光光，現在我所有的，就是這一屋子的東西。兩宮的恩典，我想也沒有人會笑我窮擺譜。』

錫良聽他這麼說，知道他跟宮中及親貴的關係很深，動他的手未見得能如願，不如暫仍其舊。哪知他不惹張勳，張勳反要惹他。到了奉天，拜印接事，僚屬衙參，獨獨不見張勳，不由得大為光火。立刻到戈什哈將他找了來，當面質問。

『你知道不知道，總督節制屬下文武；你這個提督，也是我的屬員？』

張勳當然知道。且不說總督，就是見了巡撫，亦遞手本參見。不過他既然存心跟錫良過不去，話就不是這麼說了。

『我只知道大清會典，總督跟提督品級是一樣的。再說，我是甘肅的提督，如今在東三省是行營翼長，節制三省防軍。青帥，』張勳不稱他『大帥』，因為他字青弼，所以用此平行的稱呼，『你管三省，我也管三省。』

錫良楞住了，氣得不得了，而駁他不倒；定定神想起一句話而問：『那麼，從前徐菊帥在這裡，你怎麼執屬員之禮呢？』

『徐菊帥是我的老長官。』袁世凱小站練兵時，徐世昌是他的營務處總辦，營官皆為屬下。張勳敘明淵源之後，又加了一句：『你怎麼能跟他比！』

這一下，把錫良氣壞了！暫且隱忍在心，仍容張勳在京裡逍遙；直到前些日子，方始專摺參劾，指張勳於『防務吃緊之時，竟敢擅離職守，數月不歸，以致各營統率無人，紀律蕩然。應請飭部照例議處。』

在武官，這是個很重的罪名，尤其是『上馬管軍，下馬管民』的總督專摺參劾，起碼也是個革職查辦的處分。但有小德張與洵、濤兩貝勒的維護，只下了一道上諭：『著撤去行營翼長一切差使，迅赴甘肅提督本任。』過不了兩天，又有特旨：『張勳著仍在京當差。』

錫良亦很厲害，拜摺之時，便已料定，不管張勳如何有辦法，反正『奉天行營翼長』總是當不成了，因而早就作了佈置，命下之日，便接收了他的部隊。張勳除了帶在京裡的兩百親兵以外，成了個光桿兒的提督。

這一下將張勳搞得很慘，因爲沒有兵就沒有餉，哪裡去『吃空缺』？爲此跟小德張商量，想把毅軍拿到手。小德張表示支持——這時的小德張已成巨富，慈禧太后的私房錢一大半在隆裕太后手裡，都交給他掌管；而自李蓮英、崔玉貴告退養老以後，宮中亦是他一把抓。所以只要他點個頭，要錢有錢，要關係有關係。張勳不覺雄心大起。

他本來是毅軍出身，那裡還有好些當年合穿一件褲子的『弟兄』在；悄悄找來一商量，都認爲這件事很可以做，而且取姜桂題而代之，既不困難，亦不傷道義；因爲毅軍原非姜桂題所創。

創立『毅軍』的是鮑超手下的大將宋慶，因而繼承鮑超『霆軍』的傳統，將帥士卒之間，講究以恩相結，以死相報。散兵游勇如果還想當兵吃糧，只要投到毅軍，無不收容；但『補名字』則要看額子，倘無缺額，只有『大鍋飯』吃，並無餉銀。到得一開仗，把這些散兵游勇擺在前面；一戰而勝，繼以銳師；不勝則保持實力，然後看準對方的弱點，乘瑕蹈隙，全力進攻。鮑超用這個策略，建了赫赫之功；雖然今非昔比，但毅軍經八國聯軍之役，在榮祿所轄的武衛五軍之中，能與袁世凱的武衛右軍同樣存在；以及在器械精良、軍容整齊的六鎮新軍之中，卓然獨峙，就靠的是這份義氣。

義和拳作亂的時候，毅軍已由馬玉崑率領；馬玉崑一死，才由姜桂題接統。此人字翰卿，名字卻很文雅，但只比目不識丁，稍勝一籌。他識得自己的姓名，只是認不眞切，有一次在熱河，看見麵舖子簷下掛塊招牌，行書『掛麵』二字，他跟隨行的僚屬說：『誰這麼無聊，把我的名字寫在上頭！』

識字不足，倒還無足爲憂，可憂的是已呈衰態。他得了個風眩的病症，行不了多少路，就會頭暈，非坐下來好好休息一會，不能再走。每次進宮，一路上總要息個三四次才能走到，而況年紀亦已六十開外，應該回家養老了。

就因爲姜桂題的衰邁，有目共睹，所以軍機處與陸軍部，都認爲調張勳去帶毅軍，亦無不可。不過姜桂題現任直隸提督，如果直隸總督肯替他說話，張勳便難如願；他之專誠請端方吃飯，就是想打通這最後一關。

張勳在南河沿的私寓設席，除了端方以外，請了三個陪客，楊士琦、張鎭芳，還有楊惺吾。

端方去得很早。六月裡的天氣，下午兩點多鐘正是最熱的時候，但張勳的客廳中，全無暑氣。他的法子很巧妙，屋子周圍擺四大塊冰，用四架電風扇對著冰吹。在涼風拂拂之中，端方穿一件缺領的短褂，細細欣賞張勳的『多寶架』。

觀玩到西山日落，收起涼棚，院子裡潑上冷水，設好席面，楊士琦跟張鎭芳亦都到了。

除了楊惺吾以外，主客陪客都是熟人；張鎭芳算是端方的屬員，但在此地不敘官位，而且端方遇到這種場合，亦不喜受官架子的束縛，所以彼此不是稱兄弟，便是稱別號，只有主人跟楊惺吾的稱呼比較客氣。

邊飲邊談，言不及義；直到快散席時，張鎭芳才提了一句：『四哥！少軒的事，得請你栽培囉！』

『言重，言重！』端方答說：『我樂觀厥成。』

這意思是，如果張勳放直隸提督，他自然歡迎，但不會替他去活動。

張勳的原意，即在消除阻力，只要他袖手旁觀；得此承諾，實際上算是已達到目的。所以到得客散，將經由楊惺吾暗示，端方所看中的幾件古玩，連夜包紮停當，第二天一早，專差送到端方寓處。

巧得很，也就是張勳的人剛走，姜桂題來拜，端方當然接見。見面一看，果然，姜桂題鬚眉皆白，老得不成樣子了。

『聽說大帥到京，早就該來請安。只爲營裡的雜務很多，料理不開，一直遲到今天，請大帥體諒。』

『哪裡，哪裡！』端方覺得他說話的中氣很足，精神並不如表面那樣衰頹，便即問道：『姜老哥，你今年貴甲子是？』

『六十四。』

『六十四，看不出！身子好像很健旺。』

『就是一個頭暈的毛病，看了多少大夫，看不好。有人說，上海有個好西醫，能用電氣治，可惜路太遠了。』

『治病是要緊的，你何不請兩個月假？』

『不敢請！』

『爲甚麼呢？』

姜桂題面有爲難之色，欲言又止地躊躇了一會，才嘆口氣：『唉！說來話長。大帥是長官，我亦不敢不報告。』他說：『有人在打毅軍的主意；如果是夠格的，我讓他也不要緊。不夠格的，硬爬到人家頭上來，弟兄們不服。毅軍是子弟兵，與別的軍隊不同；如果我一請了假，朝廷覺得姜桂題又老又病，正該開缺，另外放人，那一來，事情就鬧大了。我受朝廷栽培，不能不顧大局。』

『喔，』端方緊接著他的話問：『你說事情鬧大，怎麼個鬧法？』

『只怕，只怕毅軍就此要拉散了！』

端方心裡在想，姜桂題是不是有意嚇人，雖不得而知；不過他自己不甘退讓，卻是很明白的事。既然如此，即令他部下並無人不服，他亦可以教唆出變故來。最壞的是，如今言之在先，以自己的身分，不能不關心這件事；否則，萬一將來毅軍眞個譁變，姜桂題說一句：我早就報告了總督的。那一來，責任不就都在自己身上了嗎？

轉念到此，頗感爲難。本以爲自己應付張勳的法子很圓滑，反正不作左右袒，聽其自然。就算幫了張勳的忙。而照現在的情形來看，不能不設法弭患於無形。做督撫的，不怕別樣，就怕所管轄的軍隊鬧事！

這樣沉吟著，只見姜桂題從懷中取出一個梅紅封套，顫巍巍地走過來，雙手捧上，口中說道：『大帥的親兵，照例由毅軍關餉；今天我把頭一個月的帶來了，請大帥過目。』

這話說得冠冕堂皇，端方便將封套接到手裡，將銀票稍微抽出來一點，便已看清楚，是一萬兩銀子。

這孝敬也不算菲了！端方只說得一聲：『受有愧！』將封套放在匠几上，才又問道：『你說是誰在打毅軍的主意？』

『張少軒！』

『喔，是他！』端方喊一聲：『來啊！』

『喳！』端方的戈什哈連姜桂題的馬弁，站了一院子；齊聲答應，暴諾如雷。

『扶姜軍門進我書房去。』說完，端方隨手撈起紅封袋，走在前面。

等將姜桂題扶到書房，自然摒絕從人，有一番密談。看一萬銀子面上，端方教了他一條計策，讓他去求親王奕劻。

『別人不知道，王爺是知道的。從甲午那年起，毅軍先打日本；後來守膠州防德國人，守旅順防俄國人；庚子年起，一直守山海關內外，護送兩宮出關到太原，到西安；日俄戰爭守遼西，幫日本打俄國。毅軍，』姜桂題忽然悲從中來，放聲大哭，且哭且喊：『毅軍對得起朝廷噢！』

奕劻大爲惶惑，急忙叫人扶起他來說：『翰卿，翰卿，你甚麼事，這麼傷心？有話慢慢兒說。』

『請王爺作主！』

姜桂題拭一拭眼淚，斷斷續續地訴說；由於語聲哽咽，奕劻聽了好一會才弄清楚。他的意思是，毅軍自成軍以來，雖兩易其主，但部卒卻是父子相繼，兄弟相接；所以非始終在此軍中，情深誼厚者不能統馭。張勳不知利害，如果奉旨到營，一定會激出變故。士兵不是鋒鏑餘生，即是父兄斷脛決腹於疆場的孤兒，必當設法保全；而唯有遣散才是保全之道——這就是端方祕授的一計。

這番話說得奕劻大起恐慌；當下極力安慰姜桂題，把他勸走了，隨即跟攝政王通了電話，把姜桂題哭訴一事，扼要地告訴了他。

『我正爲這件事在煩。慶叔，』攝政王說：『咱們明兒宮裡談吧！』

攝政王的煩惱不止一端。

首先是鬧家務。太福晉自從孫子進宮那天，大發了一回毛病以後，由於諸事順遂，更主要的是，再不必惴惴然於『老佛爺』不知道會折騰出甚麼花樣來，所以宿疾漸癒；想想自己三子一孫，極人間之尊貴，說起來比『老佛爺』還福氣。『老佛爺』能掌那麼大的權，自己孫子爲帝，兒子攝政，不折不扣的太皇太后，莫非就作不得一點主？因此招權納賄，不過半年工夫，善於鑽營的都知道，有北府這麼一條又快又穩當，而且便宜的門路。

這一來婆媳之間就更不和了。兒媳是慈禧太后說過：『這個孩子連我都不怕』的權相愛女，自然看不起出身不高，又不識字的婆婆；而婆婆又看不慣兒媳婦的不守婦道——攝政王福晉愛熱鬧、喜洋派，常在御河橋新開的六國飯店出現，府內上下皆知，只瞞著攝政王一個人。

婆媳雖如參商，但各行其是，勉強亦可相安無事；及至婆婆一管閒事，有時不免跟兒媳婦所管的閒事成了敵對之勢。譬如說張三已走了北府福晉的路子，講好可保其位；偏偏北府太福晉又答應李四，可取張三而代之。這一來攝政王夾在中間，不知該聽誰的好？慈命難違，閫令更嚴；往往落得兩面挨罵，痛苦萬分。加以載濤護母，跟嫂子不和，有時還要在攝政王面前發脾氣。『老七』最小，全家向來都讓他，攝政王至今如此，除母親、妻子以外，還要受弟弟的氣。

在宮中，則不但受隆裕太后的氣，而且還受她無形的威脅；因爲攝政王監國之下，拖著一個『遇有重大事件，必須請皇太后懿旨者，由攝政王隨時面請施行。』的尾巴，便多了一重束縛。如果一開頭就獨斷獨行，不去理她，倒也不礙；壞的是兩宮升遐之後，遇有重大事件，確曾恪遵太皇太后的這一遺命辦理，即是定下了牢不可破的規制，於今越來越有尾大不掉之勢了。

細細考查，威脅實在來自載澤。他垂涎『首輔』一席已久，倘如僅只想取奕劻而代之，也還有化解安排的餘地；無奈他不但想當軍機處的領班，而且上面還不願有個『婆婆』。又恰逢有一班滿蒙大臣，對於洵濤兩貝勒之大用，反感極深；兩下結合在一起，構成了隨時可以變起肘腋的威脅。這些深懷不滿的滿蒙大臣，以鐵良、榮慶爲首；及至陝甘總督升允以出言不遜而開缺，怨恨又深了一層，反對勢力又加了幾分。升允與榮慶是連襟，一開了缺，自然跟榮慶站在一邊。

於是有個流傳頗廣，而從無人肯承認，更無法究詰底細的傳說：有八大臣將聯名上奏，請太后垂簾聽政。這八大臣沒有人能說得完全，但少不了有載澤、鐵良、榮慶、升允；漢大臣中一定少不了盛宣懷，因爲太后垂廉，載澤執政，他這個不能到任的郵傳部右侍郎，立刻便可一躍而爲尚書。

於是載濤爲攝政王劃策，道是過去幾個月他一直聽載澤的話，處處抑制『老慶』，大錯特錯。不過，改弦易轍，尚不爲晚；聯絡奕劻是抵制載澤的唯一可行之策。這樣做，還有個好處，即是無形中壓制了溥偉。

原來小恭王溥偉，早就不甘雌服，先是希冀大位；等溥儀一抱入宮，自知不可與爭，進而求其次，至少該弄個尙書當。偏偏他又不知聽甚麼人說：慈禧太后臨終，召見載灃及軍機大臣時，曾有面諭，載灃攝政，或許才力未逮，可以溥偉爲輔佐。這不是有人信口開河，即是故意捉弄他；而溥偉信之甚堅，甚至跟張之洞當面吵過，指他幫著載灃隱匿遺命。在載灃派他一個尙書，原無不可，但因他性情執拗，不受商量，很怕跟他見面；因而只給了他一個沒有好處而很容易得罪人的差使：禁煙大臣。

這使得溥偉益覺鬱憤難宣。辛酉政變的三位『皇叔』，獨數『六爺』恭親王奕訢的功勞最大；到了下一輩，醇親王奕譞一支，特蒙榮寵；惇親王的兒子中，載漪、載瀾亦曾煊赫過一時；五房、七房都曾得意過，何以六房的子孫就該如此寂寞？因此，溥偉決定聯絡疏屬的奕劻，特別在載振身上下了工夫，想結成同盟，別樹一幟。這對載灃來說，多少也是個麻煩；載濤認爲只要『聯慶拒澤』的策略一施展，這個麻煩自然就不存在了。

載灃還無法估量載濤的策略，是否唯一可行之道。不過他確實感覺到需要有個可以倚靠之人，既然載濤如此建議，而恰好奕劻又來了電話，自然而然使他下了個決心，先把『老慶』緊緊拉住再說。

一見面自然先談姜桂題與毅軍的事；由此便很快地談到張德甫——小德張了。

『這是個痞塊！』攝政王大爲搖頭：『在他身上不知生了多少是非。聽說張少軒跟他拜了把子？』

『是認的同宗。』奕劻緊接著問：『姜翰卿到底還動不動呢？』

『照此樣子，怎麼能動？那天「裡頭」倒是跟我提過，說姜某人老得路都走不動了；又說張勳當初保駕有功，忠心耿耿的，不如派他去接毅軍。我說，我得查查這回事；姜桂題果然太老了，也該讓他回家過幾天安閒日子。』

所謂『裡頭』是指隆裕太后；奕劻便問：『這麼說，是答應他了。』

『答應歸答應，不能辦還是不能辦。』載灃於此事很有決斷：『裡頭不提就不提；如果再提，我就說：一動姜桂題會鬧兵變，誰肯負責，我就動他。』

『如果回一句；我負責。攝政王怎麼辦？』

『我呀？』載灃想了一下答說：『我就說，我把姜桂題找來，請太后當面跟他說。』

奕劻幾乎要笑，這是異想天開的辦法；但亦不能掉以輕心，以相當認眞的態度說道：『這一來，不就等於請太后來管事嗎？』

『啊，啊！』載灃一驚，不自覺地認錯：『我倒沒有想到，差點壞事。』

『太后不能召見外臣，此例萬不可開！請攝政王記住，此例一開，後患無窮！』

『說得是！我想通了。』載灃問道：『如果裡頭逼著要讓張少軒去接毅軍，鬧出事來也敢負責，我該怎麼說？』

『這有兩個說法：一軟一硬。不知道攝政王願意怎麼說？』

『你把兩個辦法都說說！』

『好，先說軟的。攝政王不妨這麼說：太后深宮頤養，如果外頭鬧兵變，怎麼好驚動太后，讓太后來料理這種麻煩，豈不叫天下後世，罵盡了滿朝文武？』

『硬的呢？』

『硬的就說：京城裡一鬧兵變，驚了宗廟，只怕太后也負不起責！』

載灃躊躇著說：『硬的太硬，軟的太軟……』

『那還有個不軟不硬，折衷的辦法。攝政王不妨這麼說：本來毅軍如鬧兵變，自有國法制裁；只是投鼠忌器，太皇太后的梓官，尚未奉安，不能不加顧慮。』

不待他說完，載灃便已完全接受，『好，好！』他說：『這個說法好得很。』

即由於奕劻出此軟硬之策，載灃對他的觀感，大爲改變，過去中了載澤的先入之言，總覺得『老慶』是個老奸巨猾的模子；此刻卻在想，薑到底老的辣，算無遺策，只要他肯盡心，還是比別的人靠得住。

於是他開始要吐露肺腑之言了。話從鐵良談起：『鐵寶臣很不安分，慶叔，你聽說了沒有？』

『慶叔』二字在奕劻聽來很陌生了！自從頒佈了攝政王監國的禮節，規定以爵銜相稱；其間只有過年敘家人之禮，才聽他叫過一聲『慶叔』，算來不聞此稱，已半年有餘，因而不免微有受寵若驚之感。

不過表面上他仍舊保持著這一天侃侃而談的神態：『鐵寶臣不安分，已不是一天兩天的事了！』

他說：『打練警衛軍起，他心裡就不痛快；處處跟良賚臣鬧彆扭，老七跟我提過好幾回。莫非在攝政王面前就沒有提過？』

『提過，可是我又有甚麼法子。最近，聽說他在鼓動風潮，打算讓裡頭出面來管事。這可太胡鬧了！』

『倒也不能說胡鬧！眞的讓他把風潮鼓動起來，就算能壓下去，亦非朝廷之福。』

『就是啊！防患未然。慶叔，你有甚麼好法子？』

奕劻想了一下淡淡地說：『法子多得很！不過我不敢胡出主意。』

『咦，慶叔！』載灃大爲困惑：『你怎麼這麼說？』

『從前我替老佛爺出過好些主意。大概十個主意，聽我八個；這八個主意，都有效驗。攝政王聽說過沒有，哪些主意是我出的？』

『沒有！』

『當然沒有。老佛爺能教人佩服，教人怕，就在這一點上頭。凡事她自己拿主意；而且用人不疑。』奕劻怕他還聽不懂，索性挑明了說：『攝政王聽載澤的話，我可就不便出主意了。因爲我出主意是幫攝政王，載澤出主意是幫裡頭，完全兩碼事。』

『慶叔，你放心，你放心！』載灃一疊連聲地說：『我再也不聽他的話了。』

『我想攝政王也不能再聽他的話。不然非弄成個太后垂簾的局面不可。』奕劻接著又說：『鐵寶臣非去不可！找個地方讓他當將軍去。』

『好！』載灃點點頭：『甚麼地方呢？』

『得要找個好地方。』

『那自然是江寧。可是……』攝政王不知道怎麼說了。

『攝政王是怕江南地方好，他會在那裡興風作浪？不要緊！江南大地方，人才薈萃，不容他胡作非爲。倒是偏僻地方，他愛怎麼就怎麼，沒有人管得住他，反倒不好！』

載灃恍然大悟，原來是利用江南的士紳，管住鐵良；不由得笑道：『慶叔這一著高。』

接下來談到張之洞的病勢。攝政王提出一個疑問，如果張之洞出缺，對政局有何影響？

『不但張香濤，』奕劻答說：『孫燮臣多病，也朝不保夕了。這兩個人是漢人讀書人當中的領袖，一旦都故去了，自然要影響天下對朝廷的觀瞻。唯一的彌補之道，是在漢人之中，識拔一兩個眞正能幹、有魄力的人。』

『不錯！』攝政王深深點頭，『孫燮臣不過狀元宰相；張香濤是想辦事，而實在也不是能辦事的人，無非都是聲望而已。如果眞有能辦事的人，可以替得了張香濤，自然求之不得。慶叔，你心目中有人沒有？』

『有，袁慰庭。』

攝政王一聽楞住了；躊躇了一會說：『這怕有點難。』

不過半年的工夫，袁世凱的處境又不同了。兩宮賓天之初，人心浮動，情勢混沌，誰也不知道會發生甚麼意想不到的變故，所以不但袁世凱惴惴自危，奕劻亦有自身難保之憂，不敢出死力相救。如今情況很清楚了，不但殺袁世凱的時機已經一去而永不再返，也沒有人想殺袁世凱。如果說有，怕也僅僅只是隆裕太后一個人；而微妙的是，人人能說袁世凱可殺，唯獨隆裕太后不能！如果她說袁世凱該殺，滿朝都會申救；因爲張之洞說得再透徹不過了，不能讓太后殺大臣！一殺開頭，人人可爲袁世凱之續；是故救袁世凱即等於自保。

因爲如此，爲袁世凱辯護即不需有何顧忌。奕劻是早就想替他說話了，遇到今天這種好機會，自然不肯放過。

『攝政王最近也常常瀏覽各種報紙，總也看到不斷有復召袁世凱的消息。實無其事而何以有此傳說？這就可以看出人心所向了！請攝政王倒想一想，內而部院，外而督撫，論才具，哪個及得上袁慰庭？如楊蓮甫一倒下來，笑話百出，看他生前，簡直就不像做封疆的，亦就無怪乎大家要想到袁慰庭了。』

『這倒也是實話。不過，用他，實在有點難……』

『攝政王的難處我知道。』奕劻搶著說道：『一是不敢用。就像鐵寶臣他們所胡說的，袁某太跋扈，將來尾大不掉，悔之無及。這是有意毀他的話。我敢保他，絕無跋扈不臣的情形；而況，手無兵權，又如何跋扈法？』他略停一下接著又說：『再是不能用，爲的裡頭對他有成見。平心而論，袁慰庭在這上頭是受冤屈的，外面說他告密，他自己說是曾勸過大行，要講變法，也得慢慢來，不宜採取激烈手段。到底是怎麼回事，旁人不知道；不過就算告密也沒有錯，新黨要叫他造反，他不敢，把經過情形向長官和盤托出，這哪裡錯了？退一步而言，人人都能指他告密不對，唯獨攝政王不能。這道理我也不用說了。』

作爲榮祿女婿的載灃，再魯鈍也不能想不到這個道理；袁世凱是向榮祿告的密，定計幽禁德宗；太后訓政，乃恃榮祿而辦。然則袁世凱有罪，榮祿豈能無咎？

將奕劻的話再想一遍，載灃忽有領悟。有幾次見隆裕太后時，曾經提到袁世凱，罵他可惡；載灃覺得不便附和，亦不能爲袁世凱辯解，常是保持沉默，倒像自己做了甚麼虧心事似地，覺得很不是味道。以後如果隆裕太后再提，很可以拿慈禧太后的招牌端出來；這一下不就連自己岳父都洗刷在裡頭了？

『用人大權，操之於攝政王。』奕劻再一次慫恿：『無需有所猶豫。』

『咱們研究一下。』載灃認爲不能用袁世凱的想法改變了：『如果用他，給他一個甚麼缺？』

這句話問得很實在，奕劻想了一下答說：『官復原位。』

官復原位即是以軍機大臣兼外務部尚書；載灃便問：『梁敦彥呢？』

梁敦彥現任外務部尚書；『這好辦！』奕劻答說：『或者外放，或者調部，總有地方安插。』

『如果袁慰庭肯來，倒確是個好幫手。』

『不僅外交，最好讓袁慰庭來主持；就是老六、老七轉軍隊，亦得袁慰庭幫忙。說句實話，像鐵寶臣，除非袁慰庭才能讓他有所忌憚。老六、老七，是不會放在他眼裡的。』

這個說法更能打動載灃的心；他是衷心希望他的兩個胞弟能掌握軍權；可是到底缺乏經驗，能有袁世凱協助，是再好不過的事。因此，他的心思更活動了。

『我看這樣，先派個人去跟他談談；慶叔，你看怎麼樣？』

『那也是一個辦法。不過，最好攝政王能有一封親筆信帶了去。』

『信上怎麼寫？』載灃說道：『似乎很難措辭。』

『不難。信上除了致問，便是勉勵；他受朝廷深恩，雖是在野之身，如果國家大政有應興應革之處，亦應進言。』

『好！這樣寫可以。』載灃問說：『你看派誰去呢？』

『派楊杏城好了。』

『就這麼說。』載灃點點頭：『慶叔明天把他帶了來見我。』

於是第二天召見農工商部右侍郎楊士琦；指定由奕劻帶領。載灃別無多語，只說：『你去看一看袁慰庭，把我的信帶給他；就說，我很希望他能夠進京當差。』

『是！』楊士琦等了一會，見攝政王未再開口，隨即起身跪辭。

到了河南彰德的『養壽園』，楊士琦立即將載灃的信，雙手奉上，口中說道：『恭喜！恭喜！』

袁世凱不作聲，拆開信一看，不過泛泛的慰勉之語，不過確是載灃的親筆；便即問道：『怎麼想起來會給我這麼一信？』

『當然還有話。不過信很重要，有此一信，足以證明，前嫌盡釋。』楊士琦說：『何時出山該考慮了！』

接著，楊士琦將奕劻在載灃面前力保的經過，細細說了一遍；特別提到，如果願意進京，奕劻負責保他『官復原職』。

『不行啊！』袁世凱說：『樞庭向來忌滿六人；我去了，總有一個人不利。』

樞庭忌滿六人的傳說，由來已久；如今是奕劻、鹿傳霖、張之洞、世續、那桐，加上袁世凱便是六個人，『可是，』楊士琦說：『南皮只怕日子不多了。』

『那我更不能去，一去不是妨了南皮。』

楊士琦點點頭說：『我是奉命勸駕，不能不把話說到。其實，出山的時機雖已近了，到底還不到出山的時候。總要等三件大事定了再看。』

『是的！要看看再說。杏城，』袁世凱問：『你說是哪三樁大事？』

『一是南皮的吉凶；二是端陶齋的作爲；三是鐵寶臣的出處。』

袁世凱將他這三句話想了一下，覺得他說得不錯，端方到任能夠將他跟楊士驤的虧欠，設法銷了帳；加上張之洞一死，鐵良一走，自然是到了可以出山的時候。然而他說得不夠！

袁世凱的想法是，不出則已，一出就需抓大權；在軍機固然仍舊可由『大老』帶頭，但自己需有能夠讓各部院都買帳的實權，在目前來說，起碼像載澤緊抓著財權，就是件不能容忍的事。

不過袁世凱天性喜歡作假，既在林下，不便顯得熱中；然而像楊士琦這樣的關係，卻又不能不說一兩句眞心話；所以略想一想，以隨便閒談的語氣說：『光緒中葉，榮文忠受人排擠，後來又得罪了醇王，以至於貶到西安，坐了好幾年的冷板凳。甲午以後，恭王復起，正好榮文忠祝嘏在京；恭王故意對道賀的賓客說：「我這一趟出來，對用人一無成見；只有步軍統領得要由我保，我非借重榮仲華不可！」榮文忠聽見這話對人說：「我當初是由尚書降級調用；如果仍照向例，調補侍郎再兼步軍統領，我可不幹。」結果是先補尚書，提督九門。我想，我去年狼狽出京，也應該先把面子找回來，才談得到其他。』

『大老不是說了嗎，官復原職。』

『這就算找回面子了嗎？』

『要怎麼才算？』楊士琦平靜地問。

袁世凱笑笑不答；換了個話題：『聽說醇王福晉常時微行。有這話沒有？』

聽得『微行』二字，楊士琦忍不住失笑：『這微行二字妙得很！』他說：『按實際來說，醇王福晉等於皇后；按名義來說，是不折不扣的太后，反正都是微行。』

『這麼說，是確有此新聞？』

『已經不算新聞！』楊士琦答說：『大概三天之中，總有一天的中午，能在東江米巷的六國飯店見得到她。』

『在那兒幹甚麼呢?』

『吃飯、喝酒，有時還跳舞。』

『那可眞是新聞了!實在有點兒教人不能相信。』

楊士琦自己也知道講新聞講得有點信口開河了;旗裝『花盆底』的繡履，何能跳舞?不由得臉色發紅;不過不易看得出來，因爲他長了個很大的酒糟鼻子。

『跳舞是傳聞之詞。』他從容不迫地圓謊:『喝酒卻是我親眼得見。』

『這我相信，這個小姑娘從小就會喝酒。』袁世凱點點頭，思緒落入回憶之中:『那時候我常在榮文忠的簽押房看到她;不過十一、二歲，穿一件藍綢子大褂，像個男孩。榮文忠時常留我在簽押房便飯談公事;聽差總忘不了另外擺一副金鑲的牙筷，榮文忠亦總忘不了舀半調羹的酒給她，說一句:「慢慢兒喝。」這話，十一年了!』

十一年前就是戊戌。當年嬌憨的『小姑娘』，曾幾何時，已同國母!楊士琦在想，眼前的『四哥』，下世的『四哥』——胞兄楊士驤，那時的官位，排起來都在四五等以後。不過十一年的工夫，飛黃騰達，都成了第一等人物;而倏忽之間，入土的入土，歸田的歸田，眞正是一場黃粱大夢。

就是那時候的風雲人物，得君最專的翁同龢，權勢絕倫的榮祿，如今亦都墓木已拱，恩怨都泯。楊士琦轉念到此，不由得問道:『多少年來一直在傳說，翁師傅是中了榮文忠的算計;又說翁師傅得罪是因爲保了康有爲的緣故。不知道其中眞相，到底如何?』

『翁師傅那樣拘謹的人，豈能保康有爲?不過讀書君子，性情和平，深惡而不能痛絕而已。翁師傅謙虛好學，跟張幼樵深交以後，才知道「天下」不止於中國;眞像西遊記上所說的，「東勝神州」以外還有幾大州；所以越發不薄新學，虛衷以聽。即或舊學而有異說，亦不敢顯然駁斥。康有爲在翁師傳，不過如此這般的一種姑息而已。』

『此論甚精。不過慈禧太后左右總以爲康有爲跟翁師傅的關係甚深，因而遭忌，亦是有的。』

等楊士琦將袁世凱所送的一支吉林老山人參送到張府，張之洞已經在草擬遺摺了。執筆的是他的兩個得意門生，都是湖北人；出身兩湖書院的陳曾壽與傅嶽棻。

『大意我已經有了。』張之洞一面咳嗽，一面說道：『大意如此：平生以不樹黨援，不植生產自勵。他無所念，惟時局艱難，民窮財盡；伏願皇上親師典學，發憤日新；所有因革損益之端，務審先後緩急之序。這一句很要緊！你們懂我的意思不？』

『是說革新庶政，要按部就班來。不急之務，不必亟亟。』陳曾壽問：『老師是這樣嗎？』

『不錯！』張之洞繼續口授：『滿漢視爲一體，內外必須兼籌。理財以養民爲本，恪守祖宗永不加賦之規；教戰以明恥爲先，無忘古人不戢自焚之戒。這一句也重要！』

『是諫勸親貴典兵，務需愼重？』

『現在也只好這麼說了！其實根本不應該把兵權抓在手裡。』張之洞搖搖頭，嘆口氣，又唸：『務使明於尊親大義，則急公奉上者自多；尤願登進正直廉潔之士，凡貪婪好利者，概從屛除。庶幾正氣日伸，國本自固。』

唸罷氣喘不止；趕緊找西醫留下的、專治氣喘的藥來服；不一會肝胃發痛，再找止痛的藥。到了晚上中醫來診治；聽說胃納驟減，所以開的方子，以健脾開胃爲主。就這樣中西並進，藥石雜投，延到八月十八，服藥亦吐，飲食亦吐，看看大限將到了。

『奏請開缺吧！』他有氣無力地說：『不然就來不及了。』

張之洞是不願落個死猶戀棧的名聲。家人體會得他的意思，當天便寫好摺子，但延到八月二十才遞。

『他的病到底怎麼樣了？』攝政王載灃問鹿傳霖。

他們是郎舅至親，鹿傳霖每天都要去探病，情況很清楚；蹙眉答道：『危在旦夕！』

『我得去看看他。』

鹿傳霖不作聲，因爲他心裡很矛盾。以張之洞的身分地位，臨終以前，不能沒有攝政王視疾一舉，否則面子上不好看。但習俗相傳，一經皇帝親臨視疾，這大臣的病是怎麼樣也好不了的了；監國攝政王如今是實質的皇帝，依此例來說，親臨探視，對病人有害無益。

不過張之洞卻很盼望這恩典。因爲他還有些關乎天下至計的話，要勸攝政王；期望被勸的人想到『人之將死，其言也善』的成語，對他的奏諫，能夠重視聽從。

於是八月二十一那天，先發一道上諭：『大學士張之洞公忠體國，夙著勤勞，茲因久病未痊，朕心時深廑念；著再行賞假，毋庸拘定日期，安心療養，病痊即行銷假入直，並賞給人參二兩，俾資調攝，所請開去差缺之處，著毋庸議。』

到了中午，攝政王載灃坐著杏黃轎子，由御前大臣隨護，來到什剎海畔的張之洞新居——由湖北善後局撥款二萬兩建造，不久以前，方始遷入。張家親屬早就預備好了，將貼著張之洞集句：『朝廷有道青春好，門館無私白日閒』這副楹聯的兩扇大門，開得筆直；杏黃轎一直抬上大廳；張之洞的長子張權在轎旁跪接。請安之後，隨即領到病榻旁邊。

張之洞已經無法起床，唯有伏枕叩首。載灃還是第一次視大臣之疾，不知道該說些甚麼？

載灃聽張權跪在地上，略略陳述病情以後，望著張之洞說：『中堂公忠體國，很有名望的；好好保養。』

『公忠體國，所不敢當。不過廉正無私，不敢不勉！』

『應該這樣，應該這樣！你好好保養，不必擔心。』一面說，一面腳步已經在移動；說完掉身而去。

張之洞瞑目如死，眼中擠出兩滴眼淚；於是閒廢二十年，數月前方奉召入京的陳寶琛，本來迴避在他處的，此時到病榻前來探問：『攝政王說些甚麼？』

張之洞不答；好一會才嘆口氣，用低得幾乎只有自己才能聽得見的聲音說：『氣數盡了！』

他將攝政王看成一個『亡國之君』！如果載灃腦子裡有一點點要把國家治好的念頭，當然會問問張之洞；四十年的詞臣，三十年的封疆，豈無一言可以獻替？而計不及此，足見他心目中根本沒有國家二字。監國如此，不亡何待？

『我有椿心事，』張之洞又說：『本來想面陳的，如今正好敘在遺疏中了。』

說著，伸出枯乾抖顫的手，向枕邊去掏摸；他的第四個兒子張仁侃侍疾在旁，上前替他將遺疏稿子從枕箱中取了出來，交到他手裡。

『弢庵！』他說：『請你替我捉筆，改動一兩處地方。』

陳寶琛沉吟了一下，輕聲答一個字：『好。』

『扶我坐起來！』

等張仁侃將他父親扶著坐起，聽差已抬來一張上置筆硯的半桌，放在床前，陳寶琛隔著半桌，面床而坐；張之洞便斜靠在桌上，白首相並，斟酌文字，兩個人不期而然地都想起了當年在詞林中意氣風發的日子。

『弢庵，你先唸一遍我聽。』

陳寶琛點點頭，小聲唸著疏稿；唸得很慢，可容他隨時打斷，提出意見。

念到『臣秉性庸愚，毫無學術，遭逢先朝特達之知，殿試對策，指陳時政；拔置上第，備員詞館，洊升內閣學士』時，他開口了。

『我想，』他說：『這裡太簡略了一點，「特達之知」四字，似乎應該有個交代。』

陳寶琛頷首表示同意。張之洞殿試的策論，繕寫出格，不中程式，已被打入三甲末尾，再無點翰林之望；哪知寶鋆大為欣賞，力爭拔置二甲第一；慈禧太后又將他提升為一甲，由傳臚變為探花。這是傳聞已久的佳話，當然應該敘了進去，才足以表示感激深恩，至死不忘。

不過敘得太顯露，就會失之於淺薄。陳寶琛略一沉吟，提筆添了兩句，『壺公，』他叫著張之洞的別號說：『我想這樣子說：「殿試對策，指陳時政，蒙孝貞顯皇后、孝欽顯皇后拔置上第，遇合之隆，雖宋宣仁太后之於宋臣蘇軾，無以遠過。」下面再接「備員詞館」云云。如何？』

『太好了！』張之洞露出了好久未見的笑容：『弢庵，你眞能道著我的心事。』

再有一樁心事，便是粵漢、川漢兩路的利權歸屬。張之洞一生的理想，是以洋債與西學為用，興辦實業、富國裕民；結果洋債借了不少，為翁同龢斥為『恣意揮霍』；實業也辦了些，但上不富國，下不裕民，只不過好了一班經手人。內召之後，奉旨督辦兩路，在他自知這是最後的一個機會；不想橫逆叢生，而時不我待，連這最後的一個機會都未能抓住，確是一件放不下的心事，必得在遺疏中格外痛陳。

因此，這件事便得敘在最後：『抑臣尙有經手未完事件；粵漢鐵路、鄂境川漢鐵路籌款辦法，迄今未定；擬請旨飭下郵傳部接辦，以重路事。鐵路股本，臣向持官民各半之議，此次川漢、粵漢鐵路，關繫繁重，必須官爲主持，俾得早日觀成。並准本省商民永遠附股一半，藉爲利用厚生之資。此尤臣於彌留之際，不能不披瀝上陳者也。』

就在這時侯，只見陳曾壽面有喜色地捧著一本新書，直到床前；原來他的《廣雅堂詩集》印出來了，紙墨精良，自然可喜。

『這是第三次印本？』陳寶琛問。

第一次是戊戌六君子之一，也是他當浙江鄉試考官時所取中的得意弟子之一，袁昶替他刻印的。當時收錄不全，所以題名《廣雅碎金》；第二次是在當兩廣總督時，順德有個姓龍的捐資刊刻，正式定名爲《廣雅堂詩集》；去年進京，張之洞想留個定本下來，取舊作時改時刪，一直到最近方始刪下付印，但仍舊遺落了一首。

這首詩就夾在白香山的《長慶集》中，題目叫作〈讀白樂天『以心感人人心歸』樂府句〉，詩是七絕：『誠感人心心乃歸，君民末世自乖離；豈知人感天方感，淚灑香山諷喻詩。』

『這一定是我的絕筆了！』張之洞從枕邊拿起長慶集，將那張詩箋抽出來，遞向陳寶琛問道：『自覺失之於淺陋。弢庵，你看要不要留？』

『當然要留。第二句極深，非壺公的身分不能道。』

『那就擺在最後。』張之洞將詩箋遞了給陳曾壽。

『淺人妄議，說第二句「民」字應改「臣」字；「自」字應改「易」字。完全不明白老師的本心。』

『喔，有這樣的議論！』張之洞看得很嚴重：『別以訛傳訛，眞的大失我的本意。如果君臣乖離，則君既失德，臣亦不忠，不就罵我自己了嗎？』

『而況，題目上的兩個人字，很清楚的，非民字不足以切題！』陳寶琛也說：『眞是淺人妄議。』

『唉！』張之洞嘆口氣：『這就是末世之爲末世，獨多淺人！』

張之洞終於一瞑不視了。就在這天——宣統元年八月廿一晚上九點多鐘。他最後的遺言是：『我生平學術、治術，所行只十之四五；心術則大中至正。』

當天晚上從北府開始到張之洞的同鄉京官、門生故舊，都接到了報喪條。電報局大爲忙碌，發往湖北的明碼電特多，大半是報此噩耗的；此外發往上海的密電亦不少。到了深夜兩點鐘，慶王府送來一個密碼電稿，發電的不知是慶王奕劻還是貝子載振；但收電的一方很清楚，是在彰德的袁世凱。

到得天明，軍機進見，第一件事自是談張之洞的身後；鹿傳霖一面流淚，一面轉述張之洞臨終以前幾天，如何惓惓於國事。攝政王嗟歎了一會，開始談入正題。

首先要決定的是，軍機大臣從行新官制以來，已非差使，而是專職。如今出了空缺，該由誰來補？

『張中堂保薦誰沒有？』

『保薦了。』奕劻答說：『一個是戴少懷，一個是陸鳳石。』

軍機大臣雖改爲專職，規例未改；同治初元以來，一向是親貴掌樞，下面是兩滿兩漢四大臣。張之洞保薦的當然是漢大臣，而且籍隸南方，恢復了兩漢軍機一南一北的舊例，一個是法部尚書戴鴻慈，廣東人；一個是吏部尚書陸潤庠。

『陸鳳石我另外有借重他之處。』攝政王說：『不如用戴少懷吧！慶親王你看怎麼樣？』

奕劻知道攝政王已選定陸潤庠爲皇帝啓蒙的師傅，表示贊成：『我也是這個意思。而且戴少懷懂洋文，辦理交涉事件也方便些。』

接下來談恤典。攝政王自動表示，應該格外從優；因爲他亦微有所聞，張之洞的病是碰了他的兩個釘子氣出來的，所以藉此補過。當時交代，賞陀羅經被、賜祭一壇，晉贈太保，派郡王銜貝勒載濤帶領侍衛十員前往奠酒，入祀賢良寺，賞銀三千兩治喪，兩子一孫，升補官職。這些都是即時可以決定的，只有謚法，得要交內閣議奏。

內閣四大學士，除了張之洞，孫家鼐病得已經在拖日子了；那桐、世續對此根本不關心，所以由協辦大學士榮慶跟鹿傳霖兩個人商量。鹿傳霖很坦率地表示，張家親族希望能謚文襄。

『謚文忠不好嗎？』榮慶訝異地問。

李鴻章、榮祿都謚文忠，而這兩個人都是張之洞不怎麼佩服的；尤其是李鴻章，易名相同，更爲張之洞所不願。但在他人看來，論事功聲望，『張文忠』自然不及李文忠；張之洞的門生中，懂得這個道理的，自然亦不願老師的聲名，相形遜色。要求用文襄，那就猶之乎左宗棠與李鴻章，各有千秋了。

鹿傳霖自然不便說破本意，只這樣答說：『文忠雖好，文襄難得。』

『有武功才用襄字……』

『戡平大亂曰襄。』鹿傳霖搶著說道：『香濤在兩廣，不也有武功嗎？而且，那是打法國人。』

如果說這就是武功，那就無一督撫沒有武功了。榮慶因爲張之洞出缺，他才能坐升大學士，顧念這一點淵源，也就不再辯駁了。

張之洞去世的消息一到武昌，湖北的好些要員紅人，諸如提學使高凌霄、官錢局總辦高松如、江漢關道齊耀珊、江夏縣知縣黃以霖，久受張之洞的栽培蔭庇，無不悲痛萬分。至於第八鎭統制張彪，接到北京張府來的電報，則一慟而絕，灌薑湯、掐人中方醒過來的。

張彪之於張之洞的情分，不是知遇之恩四個字所能概括的。此人太原府人氏，出身寒微，據說是張之洞當山西巡撫時的轎班，因爲生得相貌不俗，言語清楚，而且忠實可靠，所以張之洞將他在巡防營補了個名字，一步一步提拔他做個哨官，替他起個號叫作『虎臣』，派爲貼身的馬弁；出入上房，亦不避忌。

張之洞前後三娶，第三位續弦夫人是名翰林山東福山王懿榮的胞妹，歿於光緒五年；其時張之洞已入中年，而且做了祖父，便未再娶，不過妾媵甚多，也常偷丫頭。其中有個使女凜然不可犯；眞如俗語所說的『偷得著不如偷不著』，張之洞反倒另眼相看，命老姨太認作義女，匹配張彪，而得了個『丫姑爺』的雅號。

張之洞在仕途中一帆風順，張彪亦就水漲船高，與吳元凱並爲『南皮愛將』。但到了兩宮回鑾，推行新政，遠派勳臣之後及大員子弟，赴日本學習陸軍；光緒廿九年並派鐵良、鳳山、段祺瑞、馮國璋、張彪、黎元洪等人赴日參觀大演習，這一來，吳元凱相形遜色；湖北的軍權，便逐漸歸張彪所掌握了。

是如此親如骨肉的關係，所以張彪『上院』向總督陳夔龍請假，要到京裡去奔喪。陳夔龍沒有准他；沖人在位而老成凋謝，人心不免搖動，萬一有個風吹草動，誰來指揮新軍？張彪無奈，只得另外想法子去盡孝心。

第一件大事是替張之洞找一口好棺木。四處打聽，知道熙泰昌茶棧，有口沉香木的棺；張彪花了一萬二千兩銀子買了下來，派管帶四員護送，由陸軍特別小學堂監督劉邦驥押運，乘頭等車連夜運到京裡。當然，棺價是由張彪孝敬。

及至諡文襄的恩旨發佈，湖北政學紳商各界在奧略樓設靈堂弔奠；張彪則在尚未落成的抱冰堂獨設靈堂。一天三次拜供，都是自己照料；還請和尚來做佛事，披麻戴孝、哀哭盡禮。有些衙署公所，譬如像漢陽鐵廠之類，單獨設祭，張彪亦必趕去招呼弔客，而且代表家屬答禮，儼然孤哀子的身分。

八月廿七那天，抱冰堂上格外熱鬧，香煙繚繞，鐃鈸齊鳴，僧道尼姑分三處唸經，是張彪爲張之洞做首七。到了近午時分，來了七八乘大轎，一連串的小轎；小轎中是青衣侍兒，扶出大轎中的太太們，到靈前一齊跪倒，放聲大哭。遊客無不詫異；細一打聽，才知道是張彪的太太，約齊了曾受『張文襄』知遇的道府內眷，前來哭奠。這在官場中，亦算新樣；眞正妒煞了『到死不識綺羅香』的楊士驤！

由於伊藤博文在哈爾濱爲韓國志士安重根被刺殞命的消息，佔了報上許多篇幅，以致張府喪事的風光，就顯得遜色了。

開弔那天，自攝政王載灃以下，叫得出名字的王公大臣，無不親臨致祭。磕完頭、吃完素麵，不想走的弔客儘可找熟人聊天，或者欣賞輓聯；令人讚賞不絕的，不知凡幾；但最令人矚目的，卻是榮慶的一副：『生有自來，死而後已；斯文未喪，吾道益孤。』

『我看，最後一句要改兩個字。』有人說道：『漢人益孤。』

『何以見得？』另有人問。

『你看，戴紅頂子而掌國政的，儘是旗人。』

果然，數一數十二個部中，漢人只得四尚書；宗人府、內閣、軍諮處、籌辦海軍處這些衙門，更是旗人的天下。

『兩位老兄，』有第三者插口：『不是漢人益孤，是旗人益孤！』

國家圖書館出版品預行編目資料

瀛台落日（下）（平裝新版）/ 高陽 著. -- 三版.
-- 臺北市：一皇冠, 2013. 06 面；公分. --
（皇冠叢書；第4322種）（高陽慈禧全傳作品集；10）

ISBN 978-957-33-3000-4(平裝)

857.7 102010085

皇冠叢書第4322種
高陽慈禧全傳作品集 10

瀛台落日（下）（平裝新版）

作　　者—高陽
發 行 人—平雲
出版發行—皇冠文化有限公司
台北市敦化北路120巷50號
電話◎02-27168888
郵撥帳號◎15261516號
皇冠出版社(香港)有限公司
香港上環文咸東街50號寶恒商業中心
23樓2301-3室
電話◎2529-1778　傳真◎2527-0904
美術設計—王瓊瑤
著作完成日期—1977年9月
三版一刷日期—2013年6月
三版二刷日期—2019年12月
法律顧問—王惠光律師

如有破損或裝訂錯誤，請寄回本社更換
讀者服務傳真專線◎02-27150507
電腦編號◎434110
ISBN◎978-957-33-3000-4
Printed in Taiwan
本書定價◎新台幣300元/港幣100元

慈禧全傳

讀者回函卡

高陽是當代的歷史小說大師，讀者遍及全球華人世界，有人說『有井水處有金庸，有村鎮處有高陽』，足見高陽在華人社會的受歡迎程度。《慈禧全傳》是他的代表作，此次重新推出『精裝典藏版』，希望能讓更多讀者深入體會歷史的精彩豐美和大師的經典文采。

謝謝您購買本書，請您詳細填寫資料及意見並寄回皇冠（台灣讀者免貼郵票），讓我們能出版更完美的經典作品，提供大家品味收藏。

1. 請針對下列各項目為本書打分數

	5	4	3	2	1
A. 內容題材	□	□	□	□	□
B. 封面設計	□	□	□	□	□
C. 字體大小	□	□	□	□	□
D. 編排設計	□	□	□	□	□
E. 印刷裝訂	□	□	□	□	□

2. 您購買本書的動機？
□封面吸引 □書名吸引 □內容題材 □作者知名度
□廣告促銷 □其他
3. 您從哪裡得知本書的消息？
□書店 □報紙廣告 □皇冠雜誌廣告 □書評或書介
□親友介紹 □ 其他
4. 您最喜歡看哪一種類型的小說？
□愛情 □武俠 □歷史 □恐怖驚悚 □偵探 □奇幻
5. 您希望哪些作家的作品重新推出精裝典藏版本？ ______________

讀者資料

姓名： 生日：_____年_____月_____日
性別：□男 □女
職業：□學生 □軍公教 □工 □商 □服務業
□家管 □自由業 □其他______________
通訊地址：□□□ ______________
____
聯絡電話：（公）__________分機______（宅）__________
e-mail：______________

◎請沿虛線剪開、對摺、裝訂後寄出。

您對本書的其他意見：

◎請沿虛線剪開、對摺、裝訂後寄出。

105
台北市敦化北路120巷50號
皇冠文化出版有限公司　收